Christa Lamken

Mord in Tisley

Kriminalroman

Bibliografische Information der Deutschen Nationalbibliothek

Die Deutsche Nationalbibliothek verzeichnet diese Publikation in der Deutschen Nationalbibliografie; detaillierte bibliografische Daten sind im Internet über <u>*dnb.d-nb.de*</u> *abrufbar.*

Grafische Gestaltung Lutz Zabel

Herstellung und Verlag: Books on Demand GmbH, Norderstedt
ISBN 9783842370111

Vorbemerkung

Der Roman spielt in England, Miss Marple möge mir verzeihen. Tisley und alle seine Bewohner sind dabei ausschließlich meiner Fantasie entsprungen, auch wenn Charles das nicht gerne hören wird.

Christa Lamken

1. Kapitel

Vom nahen Kanal wehte der Geruch feuchter Erde herüber. Der Himmel war grau und die Luft so kalt, wie es sich für Ende November gehörte. Der winzige Baum, vor einem Jahr gepflanzt, um das Straßenbild zu verschönern, hatte seine Handvoll Blätter schon lange abgeworfen und streckte nun seine dürren Zweige im stummen Gebet gen Himmel. Vielleicht galt es den zahlreichen Hunden, die diese Maßnahme der Stadtverwaltung freudig begrüßt hatten. In der Videothek brannte noch Licht und Mr. Peters hatte sich in ein Buch vertieft. Es waren selten Kunden im Laden, was vielleicht daran lag, dass Mr. Peters Bücher mehr liebte als Filme und seine Kunden das auch spüren ließ. Einen Moment lang versuchte Charles den Titel des Buches zu entziffern, aber alles was er von der gegenüberliegenden Straßenseite erkennen konnte, war der grellrote Umschlag. Er schlug den Kragen seines alten Tweedmantels hoch und hob, als der alte Mann einen Moment aufsah, grüßend die Hand. Während er in seinen weißen Lieferwagen stieg, wurde ihm klar, dass er es in mehr als einer Hinsicht nicht mehr pünktlich schaffen würde. In ein paar Wochen war Weihnachten und sie waren mit dem Stück noch lange nicht so weit, wie er gehofft hatte. Wieder einmal nicht. Vielleicht sollte ich einfach aufhören mit völlig unbegabten Menschen Theaterstücke aufzuführen, um dafür weder Ruhm noch Applaus zu ernten, dachte er in einem ungewöhnlich heftigen Anfall von Selbstmitleid. »Du kannst nicht den ganzen Tag auf dem Bett liegen und dich fragen, was du falsch gemacht hast«, hatte Harriet gesagt, als sie ihn das erste Mal mit ins Theater geschleppt hatte, und ihn dabei mit schmalen Augen gemustert. Sein Einwand: »Ich bin Maler, Liebste, und verstehe vom Theaterspielen ungefähr soviel wie eine Kuh vom Eislaufen« hatte sie mit einer unwirschen Handbewegung vom Tisch gewischt. »Künstler ist Künstler. Und dass du keine Ahnung hast, hat dich ja auch nicht vom Malen abgehalten, oder?«

Den Schuppen im Garten, den er sein Atelier nannte, hatte er seit Monaten nicht mehr betreten und merkwürdigerweise fehlte ihm nichts. Zumindest nicht, solange sein Alkoholpegel nicht zu sehr fiel. Er reihte sich in die Autoschlange auf der Broadstreet ein, wofür sich der Fahrer des Lastwagens hinter ihm mit einem wütenden Hupen bedankte, und dachte an die Probe. Nachdem sie sich im letzten Jahr auf seinen Wunsch an einem ernsthaften Stück versucht hatten – was zu einem Fiasko am Premierenabend und zu einer überraschend scharfen Kritik in der für ihre Loyalität bekannten Regionalzeitung geführt hatte - würden sie in diesem Jahr einen Klassiker von Agatha Christie aufführen. Da konnte eigentlich nichts schief gehen, versuchte er sich zu beruhigen. Immerhin bildete ihre Aufführung zusammen mit dem Weihnachtskonzert und dem Kirchenbasar einen der kulturellen vorweihnachtlichen Höhepunkte der Stadt, wenn man dem Tisleyer Boten glauben konnte. Nachdem er in die Highstreet eingebogen war, nahm der Verkehr ab. Eine allem Neuem gegenüber aufgeschlossene Verwaltung hatte dafür gesorgt, dass Tisley von so vielen hässlichen Neubauten geschmückt wurde, dass es bis ans Ende seiner Tage von der Liste der schönsten Plätze Englands verbannt bleiben würde. Er fuhr in eine kleine Seitenstraße und parkte auf dem Hof hinter der Gemeindehalle, einem weißem Klotz, der zwischen den letzten alten Häusern thronte. Jemand hatte dort seinen Müll entsorgt. Halb aufgerissene Plastiksäcke, aus denen leere Pizzaschachteln, Coladosen und nicht näher definierbare Essensreste quollen, standen neben einem niedrigen Tisch mit drei Beinen, einem Stuhl, bei dem sich anstelle der Sitzfläche ein Loch befand, und einer alten Kindermatratze. Eigentlich sollte das Tor zur Straße immer geschlossen sein. Charles nahm sich vor, ein ernstes Wort mit dem Hausmeister zu reden. Dann atmete er tief durch, bevor er die schwarze Eisentür öffnete und fühlte, wie seine Zuversicht schwand, je näher der Premierenabend rückte.

Drinnen roch es wie immer nach Bohnerwachs und abgestandener Luft. Die Bühne war so klein, dass er bei jeder Aufführung befürchtete, einer der Schauspieler würde herunterfallen. Er blinzelte, als ihn das grelle Neonlicht blendete. Die anderen Mitglieder der Theatertruppe saßen auf den orangefarbenen Plastikstühlen des Zuschauerraumes und unterhielten sich angeregt. Charles fühlte, wie sein Magen auf die Größe einer Erbse zusammenschrumpfte und kämpfte gegen einen überraschend starken Fluchtimpuls. Seine Hand griff in die linke Manteltasche und zog die silberne Taschenflasche mit Monogramm heraus, die er vor Jahren auf einem Flohmarkt erstanden hatte. Es war zwar nicht sein Monogramm, wirkte aber trotzdem sehr stilvoll. Man musste es mit dem Nüchternsein auch nicht übertreiben, dachte er und nahm einen kräftigen Schluck. »Oh hallo Charles, wir haben gar nicht gehört, dass du reingekommen bist.« Harriet schob sich ein paar von Mr. Potts selbst gebackenen Plätzchen in den Mund und klopfte einladend auf den Stuhl neben sich. Helen, deren braune Haare diesmal mit ein paar weißen Strähnen Wandfarbe verziert waren, unterbrach ihr Gespräch mit Brian, ihrem Mann, und lächelte ihn an. Der Alkohol wirkte, stellte Charles erleichtert fest. Das Neonlicht war nicht mehr ganz so grell und in seinem Magen breitete sich Wärme aus. Er widerstand der Versuchung, einen weiteren Schluck zu nehmen und zog den Mantel aus. Sein zusammengerolltes Textheft wie eine Waffe schwenkend, näherte er sich dem kleinen Trupp, der es sich offenbar gerade gemütlich gemacht hatte. Mr. Potts schenkte dünnen Tee aus seiner Thermoskanne in weiße Pappbecher, während er eine große Blechdose mit Bärenmotiv auf seinem Schoß balancierte.

»Auch ein paar Kekse?« Er griff nach der Dose, aber Charles schüttelte den Kopf. Auf diese Weise würden sie nie weiterkommen. Er sah sich um. Tony fehlte offenbar schon wieder, wie er enttäuscht feststellte. Tony, der eigentlich Anthony hieß, aber diesen Namen verabscheute, wie er Charles einmal gestanden hatte, war der Einzige in der Gruppe, der mit einem Hauch von Talent gesegnet war. Obwohl ihm klar war, dass man von einem Amateurtheater nicht zu viel erwarten durfte, hatte Charles einen für ihn völlig untypischen Ehrgeiz entwickelt, was das Theaterspielen betraf. »Ich weiß, dass ich kein Regisseur bin«, hatte er erst vor Kurzem Helen sein Leid geklagt, »und ihr seid keine Schauspieler, weiß Gott nicht. Aber ist es zu viel verlangt, dass man seinen Text kann und auf einfache Anweisungen reagiert?« Sie hatte ihn nur mitleidig angeblickt.

»Wir werden diesmal nicht auf unsere offenbar völlig unzuverlässigen Mitspieler warten. Es ist jetzt halb sieben. Wir hatten vereinbart, dass wir uns um sechs Uhr treffen.« Charles hatte den Eindruck, dass er auf diesen Punkt nicht weiter pochen sollte, und schlug das Textheft auf. »Wir fangen mit Miss Marple und Inspektor Craddock an. Miss Marple konnte nicht zu dem Fest kommen, das Marina und ihr Mann veranstaltet haben, weil sich die Gute ihren Fuß verstaucht hat.« Während er sich auf einen der Plastikstühle fallen ließ, musste er wieder an ihre letzte Aufführung denken. Es dauerte einen Moment, bis ihm auffiel, dass der Schauder, der über seinen Körper lief, nicht durch die Erinnerung verursacht wurde, sondern durch die Tatsache, dass die Halle noch kälter war als gewöhnlich.

»Mr. Potts, könnten Sie vielleicht mal nach der Heizung sehen? Es ist ziemlich kalt.«

Mr. Potts unterbrach seine Gastgeberrolle und stellte die Thermoskanne und die Keksdose auf den Boden. Dann schlenderte er langsam zu einem der Heizkörper, die unterhalb der Fenster angebracht waren. Dort angekommen legte er vorsichtig eine Hand darauf und wackelte bedenklich mit dem Kopf. Offenbar versuchte er, die genaue Gradzahl zu ertasten. Charles verlor die Geduld.

»Ich will nur wissen, ob sie an oder aus ist, Mr. Potts.«

In Mr. Potts Stimme klang eine gewisse Befriedigung mit als er antwortete: »Eiskalt. Das Ding ist eiskalt.« Die Heizungsanlage war wie die orangefarbenen Plastikstühle ein Relikt aus dem letzten Jahrhundert und ein ständiges Ärgernis.

»Hat ja auch schon einige Jährchen auf dem Buckel. Ich kann ja mal gucken, ob ich das gute Stück wieder flott kriege.« Wie immer, wenn die Aussicht bestand, Werkzeug in die Hand zu nehmen, leuchteten Brians blaue Augen und er verschwand voller Enthusiasmus hinter der Bühne.

»Manchmal wünsche ich mir, ich wäre eine reparaturbedürftige alte Maschine.« Helen lächelte und auf ihren Wangen erschienen die Grübchen, in die Brian sich laut eigenem Bekunden sofort verliebt hatte. Die beiden versuchten seit zwei Jahren ein heruntergekommenes Anwesen in ein Landhotel zu verwandeln und der

Freitagabend war für sie die einzige Möglichkeit, an etwas anderes zu denken, hatte Brian einmal gesagt. Wobei nicht ganz klar war, ob er das überhaupt wollte. Der Umbau von Guilford House war für ihn ein einziger Abenteuerspielplatz und ohne seinen blauen Overall wirkte er beinahe nackt. Und ungeheuer attraktiv. Charles seufzte.

»Immerhin brauchst du dir keine Gedanken machen, dass er dich mal für eine Jüngere verlässt. Patina zieht ihn magisch an.« Helen zog eine Grimasse, während er ungeduldig mit dem Kugelschreiber auf sein Textheft tippte.

»Bisschen viel Patina, wenn ihr mich fragt. Kann nicht glauben, dass die Leute Geld auf den Tisch legen, um in zugigen Zimmern zu schlafen und dem Klappern der Heizungsrohre zu lauschen.« Harriet stand auf. In Ermangelung eines Gürtels sorgte ein Schal mit dem Aufdruck »Souvenir aus Brighton« dafür, dass die Tweedhose nicht über ihre mageren Hüften rutschte. Ein rosafarbener Wollpullover vervollständigte das Ensemble.

»Im Gegenteil, Liebste, je älter, je besser. Die Leute wollen Landluft schnuppern und steinharte Plätzchen essen, das ist es, was hip ist.« Bis jetzt war ihre kleine Stadt von Touristenmassen allerdings verschont geblieben und wenn es nach ihm ging, konnte das auch so bleiben.

»Mit meinen Plätzchen ist alles in Ordnung.« Weil Mr. Potts aussah, als würde er gleich in seine Keksdose weinen, fügte Charles hastig hinzu: »Das war nicht ernst gemeint. Wir lieben Ihre Kekse.« Zur Bestätigung nahm er sich einen. »Helen und Brian haben immerhin schon die ersten Gäste gehabt.«

»Wahrscheinlich die Ersten und die Letzten«, Harriet betrachtete die Bühne, »apropos Charles, hier sieht es genauso kahl aus wie in den Zimmern der beiden. Ich könnte doch mal rumfragen, ob jemand etwas spendet. Manchmal haben die Leute wahre Schätze auf ihrem Dachboden.«

Die Bühne war tatsächlich ziemlich leer. Außer einer Lampe mit grünem Stoffschirm gab es nur noch zwei alte Sessel, bei denen die Sprungfedern quietschten. Charles seufzte. Er hatte das Gefühl, noch nie im Leben soviel geseufzt zu haben. Das Problem war weniger ein Beschaffungs- als ein Lagerungsproblem, da sie sich den Raum hinter der Bühne mit dem Schulorchester teilen mussten. Sie würden wie in jedem Jahr improvisieren müssen.

»Da ist nichts zu machen, Charles.« Brian kam hinter der Bühne hervor und wischte sich die Hände an einem alten Lappen ab. »Ich glaube, jetzt hat sie endgültig ihren Geist aufgegeben, das alte Mädchen.« Wie er den Lappen in die Hosentasche steckte und von der Bühne sprang, hätte jeden Fotografen zur Kamera greifen lassen.

Charles klatschte in die Hände. »Also los Leute, wenn wir jetzt nicht anfangen, fällt die Vorstellung aus.« Eine Sekunde lang dachte er über diesen reizvollen Gedanken nach, dann riss er sich zusammen. Wir beginnen mit Miss Marple, die mit dem Inspektor über den Fall spricht. Alle auf ihre Plätze, wir fangen an.«

Harriet fegte mit langen Schritten über die Bühne und ließ sich schwungvoll auf einen der Sessel fallen.

»Denk bitte daran, Miss Marple ist eine ältere Dame, sie ist krank, sie hat sich den Fuß verstaucht.« Zu spät fiel Charles ein, dass Harriet im letzten Sommer ihren fünfundsiebzigsten Geburtstag gefeiert hatte und er fügte hinzu: »Ich meine, eine wirklich alte Dame.«

Harriet stand auf, fegte ein zweites Mal über die Bühne und setzte sich. Dann sah sie ihn freundlich an. »Ich dachte, vielleicht ist es besser, wenn ich es nur andeute.«

»Ich finde das Stück immer noch zu altmodisch für uns. Warum machen wir nicht eine dieser modernen Boulevardkomödien, wo sich die Paare ständig betrügen und in merkwürdige Situationen geraten«, Brian grinste. Erstaunt bemerkte Charles, dass Delilah rot geworden war. Sie war erst sechzehn und seit zwei Monaten bei der Gruppe. Charles wusste nur, dass sie trotz ihrer Jugend schon ein Kind hatte und dass sie bei Brian und Helen im Hotel arbeitete. Ihm war nicht ganz klar, warum sie bei der Schauspieltruppe mitmachte. Sie war mittelblond, mittelgroß und mittelmäßig begabt, fand er.

»Möchte noch jemand einen Keks?« Mr. Potts hielt die Bärendose in der ausgestreckten Hand.

»Mir ist kalt. Ich hol mir mal meine Strickjacke aus dem Auto.«
Helen stand auf.

Charles angelte die silberne Taschenflasche aus seinem Mantel.

Zwei Stunden später hatten sie tatsächlich einige Szenen geprobt.
Dank dieser Tatsache und dem Inhalt seines silbernen Fläschchens
blickte Charles wieder etwas optimistischer in die Zukunft.
Während die anderen die Bühne leer räumten und die leeren Becher
einsammelten, blieb er auf seinem Platz sitzen und schloss die
Augen. Einen winzigen Moment lang empfand er so etwas wie
Frieden. Dann hörte er Mr. Potts rufen: »Hab was gefunden.«

Die Stimme des alten Mannes klang merkwürdig. Einen Moment
lang versuchte er sie zu ignorieren, aber das Krächzen wurde lauter.
Alle sahen sich ratlos an. Endlich stand Charles auf und kletterte
auf die Bühne. Das Geräusch kam aus den Kulissen. Eine nackte
Glühbirne erhellte den Raum hinter der Bühne notdürftig, und er
stolperte prompt über eines der Kabel, die auf dem Boden lagen.

»Mr. Potts? Geht es Ihnen gut Mr. Potts?« Langsam machte er
sich Sorgen. Mr. Potts sah immer kerngesund aus, aber er war auch
nicht mehr der Jüngste. Ein Herzinfarkt hätte Charles gerade noch
gefehlt. Sie hatten jetzt schon zu wenig Schauspieler für das Stück,
was zu einigen rigorosen Streichungen geführt hatte. Er war erleichtert, als er Mr. Potts endlich entdeckte, der an der Tür zum
Lagerraum stand. Charles ging auf ihn zu.

»Was ist denn los?«

Mr. Potts sagte nichts, streckte aber seinen linken Arm aus und
deutete mit dem Zeigefinger auf die Truhe. Charles trat näher. Die
Truhe war aus Holz und hatte Messingbeschläge. Sie war ein Geschenk des Pfarrers an seinen Nachfolger gewesen und dieser hatte
sie sofort dem Theater gespendet. »Was soll ich denn mit diesem
Monstrum«, hatte der junge Mann Charles anvertraut, »das Ding ist
so riesig, da drin könnte man ein ganzes Schwein verstecken.«. Erst
jetzt sah Charles, dass der Deckel offen war. Er trat näher.

»Was ist denn Mr. Potts? Was haben Sie denn Schönes gefunden?« Er beugte sich vor und zuckte zurück. Es war nichts
Schönes. Es war Tony. Oder besser das, was von ihm übrig war. Er
lag zusammengekrümmt in der Holzkiste, die Knie an die Brust

13

gepresst. In seinem Hals klaffte eine dunkelrote Wunde, sein hellblaues Hemd war von Blut durchtränkt. Als Erstes schoss Charles der verrückte Gedanke durch den Kopf, dass Tony sehr böse sein würde, wenn er das ruinierte Hemd sah. Er hatte es sich erst vor wenigen Tagen gekauft, genauso wie den Anzug, den er jetzt trug.

»Was ist denn los?« Harriets Stimme drang in sein Ohr. Sie drängelte sich an ihm vorbei. »Ha«, sagte Harriet.

Die Zeit schien still zu stehen. Delilah stand mit aufgerissenen Augen in der Ecke. Mr. Potts griff nach dem Besen und begann die Bühne zu fegen, was offensichtlich seine Methode war mit schockierenden Nachrichten umzugehen. Brian tätschelte Harriets Arm, bis sie ihn ungeduldig wegriss. Nur Charles stand immer noch bewegungslos vor der Truhe.

»Was ist passiert?« Helens Stimme klang seltsam verzerrt in seinem Ohr. Er drehte sich um. »Nicht hinsehen, Helen. Es ist Tony.«

Es kam ihm vor, als würde die Temperatur im Raum noch weiter fallen. Er atmete ein paar Mal tief ein und spürte, wie sein Kopf etwas klarer wurde. Das war nur der Schock. Er stand unter Schock. Er sah, dass Brian sein Handy in der Hand hatte und mit einer Stimme, die fremd klang, der Polizei berichtete, was vorgefallen war. Charles ging von der Bühne und setzte sich in die erste Reihe. Er tastete nach seiner silbernen Taschenflasche, aber sie war leer. Eine Ewigkeit später, so kam es ihm vor, hörte man Sirenengeheul und quietschende Reifen. Gefolgt von einem Schwall eisiger Luft kamen Polizeibeamte herein. Männer von der Spurensicherung packten ihre Koffer aus und begannen mit der Arbeit. Ein Polizist nahm die Personalien auf und eine rothaarige Frau mit ein paar Pfunden zu viel und dem Lächeln einer Bulldogge behauptete, dass ihr Name Inspektor Willow sei. Nachdem sie den Tatort inspiziert hatte, musterte sie alle gründlich. Charles unterdrückte den Impuls, sich hinter Harriet zu verstecken.

»Ich werde jetzt mit Ihnen allen ein kurzes Gespräch führen. Morgen werden wir uns dann noch ausführlicher auf dem Revier unterhalten. Zuerst …«, sie ließ ihren Blick langsam über die Gruppe wandern, »kommen Sie mit nach hinten«. Mit einer knappen Handbewegung winkte sie Delilah heran und ging mit ihr in die letzte Reihe des Zuschauerraumes.

»Können wir nicht wenigstens unsere Mäntel holen?« bat Mr. Potts den Beamten, der bei ihnen stand, »dadurch können ja wohl keine wichtigen Spuren vernichtet werden.«

Der junge Mann schüttelte den Kopf.

»Wahrscheinlich denken sie, wir würden die Waffe rausschmuggeln«, Charles warf einen Blick auf den Besen, den Mr. Potts immer noch umklammert hielt, und hatte das überwältigende Gefühl kichern zu müssen.

»Mach dich nicht lächerlich. Tony ist die Kehle durchgeschnitten worden. Er wurde nicht mit dem Besen erschlagen«, Harriet sah sich suchend um, »die sollten lieber nach dem Mörder suchen, vielleicht versteckt er sich hier noch irgendwo.«

»Sie glauben doch nicht ernsthaft, es wäre jemand von uns gewesen?« Charles sah den Beamten fragend an. Unter anderen Umständen hätte er seinem Anblick durchaus etwas abgewinnen können: blaue Augen und Wimpern, so lang, dass ihn jede Frau darum beneidet hätte. »Können wir nicht wenigstens etwas Warmes zu trinken bekommen? Vielleicht sollte auch jemand Delilahs Eltern benachrichtigen. Das Mädchen ist immerhin noch minderjährig.«

Der junge Mann verzog keine Miene.

Delilah wurde immer noch befragt. Sie hielt ihren Kopf gesenkt und die blonden Haare fielen ihr ins Gesicht. Es war genauso blass war wie das von Tony, fand Charles und erschrak über den Vergleich.

»Die Medien sind schuld. Verrottung und Verrohung sage ich immer. Nur Gewalt, von morgens bis abends im Fernsehen, kein Wunder, dass die Kinder immer aggressiver werden.«

»Ich glaube nicht, dass ein Kind den Mord begangen hat, Mr. Potts.« Charles merkte, dass er immer noch das Textheft umklammerte, und lockerte seinen Griff.

»Ich mochte Tony. Was immer er getan hat ...«, an dieser Stelle machte Brian eine kleine Pause und blickte Harriet an, »ich bin sicher, er konnte nicht anders handeln und es wäre ihm bestimmt nicht leicht gefallen.«

Ein Schnauben erklang. Harriet warf ihm einen bösen Blick zu. »Und wie leicht ihm das gefallen wäre, mich aus meinem Elternhaus zu werfen.«

»Aber dein Vater hat diesen Schuldschein damals unterschrieben.«

»Jeder weiß, dass er an dem Abend betrunken war.«

»Und an jedem anderen Abend seines Lebens auch«, Brian sah Harriet mitleidig an, »du weißt, dass er Alkoholiker war.«

Harriet beachtete ihn nicht: »Kommt nach fünf Jahren wieder nach Tisley, erbt das Antiquitätengeschäft und schon soll alles nach seinem Kopf gehen. Sein Vater hätte diesen Schuldschein niemals eingelöst.«

»Aber dein Vater ist schon lange tot, Harriet, und Tonys Vater lebt auch nicht mehr. Rechtlich gesehen gehört ihm das Haus«, Brian errötete plötzlich, »ich meine, es gehörte ihm, oh Gott.«

»Moralisch gesehen wäre es eine Sauerei gewesen.« Harriet warf einen drohenden Blick in die Runde. »Sergeant, sorgen Sie bitte dafür, dass sich die Verdächtigen nicht unterhalten.« Die Stimme von Inspektor Willow drang mühelos aus der hintersten Reihe des Gemeindesaals bis vor die Bühne.

Mr. Potts zog Charles beiseite. »Das dauert bestimmt die ganze Nacht.« Er sah sich vorsichtig um, dann bückte er sich und öffnete eine Klappe unter dem Bühnenaufbau, die für anfallende Wartungsarbeiten eingebaut worden war. Als er sich wieder aufrichtete, hielt er eine Thermosflasche in der Hand.

»Danke Mr. Potts, aber ich möchte keinen Tee.«

»Den möchten Sie vielleicht doch.« Mr. Potts kicherte und Charles zuckte zusammen. Dann nahm er den Becher, den Mr. Potts ihm unter die Nase hielt, und trank. Er verschluckte sich beinahe und musste husten.

»Nicht übel was? Selbst gebrannt.« Mr. Potts füllte den Becher ein zweites Mal. In einträchtigem Schweigen leerten sie gemeinsam die Thermosflasche.

16

Eine Ewigkeit später konnten sie gehen. Es hatte zu regnen begonnen. Nachdem er sich von den anderen verabschiedet hatte, stand Charles auf dem Parkplatz. Der Schock, die Müdigkeit und der Inhalt von Mr. Potts Thermoskanne setzten ihm mehr zu, als er sich eingestehen wollte. Auf einmal tippte ihm jemand auf die Schulter. Charles drehte sich um, was dazu führte, dass er fast das Gleichgewicht verlor. Energische Arme bewahrten ihn davor zu fallen.

»Kommen Sie, das schaffen Sie nicht allein.« Delilah musterte ihn verächtlich. Sie hatte die Kapuze ihres Parkas tief in das Gesicht gezogen. Ihr Haar klebte an der Stirn und dicke Tropfen hingen an ihren Wimpern. Als sie sah, dass er zögerte, fügte sie hinzu: »Keine Angst, so was bin ich gewöhnt.«

Charles versuchte sich zusammenzureißen. »Danke, aber ich brauche keine Hilfe von einer Minderjährigen. Ich komme ganz gut alleine klar«, er spürte, wie ihm schwindlig wurde, und fügte leise hinzu, »ich glaube, ich muss mich einen Moment ausruhen.« Er blieb an seinen Wagen gelehnt stehen und betete, dass sich sein Magen wieder beruhigte. Delilah wartete stumm, bis er die Autoschlüssel wieder eingesteckt hatte.

»Dann also zu Fuß.« Er zog eine Grimasse. Der Verkehr hatte nachgelassen und die meisten Geschäfte waren schon geschlossen. Ab und zu kamen ihnen ein paar Jugendliche entgegen, die sich durch das Wetter nicht stören ließen. Sie versuchten offenbar den Abend auf möglichst sinnfreie Art und Weise zu verbringen, wobei die reichliche Aufnahme von alkoholischen Getränken dabei ein willkommener Auftakt zu sein schien. Er wollte etwas zu Delilah sagen, aber ein Blick in ihr Gesicht ließ ihn verstummen. Sie gingen stumm nebeneinander her. Ab und zu wurde ihm schwindlig, und als sie endlich in die Lambstreet einbogen, war er so nass, als wäre er geschwommen. Den Witz, den er immer machte, wenn er das erste Mal mit jemandem in die Straße einbog, sparte er sich diesmal: »Charles Lamb, wohnhaft in der Lambstreet, nein, sie ist nicht nach mir benannt«. Als sie vor seinem Haus standen, hörte der Regen schlagartig auf. In einer ungläubigen Geste hob Charles die geöffnete Handfläche in die Luft.

»Na so was.«

Das Mädchen würdigte ihn keines Blickes. Charles begann nach seinen Schlüsseln zu suchen. Mit einiger Mühe gelang es ihm, sie aus der Tasche seines Mantels zu ziehen.

»Ich mach uns einen Tee.« Delilah nahm ihm die Schlüssel aus der Hand, öffnete die schmale Tür, an der die rote Farbe abblätterte, und ging ins Haus.

»Oben im Bad sind Handtücher.« Charles schaffte es gerade noch, seine nasse Jacke auszuziehen, bevor er auf das große Ledersofa im Wohnzimmer sank. Seine Füße waren so kalt, dass er die Zehen nicht mehr spürte. Er versuchte sich aufzusetzen, aber alles um ihn herum drehte sich, deshalb blieb er liegen. »Lungenentzündung« flüsterte eine Stimme in seinem Kopf, die er ignorierte. Über sich hörte er das Mädchen herumlaufen. Sie brauchte ziemlich lange, um ein Handtuch aus dem Bad zu holen. Wahrscheinlich nutzt sie die Gelegenheit etwas herumzuschnüffeln, dachte er, aber das war ihm egal, ihm war alles egal. Als sie endlich wieder herunterkam, hatte sie ihre nassen Sachen ausgezogen und trug seinen Bademantel. Einen Moment lang warf sie ihm einen herausfordernden Blick zu. Als er nicht reagierte, ging sie in die Küche. Charles hörte Geschirr klappern und das Geräusch des Wasserhahnes. Als ein paar Minuten später das Pfeifen des Wasserkessels ertönte, zuckte er zusammen. Das Mädchen kam mit einem Tablett aus der Küche, das sie vorsichtig auf den niedrigen Tisch vor der Couch stellte. Während sie den Tee einschenkte, klaffte der Bademantel auf und entblößte ihre kleinen spitzen Brüste. Sie beeilte sich nicht, ihn zu schließen und Charles sagte:

»Mach dir keine Sorgen um deine Ehre oder so, ich bin nicht interessiert.« Er hatte es immer noch nicht geschafft, sich aufzusetzen. Langsam spürte er auch seine Beine nicht mehr, was ihn etwas beunruhigte.

Delilah wurde rot. »Schon klar, das weiß doch jeder, dass Sie nicht auf Frauen stehen.« Sie nahm einen Schluck Tee, ließ sich in den roten Schaukelstuhl fallen, der vor dem Kamin stand, und fing an zu schaukeln. Charles wünschte, sie würde das lassen. Er schloss die Augen.

»Ist das Ihr Schatz, der Typ auf dem Foto?« Sie versuchte das Wort »Schatz« so geringschätzig wie möglich auszusprechen

Einen Moment lang wusste er nicht, was sie meinte. Dann erinnerte er sich an das Foto. Es hing an der Pinwand unter dem Flyer eines Pizzaservices. Das Mädchen war wirklich findig. Er hatte es nicht über sich gebracht es wegzuwerfen, wie all die anderen Bilder von Colin. Es war in ihrem letzten Urlaub in Frankreich entstanden. Er trug nur ein Unterhemd und auf seinen Schultern hatte er den schlimmsten Sonnenbrand, den die Welt je gesehen hatte. Charles schwieg. Delilah hörte auf zu schaukeln und sah sich im Zimmer um. Ihr Blick streifte die alte abgewetzte Ledercouch, die Bücherregale und den Tisch mit den vielen Kratzern, auf dem noch die Reste der Pizza standen, die er gegessen hatte.

»Verdient man wohl nicht viel als Maler, was?«

»Mehr als mit einer Stelle als Küchenhilfe.«

»Hat ja keiner gesagt, dass ich das mein Leben lang bleibe.«

»Ich verstehe. Du hast einen Plan. Na dann viel Glück.«

Ihre Augen waren groß und blau. Sie sah ihn an, als hätte er sie geohrfeigt. »Ich geh dann mal. Sie kommen ja wohl jetzt alleine klar.«

»Entschuldige, wenn ich nicht aufstehe. Danke für die Gesellschaft und den Tee.« Er wünschte sich, sie würde einfach verschwinden. Sie ging nach oben. Als sie wiederkam, hatte sie ihre nassen Sachen wieder angezogen und hielt den Bademantel in der Hand.

»Soll ich den waschen?«

»Danke, das mach ich lieber selbst.«

Sie war schon fast draußen, als sie sich noch einmal umdrehte. Ihr Gesicht war rot und ihre Stimme überschlug sich. Trotzdem gab es Charles einen Stich ins Herz, als sie sagte:

»Tony war Ihr Freund und jetzt ist er tot. Vielleicht sollten Sie aufhören zu saufen und anfangen nachzudenken.« Bevor die Tür mit einem lauten Knall ins Schloss fiel, hörte er sie schluchzen.

2. Kapitel

Am nächsten Morgen wich die bleierne Dunkelheit in Charles Kopf und der Satz »Tony ist ermordet worden« begann wie eine Endlosschleife in seinem Gehirn zu rattern. Er richtete sich ruckartig auf und bereute es sofort. Während er stöhnend seinen Kopf hielt, erinnerte er sich vage daran, dass es ihm im Laufe des Abends gelungen war, sich auszuziehen und ins Bett zu gehen. Das Laken war zerwühlt und nass geschwitzt. Wahrscheinlich hatte er sich tatsächlich eine Lungenentzündung geholt. Als er zum Fenster ging, um die Vorhänge aufzuziehen, stieß er mit seinem kleinen Zeh gegen den Schreibtisch. Während er seinen Fuß rieb, musste er daran denken, wie oft Colin über den Schreibtisch geflucht hatte. Über den Schreibtisch, über das Haus, über das Leben in einer Kleinstadt und über Charles. Ganz besonders über mich, erinnerte sich Charles. Als der Schmerz in seinem Zeh nachließ, meldeten sich seine Kopfschmerzen wieder und er machte sich stöhnend auf den Weg ins Bad. Als er im Medizinschrank nach Aspirin suchte, traf ihn die Erkenntnis mit voller Wucht: Seit gestern gab es keinen Tony mehr. Es gab nur noch seinen Körper, eine leere Hülle, die wahrscheinlich gerade auf einem Stahltisch lag und von einem Pathologen aufgeschnitten wurde. Charles ließ Wasser in das Zahnputzglas laufen und sah in den Spiegel. Sein Gesicht war so bleich wie das von Delilah gestern, die grauen Haare hingen ihm wirr in die Stirn. »Ich sehe aus, als würde ich unter einer Brücke wohnen«, dachte er, während er sich abtrocknete. Seit seinem fünfzigsten Geburtstag im letzten Jahr schien sich der Alterungsprozess deutlich beschleunigt zu haben. Plötzlich stand Tony neben ihm. Er hatte diesen Gesichtsausdruck, den er immer hatte, wenn wieder etwas schief gegangen war, ein halbes Grinsen und die Hoffnung, dass man ihm verzieh. Charles schloss die Augen und hielt sich am Waschbecken fest. Als er sie öffnete, war Tony verschwunden. Stattdessen sah er wieder den toten Körper vor sich und den Ausdruck in Tonys Gesicht: das grenzenlose Erstaunen darüber, dass ihm am Ende doch jemand böse gewesen war, so böse, dass er ihm die Kehle durchgeschnitten hatte. Charles machte sich auf den Weg nach unten. Er brauchte dringend etwas zu trinken.

Als das Telefon klingelte, hatte er gerade festgestellt, dass sich in der Whiskyflasche nur noch ein winziger Rest befand, der kaum reichte, um die Zunge zu befeuchten.

»Ja?«

»Charles?« Helens Stimme klang unsicher. »Ist alles in Ordnung?«

»Du meinst abgesehen davon, dass wir die Leiche Tonys in einer Kiste hinter der Bühne gefunden haben? Oh ja, alles prima.« Er betrachtete die leere Flasche in seiner Hand. »Ich sehe ganz klar, so klar wie lange nicht mehr.«

Sie ging nicht darauf ein. Stattdessen bekam ihre Stimme einen dringenden Unterton. »Ich war gerade beim Einkaufen und da hab ich Harriet getroffen. Frag mich nicht, woher sie das weiß, aber sie hat gesagt, Tonys Frau ist in Tisley und wird von der Polizei verhört.«

Charles stellte die Flasche auf den Tisch. »Was für eine Frau?« Ihm fiel auf, dass der Satz nicht besonders intelligent klang und er fügte hinzu: »Ich meine, ich wusste nicht, dass er verheiratet war, du etwa?«

Ungeduld mischte sich in Helens Stimme. »Ja, das wusste ich. Sie lebten aber schon länger nicht mehr zusammen. Er hat nicht gerne darüber gesprochen.«

Charles fühlte so etwas wie Eifersucht in sich aufsteigen und kam sich dabei lächerlich vor. »Aber dir hat er es erzählt?«

»Sei nicht albern, Charles, du weißt doch, dass wir uns schon seit unserer Jugend kennen. Immerhin sind wir beide hier aufgewachsen.« Auch wenn Tisley eher eine sehr kleine Kleinstadt als ein Dorf war, rieben es einem die Einwohner gerne unter die Nase wenn man »zugezogen« war. Charles seufzte.

»Jedenfalls …«, Helen zögerte, »ich wollte dich um einen Gefallen bitten. Harriet hat Tonys Frau zufällig, wie sie sagt, getroffen und erfahren, dass sie noch kein Hotelzimmer hat. Da habe ich gedacht, es wäre doch nett, wenn sie bei uns wohnen könnte.«

Bevor Charles sich über soviel Geschäftssinn wundern konnte, fügte sie hinzu:

»Ich habe das Gefühl, jemand sollte sich um sie kümmern. Immerhin sind sie verheiratet gewesen. Jedenfalls haben Brian und ich keine Zeit sie abzuholen und da dachte ich, ob du das vielleicht erledigen könntest?«

»Ob ich was?«

»Ob du sie zu uns bringen kannst.

»Kann sie sich kein Taxi nehmen?«

»Sie ist wohl ziemlich durcheinander. Harriet hat ihr die Adresse vom »Black Swan« gegeben. Charles, bitte.«

Er griff nach dem Pizzarest, der auf dem Tisch lag und biss in die kalte, fettige Wurst. Ihm fiel ein, dass sein Wagen noch auf dem Parkplatz vor der Gemeindehalle stand. Vielleicht würde ihm ein Spaziergang ganz gut tun.

Nach einer ausgiebigen Dusche fühlte er sich etwas besser. Der Regen hatte aufgehört und eine blasse Wintersonne hatte sich durch die Wolken gekämpft. Er beschloss, einen kleinen Umweg am Kanal entlang zu machen. Von Mr. Peters war noch nichts zu sehen. Im Schaufenster der Videothek stand ein neuer Pappaufsteller, der für Terminator drei warb, und neben dem Baum lag ein frischer Hundehaufen. Als Charles die Böschung zum Kanal hinunterging, begegnete ihm keine Menschenseele. Die alte Silberwarenfabrik am anderen Ufer war schon so lange pleite, dass keine Fensterscheibe in dem alten Backsteinbau mehr heil war. Von Weitem näherte sich wütend und flügelschlagend der Herrscher des Kanals, ein Schwan. Als das Tier nur noch ein paar Schritte entfernt war und er das böse Funkeln in seinen Augen sehen konnte, fing Charles an schneller zu gehen, auch wenn er, wie jedes Mal, ein Gefühl der Beschämung nicht unterdrücken konnte. An der Brücke blieb er stehen und drehte sich um. Das Wasser unter ihm war dunkel, nur ein paar Pappbecher schaukelten als helle Flecken auf der Oberfläche. Als wäre nichts geschehen, glitt das Tier elegant durchs Wasser. Irgendwann würde er ihn erschlagen, nahm sich Charles vor, am besten mit einem guten und harten Laib Brot. Nachdem er das Auto geholt hatte, parkte er in der Nähe des

Marktplatzes. Er überquerte die Broadstreet, die um den alten Ortskern führte, mit ihren »Bed and Breakfast« Schildern an jedem zweiten Haus und den Schnellimbissen. Hier fuhren die Laster entlang, die auf die Schnellstraße wollten, und Charles fragte sich nicht zum ersten Mal, welcher Tourist sich ein Zimmer an der lautesten Straße in Tisley nahm. Der Autolärm verstummte schlagartig, als er in eine der Seitenstraßen einbog. Stattdessen hörte er Stimmen und als er sich dem Marktplatz näherte, sah er, dass sich dort eine Menschenmenge versammelt hatte. Vor der Admiral Nelson Statue versuchte ein junger Mann Mr. Potts zu interviewen.

»Sie haben die Leiche gefunden«, bevor der Reporter weiter sprechen konnte, entriss ihm ein hagerer Arm das Mikrofon. Harriet trug ihre geliebten Tweedhosen und eine alte Wachsjacke, das graue Haar war kampflustig gesträubt.

»Wir Einwohner«, Harriets Stimme wäre auch ohne Mikrofon mühelos bis in den hintersten Winkel des Platzes gedrungen, »wir Einwohner Tisleys«, wiederholte sie, »werden keine Interviews an Leichen fleddernde Reporter geben.« Aus einer der hinteren Reihen erklangen zögernder Applaus und vereinzelte Buhrufe. Sie gab dem jungen Mann das Mikrofon zurück, der sich immer noch nicht von seiner Überraschung erholt hatte. Dann räusperte er sich.

»Wie ich gerade sagen wollte, Sie haben also die Leiche gefunden?«

Mr. Potts warf dem Mann einen Blick zu, dann sah er Harriet an. Sein Rücken straffte sich.

»Die Dame hat Recht. Wir geben keine Auskunft.«

Die Buhrufe wurden lauter. Charles hatte nicht damit gerechnet, dass sich die Journalisten so schnell auf den Mord stürzen würden. Er hatte völlig vergessen, dass Tony jetzt eine Schlagzeile war, die es auf die Titelseiten der Zeitungen bringen würde.

Im Eingang zum »Black Swan« stand ein Putzeimer. Charles konnte sich nicht erinnern, Jack jemals mit einem Putzeimer gesehen zu haben. Vorsichtig schob er sich an dem dreckigen Wasser vorbei. Obwohl die Tür halb offen stand, war das Innere dunkel wie immer. Durch die grünen, bleigefassten Glasscheiben fiel kaum Licht. Man hatte das Gefühl, in einem Aquarium zu sitzen, was durch die sparsame Beleuchtung noch verstärkt wurde. In Tisley herrschte die Meinung, dass Jack, der Wirt, dadurch Geld für Reinigungspersonal und neues Mobiliar sparen wollte. Es ging das Gerücht, dass manche Beziehung nur zustande gekommen war, weil sich die Liebenden im »Black Swan« kennengelernt hatten, und es am nächsten Tag, bei vernünftiger Beleuchtung, für sie schon zu spät war, um wieder ihrer Wege zu gehen. Obwohl um die Mittagszeit normalerweise viel los war, schien er heute der einzige Gast zu sein. Auf den wenigen Sonnenstrahlen tanzte der Staub. Ihr Licht reichte aus, um den schmierigen Film auf den Holzmöbeln zu erkennen. Charles bemühte sich, nicht zu genau hinzusehen, und setzte sich in den hinteren Teil, der durch eine Holzbalustrade abgeteilt war. Hier war es dunkel wie immer. Von Tonys Frau war nichts zu sehen. Jack tauchte wie ein Schiff aus dem Nebel auf und stützte sich vertraulich auf den Tisch.

»Ganz schön was los draußen, was?« Bei diesen Worten entströmte seinem Mund eine ungeheure Knoblauchfahne. Vielleicht sollte ich etwas essen, überlegte Charles. Sein Magen hatte sich ein wenig beruhigt. Essen im »Black Swan« hatte etwas von einer Lotterie. Meistens war das Essen miserabel, aber ab und zu schmeckte es köstlich. Da er bis jetzt nicht dahinter gekommen war, von welchen Faktoren diese Tatsache abhängig war, blieb nichts übrig, als das Beste zu hoffen.

»Die Tür ist offen«, stellte Charles fest.

»Ich hab mir gedacht, ich mach noch ein wenig sauber, bis das Fernsehen kommt.« Um seine Behauptung zu untermauern, machte Jack Anstalten den Tisch zu wischen. Charles war froh, dass die Sonnenstrahlen diesen Teil des Pubs nicht erhellten, so konnte er sich einreden, dass der Lappen nicht schmutziger war als sonst.

»Das Fernsehen kommt?«, er hob die Ellenbogen, um jeden Kontakt mit ihm zu vermeiden.

»Wir sind in den Nachrichten. Brutaler Mord hinter der Bühne«, Jack strahlte und seine Goldzähne, die er sich in besseren Tagen hatte machen lassen, funkelten trotz der Dunkelheit. »Nehme an, sie werden gleich kommen. Die Leute vom Fernsehen trinken doch alle, weißt du.«

24

Er hob den Lappen nachdenklich in die Höhe. Charles bemühte sich, nicht zu atmen. »Ich hoffe, ich hab genug Lammcurry. Wahrscheinlich wollen sie auch was essen.« Das erklärte die Knoblauchfahne. Jacks Lammcurry war nur etwas für gefestigte Naturen. In den meisten Fällen war es aber genießbar.

»Ich glaube, ich nehme auch was davon.« Charles Magen protestierte nicht und er atmete auf. »Falls du noch ein Essen übrig hast. Für einen alten Freund.«

Jack überlegte ziemlich lange. Dann warf er sich den Lappen über die Schulter. Ein Tropfen traf Charles an der Nase und er erschauderte. »Was soll's. Kriegt einer halt nur eine kleine Portion.« Jack konnte wirklich großzügig sein. Als er in Richtung Küche verschwunden war, holte Charles sein Taschentuch aus der Hose. Nachdem er solange an seiner Nase gerieben hatte, bis sie im Dunkeln leuchtete, betrat eine Frau den Raum. Charles schätzte sie auf Anfang vierzig. Sie trug ihr dunkelblondes Haar zu einem altmodischen Zopf geflochten und war etwas fülliger als der Durchschnitt. Vielleicht verdankte sie diesen Eindruck aber auch nur der Tatsache, dass sie eine hellblaue, wattierte Jacke trug, in der sie aussah wie ein Daunenkissen auf zwei Beinen. Sie zog einen schwarzen Rollkoffer und ein kleines Mädchen hinter sich her, das Charles auf fünf oder sechs Jahre schätzte. Er dachte an Tony und schüttelte den Kopf. Das war ganz sicher nicht Anthonys Frau.

Jack, der gerade mit einem Teller aus der Küche gekommen war, ging auf sie zu und Charles konnte beobachten, wie sie leicht zurückzuckte, als er seinen Mund öffnete. Dann kamen die drei näher. Jack stellte den Teller auf den Tisch und beugte sich zu Charles hinunter: »Rate mal, wer die Dame ist?«

Charles Ohr fing an zu jucken. »Das ist unhöflich Jack, selbst für dich, über jemanden zu sprechen, der hinter dir steht.«

Jack kümmerte sich nicht um zarte Winke. Die Frau beobachtete ihn genau, als könne sie es selbst kaum erwarten zu erfahren, wer sie war.

»Die kleine Frau ist Tonys Witwe. Gerade angekommen.« Er wischte mit seinem Lappen den Rand des Tellers ab, bevor er sich auf seine Manieren besann und mit der Vorstellung fortfuhr. »Das ist Mrs. Allen. Tonys Witwe. Und ihre Tochter Rose. Und das ist Charles.« Er klopfte Charles auf den Rücken und verschwand wieder in Richtung Küche. Das kleine Mädchen zog an einem ihrer Zöpfe, bis ihr Kopf fast auf ihrer linken Schulter lag. Die Frau ließ sich neben Charles auf die Bank fallen.

»Sie kannten Tony?« Mit einem Ruck öffnete sie die Druckknöpfe ihrer Jacke und begann sie auszuziehen. Er hatte sich geirrt. Ohne Jacke war sie genauso füllig. Charles versuchte ihrem Ellenbogen auszuweichen und rückte ein Stück zur Wand. Sie klopfte einladend auf die winzige Lücke, die entstanden war.

»Komm Schätzchen, der Mann hat extra Platz für dich gemacht.« Das Kind hörte auf, an seinem Zopf zu ziehen und kletterte auf die Bank. Charles räusperte sich.

»Offenbar nicht so gut, wie ich dachte. Ich wusste bis heute nicht, dass er verheiratet war. Er hat nie von Ihnen gesprochen«, fügte er vorwurfsvoll hinzu.

Anstatt darauf einzugehen, warf sie einen Blick auf seinen Teller. »Das Lammcurry sieht klasse aus. Sie sollten es nicht kalt werden lassen.«

Charles probierte vorsichtig von der Mitte des Tellers und war erleichtert. Abgesehen davon, dass er wahrscheinlich den Rest der Woche nach Knoblauch riechen würde, schmeckte das Essen fantastisch.

»Wir hatten noch gar keine Zeit zu essen, erst die Fahrt von London hierher und dann mussten wir gleich zur Polizei. Mein Gott. Zwei Jahre lang habe ich nichts von ihm gehört und dann das. Mitten in der Nacht klingelt das Telefon und ein Polizist fragt mich, ob ich Mrs. Allen bin. Sie können mich für verrückt halten, aber ich wusste sofort, dass etwas Schreckliches passiert ist.« Sie klopfte sich mit ihrer Faust auf die üppige Brust. »Hier drinnen habe ich es gespürt.«

Wenn man mitten in der Nacht einen Anruf von der Polizei bekam, dachte Charles, war das wahrscheinlich nicht so schwierig. Sie kramte in ihrer Handtasche und nahm einen Malblock und ein paar Buntstifte heraus, die sie auf den Tisch legte. Ohne ein Wort griff die Kleine nach den Stiften und fing an zu malen. Ihre Mutter hatte eine Tüte Hustenbonbons gefunden. Sie steckte sich eines in den Mund.

»Jedenfalls sind wir froh …«, begann sie, dann riss sie die Augen auf und fing an zu husten. Als ihr die Tränen über die Wangen liefen, erfasste Charles eine leichte Panik. Er beugte sich vor und tätschelte ihr beruhigend den Rücken. Das Gesicht der Frau war mittlerweile rot angelaufen. Das kleine Mädchen hatte aufgehört zu malen. Es baumelte vorsichtig mit den Beinen und sagte kein Wort. Charles blickte sich hilflos um, aber Jack war immer noch verschwunden.

»Ich weiß, was Sie brauchen: Etwas zu trinken wirkt in so einem Fall Wunder.« Er lief zur Bar und betrachtete einen Moment lang hilflos die Batterie von Flaschen, die dort auf den Regalen lagerten. Man konnte dem Wirt des »Black Swan« vieles vorwerfen, aber mangelnde Auswahl an alkoholischen Getränken gehörte nicht dazu. Charles war sicher, dass Jack das meiste davon persönlich probiert hatte. Er schenkte zwei großzügig bemessene Gläser Whisky ein. Sein Kopf hämmerte immer noch, aber darauf konnte er jetzt keine Rücksicht nehmen. Er nahm die Gläser und ging wieder nach vorne. Die Frau hatte jetzt ihren Kopf auf den Tisch gelegt, was Charles nicht nur aus hygienischen Gründen sehr bedenklich fand, und angefangen mit den Fäusten auf das schwarz gebeizte Holz zu trommeln. Charles betrachtete sie einen Moment hilflos. Wahrscheinlich hätte er sie hochreißen, seine Arme um ihren Körper schlingen und diesen Griff anwenden müssen, von dem er nicht einmal mehr den Namen wusste. Stattdessen drückte er ihr das Glas in die Hand. Mit seiner Hilfe gelang es ihr tatsächlich zu trinken. Dann keuchte sie:

»Das ist ja Alkohol.« Entweder war es die gelungene Überraschung oder Whisky hatte tatsächlich die heilende Wirkung, die Charles ihm immer zuschrieb, auf jeden Fall bekam sie wieder Luft. Er atmete auf, als sie langsam ruhiger wurde.

»Meine Güte«, keuchte sie, als sie wieder zu Atem gekommen war, »jetzt wäre ich beinahe an einem dämlichen Hustenbonbon erstickt.« Ihre Wimperntusche war verlaufen und hatte schwarze Spuren unter ihren Augen hinterlassen. »Ich muss ja furchtbar aussehen.« Sie versuchte, ihr Gesicht in der verspiegelten Rückwand der Bar zu erkennen, womit sie in jedem anderen Pub wahrscheinlich Erfolg gehabt hätte. Hilflos rieb sie mit einem Taschentuch unter ihren Augen herum, was alles nur noch mehr verschmierte. Mittlerweile erinnerte sie ihn an einen zu Tode betrübten Pandabären, einen Pandabären der zehn Jahre älter war als Tony. Er konnte es nicht fassen, dass diese Frau einmal mit Tony verheiratet gewesen sein sollte. Charles trank einen großen Schluck Glenfiddich und stellte befriedigt fest, dass das Hämmern in seinem Kopf allmählich aufhörte.

»Sie haben sich getrennt, Sie und Tony?«

»Er war wie ein großer Junge, nicht wahr? Ich glaube, er war einfach überfordert, als Rose zur Welt kam. Kinder sind eine große Freude, aber auch eine große Last.«

Charles warf einen unbehaglichen Blick auf das kleine Mädchen. Die Sonne hatte einen Mund und zwei schielende Augen bekommen. Jetzt nahm sie einen blauen Stift und malte energische Striche, die offenbar ein Haus darstellen sollten. Ihre Mutter nahm ihr die rosa Wollmütze ab und strich ihr über das Haar.

»Aber Rose ist sehr lieb. Finden Sie nicht auch?«

»Oh ja, sicher.« Charles begann sich unbehaglich zu fühlen. »Sie haben sich ...«, er zögerte, »getrennt?«

Sie nickte. »Eigentlich kann man das so sagen. Wir hatten Kommunikationsprobleme.« Das Wort schien ihr kaum merkliche Schwierigkeiten zu bereiten, worauf sie den Rest Whisky in ihrem Glas austrank. »Ich trinke nie Alkohol.«

Charles seufzte. Er wünschte, das hätte er auch von sich sagen können. »Aber er hat sich doch sicher um seine Tochter gekümmert?«

»Rose war noch ganz klein, als ihr Vater uns verlassen hat. Ich musste wieder anfangen zu arbeiten, um mein kleines Mädchen und mich durchzubringen. Gottseidank bin ich Krankenschwester, da findet man immer einen Job.«

Charles war verwirrt. »Aber hatten Sie nicht gesagt, dass Tony so an Ihnen beiden hing?«

28

Sie warf einen Blick auf sein Glas. »Sie sollten nicht so viel trinken. Es ist noch nicht einmal Mittag.«

Charles hob das Glas und prostete ihr zu.

»Das ist nicht lustig. Was meinen Sie wie Ihre Leber sich jetzt fühlt.«

Charles wusste, wie er sich jetzt fühlte und das reichte ihm. »Was ist schief gegangen?«

Sie schwieg einen Moment lang. Er dachte schon, sie würde gar nicht mehr antworten, als sie sagte:

»Es war schwierig. Als sie kam …«, sie legte eine Hand auf seinen Arm, »war ich nicht mehr die Jüngste. Wir hatten alles versucht, aber dann«, sie rieb sich mit dem Taschentuch die Augen und Charles hatte einen Moment lang die Befürchtung, sie würde anfangen zu weinen, aber sie versuchte nur, die Spuren der Wimperntusche zu entfernen, bevor sie fortfuhr: »Dann hat es doch noch geklappt. Aber es war nicht so, wie er sich das vorgestellt hat. Und dann das Geld. Ich konnte nicht mehr Vollzeit arbeiten.« Charles nickte. Das erklärte einiges. Eine Frau, die das Geld verdiente, das hatte Tony sicherlich gefallen.

»Eines Abends ist er dann gegangen. Seitdem habe ich nichts von ihm gehört und jetzt hat er sich umbringen lassen und ist tot.« Ein kleiner Seufzer entfuhr ihr. Das Mädchen hatte aufgehört zu malen. Das Bild war fertig. Die riesige Sonne schwebte über einem Haus. Davor stand eine Figur, die Ähnlichkeit mit einem Schornsteinfeger hatte.

»Wie hübsch. Wer ist das? Deine Mama?«

Das Mädchen schüttelte den Kopf.

Ihre Mutter warf einen kurzen Blick auf die Zeichnung. »Das ist ein Hund. Rose wünscht sich einen Hund. Aber wir können uns keinen Hund leisten. Nicht in unserer kleinen Wohnung, nicht wahr, Schatz?« Sie packte die Buntstifte ein und wollte gerade die Zeichnung einstecken, als das Mädchen beide Hände ausstreckte und sie Charles gab.

»Oh, danke schön.« Charles wusste nicht, was er sagen sollte.

»Rose verschenkt ihre Bilder sonst nie.« Sie sah ihn an. »Können wir gehen? Ich bin ziemlich erledigt, wissen Sie.«

Charles nickte. »Natürlich, kein Problem. Mein Wagen steht gleich um die Ecke.«

Die Menge auf dem Marktplatz hatte sich zerstreut. Von dem jungen Mann mit dem Mikrofon und den Kameraleuten war nichts mehr zu sehen, offenbar hatte niemand von ihnen vor, einen Abstecher in Jacks Pub zu machen.

Als sie vor Charles Wagen standen, musterte die Frau den Lieferwagen einen Moment skeptisch. Er stammte noch aus der Zeit, als Charles große Leinwände transportieren musste.

»Sind Sie Klempner?«

»Nein.«

»Steht ja auch gar nichts drauf. Ich meine, nicht der Name der Firma oder so.«

Er öffnete die Schiebetür und räumte die hinteren Sitze frei.

»Geht es so?«

»Oh ja, danke, sehr bequem, nicht wahr Schätzchen?«

Charles hob Rose in den Wagen. Das Mädchen sah ihn an, ohne etwas zu sagen. Er überlegte, ob sie stumm war, vielleicht sogar taubstumm. Als hätte sie seine Gedanken gelesen, beugte sich die Frau vor.

»Es ist alles in Ordnung mit ihr. Sie redet nur nicht gerne. Sie ist etwas ganz Besonderes, nicht wahr Rose?« Dabei strich sie ihrer Tochter über den Kopf.

Charles fand, dass es ihrer Stimme an Enthusiasmus mangelte. Aber vielleicht war sie auch einfach nur erschöpft.

»Sie sind mir gegenüber übrigens im Vorteil, da Jack Ihnen verraten hat, dass ich Charles heiße. Es kommt mir merkwürdig vor, Sie Mrs. Allen zu nennen.«

»Das ist aber mein Name. Fiona Allen.«

Sie fuhren an den Schnellimbissen vorbei, den Lagerhallen und den schachtelartigen kleinen Häusern, bis sie Tisley hinter sich gelassen hatten. Die Sonne hatte an Kraft gewonnen und das wenige Laub, das noch an den Bäumen hing, leuchtete. Auf den Wiesen standen Schafe, die den Kopf hoben, als sie an ihnen vorbeifuhren. Nur der Rauch der nahen Müllverbrennungsanlage trübte das Idyll. Als Charles von der Hauptstraße abfuhr und in den kleinen Weg einbog, sahen sie Guilford House schon von Weitem. Für Fälle extremer Kurzsichtigkeit hatte Brian zusätzlich einen Holzpfahl aufgestellt, an dem ein Keramikschild hing. Das Keramikschild hatte eine Töpferin aus Tisley entworfen, die offenbar selbst an einer speziellen Form der Sehbehinderung leiden musste, anders konnte sich Charles diese braungrün getöpferte Scheußlichkeit nicht erklären. »Die Gäste mögen es«, hatte Brian das Schild verteidigt. Der Kies knirschte unter ihren Reifen, als sie das Beet in der Mitte der Auffahrt umrundeten. Eine Krähe, die dort nach etwas Essbarem suchte, legte den Kopf schief, musterte sie mit ihren schwarzen Knopfaugen und zog dann energisch einen Regenwurm aus dem nassen Boden. Guilford House war eine zweistöckige viktorianische Villa, mit noch mehr Erkern und Türmchen als üblich. Charles hatte sofort verstanden, dass sich Brian Hals über Kopf in das Haus verliebt hatte. Als er hielt, trat Helen aus der offenen Tür. Sie hatte einen schwarzen Plastikeimer in der Hand und winkte, als sie den Wagen sah.

»Hallo Helen, ich habe dir zwei Besucher mitgebracht. Das sind Fiona Allen und ihre Tochter Rose.«

Helen hatte offenbar gearbeitet, denn das Blau ihrer Jeans war mit einer grauweißen Schicht bedeckt. Die Haare hatte sie mit einem Gummiband zusammengebunden. Sie stellte den Eimer ab und kam auf sie zu.

»Wie schön, dass es geklappt hat. Auch wenn der Anlass traurig ist, freue ich mich, Sie kennenzulernen. Entschuldigen Sie meine Aufmachung, aber wir arbeiten immer noch an dem Haus. Ich hoffe, dass Sie sich trotzdem wohlfühlen …«, sie unterbrach sich erschrocken, »ich meine, soweit das in so einer Situation überhaupt möglich ist.« Ihr Blick ruhte einen Moment lang auf dem kleinen Mädchen. »Mein Gott, ich bin ganz durcheinander, es tut mir so leid, er wird uns allen fehlen. Wenn Sie irgendetwas brauchen, sagen Sie bitte Bescheid«, sie wandte sich an Charles, »vielleicht könntest du Mrs. Allen und ihrer Tochter schon ihr Zimmer zeigen, das Erste oben links, ich komme sofort nach. Delilah ist in der Küche, wenn Sie noch etwas brauchen …«, sie griff nach dem Eimer und verschwand hinter dem Haus.

Fiona stand neben ihm, die blaue Daunenjacke zugeknöpft, und sah nicht nur aus wie ein Kopfkissen, sondern blieb auch so stumm. Plötzlich ließ die kleine Rose ihre Hand los und lief hinter Helen her. Ihre Mutter rührte sich nicht.

»Kein Problem, ich hole sie.« Charles entdeckte Rose schließlich bei der Mauer aus alten Feldsteinen, die den Kellereingang umgab. Im Sommer schmückten sie Töpfe voller rot leuchtender Geranien, jetzt lagen dort nur feuchte Laubreste. Rose stand neben Helen. Beide blickten nach unten. Charles stellte sich neben sie.

»Was gibt es denn zu sehen?« Die Tür zum Keller stand offen und eine Bauleuchte, hell wie ein Scheinwerfer, blendete ihn. Es dauerte einen Moment, bis er erkennen konnte, dass Brian in einem Haufen Schutt kniete. An der Stelle, an der früher eine Steintreppe in den Keller geführt hatte, befand sich jetzt ein schwarz lackiertes Metallungetüm. Als er Charles sah, grinste er. »Oh, guck mal, ich habe mir Verstärkung organisiert«, er winkte Rose zu, »Maurer ist ein schöner Beruf Prinzessin, was ist, willst du mir nicht helfen?«

»Was ist denn mit der Treppe passiert?«

»Die musste ich abreißen. Aber ich hab eine schöne neue Treppe eingebaut, nicht wahr, Prinzessin?« Rose nickte ernst und Helen schnitt eine Grimasse. »Du glaubst nicht, was man alles übers Internet besorgen kann. Ich hab jetzt eine Quelle, wo ich ganz günstig Baumaterialien finde. Das Schätzchen war fast geschenkt«, stolz betrachtet er die neue Metalltreppe, dann fügte er entschuldigend hinzu, »ich muss einfach was machen, sonst dreh ich durch.«

Charles nickte. Es brauchte sicher mehr als einen Mord, um Brian vom Arbeiten abzuhalten. »Sieht noch ein bisschen wackelig aus.«

»Das ist der Hauch von Abenteuer, Junge«, mit einer einladenden Handbewegung wies er auf die Treppe, »probier sie doch mal aus, dann bist du der Erste, der seinen Fuß auf dieses historische Bauwerk setzt.«

Charles zögerte. »Da ist kein Geländer«, stellte er fest.

»Der alte Mann hat Angst, Prinzessin. Dabei könnte jedes Baby hier runterkrabbeln.«

»Dann schlage ich vor, du suchst dir ein Baby. Ich bringe erst mal deinen kleinen Gast ins Haus.«

»Auf Wiedersehen, Prinzessin.« Sie ließ Helens Hand los und griff nach seiner. Als sie um das Haus herum gingen, stieß die Krähe ein heiseres Krächzen aus. Das Mädchen zuckte zusammen. Sie war klein und dünn für ihr Alter, dachte Charles und hatte wenig Ähnlichkeit mit ihrer Mutter. Aber vielleicht hatte Fiona als junges Mädchen auch so ausgesehen, so zart und verletzlich. Vielleicht war ihr dicker blonder Zopf ein Relikt aus dieser Zeit. Charles schüttelte den Kopf. Zart hatte diese Frau sicher nie ausgesehen, wahrscheinlich war sie schon als Kind etwas zu plump gewesen, zu dick um beliebt zu sein. Er sah auf Rose hinunter und sagte:

»Das ist nur eine Krähe. Keine Angst. Willst du wirklich mal Maurer werden? Ich an deiner Stelle würde mir das noch mal überlegen. Es gibt doch bessere Berufe für ein kluges Mädchen wie dich.«

Ihre Mutter stand immer noch an der gleichen Stelle. Erst als sie die Schritte der beiden hörte, kam wieder Leben in ihren Körper.

»Wo warst du denn? Du kannst mich doch nicht einfach alleine lassen.« Rose lief zu ihr und schmiegte sich an die hellblaue Jacke. Charles ging zum Wagen.

»Ich hol nur das Gepäck.« Die Plastikräder des Koffers knirschten, als er ihn über die Steinstufen rollte. Dann öffnete er die Tür: »Willkommen in Guilford House.«

Rose hüpfte über die Schwelle. Fiona folgte ihr langsam. Die Eingangshalle war lang und schmal. An den grün gestrichenen Wänden hingen gerahmte Drucke aus »Alice im Wunderland«.

»Kennst du das Buch?«, fragte er, als das Mädchen vor einem Bild mit dem verrückten Hutmacher stehen blieb. »Du siehst selbst aus wie eine kleine Alice, meine Liebe, wie eine dunkelhaarige kleine Alice, nur dass deine Haare noch nicht ganz so lang sind.« Sie zog wieder an ihren winzigen Zöpfen und begann auf einem Bein zu hüpfen. »Gut, dass Brian nicht alle Treppen abgerissen hast.« Charles wies mit ausgestrecktem Arm auf die Holztreppe mit dem roten Sisalläufer, die in den ersten Stock führte, »meine

Damen, wenn Sie mir bitte folgen wollen.« Rose, die sich am Geländer festhielt, begann vorsichtig hinaufzusteigen. Erst jetzt fiel Charles auf, dass sie schwarze Lackschuhe trug.

»Ich hoffe, die Zimmer sind nicht so teuer. Ich weiß ja noch nicht, was Tony mir hinterlassen hat.« Fiona sah sich um.

Charles hielt vor der ersten der sechs Türen, die sich auf beiden Seiten des Flures befanden. Er öffnete sie und ließ Fiona den Vortritt. Helen hatte alle Zimmer in verschiedenen Farben gestrichen. In diesem waren die Wände himmelblau, was dem Raum etwas Kühles verlieh. Über der Kommode hing ein Aquarell der Landschaft. Es war ein Geschenk Tonys zur Einweihung gewesen, fiel Charles ein. Er stellte den Rollkoffer ab und wies auf das moderne Polsterbett. »Wenn Sie für Ihre Tochter ein eigenes Bett haben möchten, kann ich das bestimmt noch arrangieren.«

»Das ist nett, aber wir sind nicht so verwöhnt. Rose schläft immer bei mir.« Fiona streckte die Hand aus. Das Kind lief zu ihr und schmiegte sich an ihren großen weichen Körper.

Charles wusste nicht, was er sagen sollte. Er hätte gerne Fragen über Tony gestellt, aber er sah, wie müde sie war. Sie hatte ihre Augen halb geschlossen, und als sie sich erhob, erwartete er fast, dass sie sich ohne viel Umschweife ausziehen und ins Bett gehen würde. Aber sie trat nur an eines der Fenster und blickte hinaus. »Und es war wirklich kein Unfall?«, fragte sie plötzlich mit leiser Stimme.

Charles schüttelte den Kopf und fügte dann, als sie ihm weiter den Rücken zuwandte, laut hinzu: »Ich fürchte, nein, nein, das war kein Unfall.«

»Wer macht denn so was?« Ihre Stimme klang verwundert und er antwortete automatisch: »Das wird die Polizei sicher herausfinden.«

Dann ließ er die beiden alleine. Als er in der Tür stand, hob das kleine Mädchen eine Hand und winkte ihm zu.

3. Kapitel

»Eigentlich lief doch alles ganz gut oder?« Jamies wasserblaue Augen blickten ihn an. Charles schrak aus seinen Gedanken auf. »Ganz gut« war nicht unbedingt die Beschreibung, die er für die heutige Probe gewählt hätte. Immerhin hatten sie weitergemacht, was allerdings das Beste war, das man darüber sagen konnte. Danach hatte Charles, der seine silberne Taschenflasche vergessen hatte, unschlüssig auf dem Parkplatz gestanden und überlegt, ob er dem »Black Swan« noch einen Besuch abstatten sollte, als sein Blick auf Jamie gefallen war, der gerade auf sein altersschwaches Fahrrad steigen wollte. Jamie, mit seinen dünnen blonden Haaren und den selbst gestrickten Pullovern seiner Mutter hatte so blass und unglücklich ausgesehen, dass er sich spontan entschlossen hatte, ihn mitzunehmen. Jetzt saßen sie im Pub, vor sich ein Glas Bier und er hatte seinen spontanen Entschluss bereits bereut. Jamie gehörte zu den Menschen, bei denen Charles das unangenehme Gefühl hatte, sich um sie kümmern zu müssen, was dazu führte, dass er einen weiten Bogen um sie machte. Der junge Mann hatte in Tonys Antiquitätengeschäft eine Stelle als Aushilfe gehabt und durch Tonys Tod auch seinen Arbeitsplatz verloren. Er war bei der Theatertruppe um mehr Selbstbewusstsein zu bekommen, jedenfalls hatte das sein Sozialarbeiter behauptet, als er mit Charles gesprochen hatte. Es hatte da ein oder zwei Eigentumsdelikte gegeben. »Eigentlich ein Wunder, dass er nichts Schlimmeres gemacht hat« hatte der Mann Charles am Telefon anvertraut, »bei der Mutter.« Jamie wohnte immer noch in dem Haus, in dem er groß geworden war. Seine Geburt war das Resultat einer sehr kurzen und für alle Beteiligten völlig überraschenden Affäre. Damals war seine Mutter schon Mitte vierzig, hatte mit den Männern abgeschlossen und sah auch keinen Grund, an dieser Einstellung etwas zu ändern, nachdem ihr Sohn auf der Welt war. Sie verlor über den Vater kein Wort und betrachtete Jamie von da an als ihr alleiniges Eigentum. Im letzten Jahr war sie so krank geworden, dass sie in einem Pflegeheim untergebracht werden musste. Seitdem besuchte er sie, so oft er konnte.

»Wo warst du eigentlich letztes Mal?« Charles beugte sich vor und winkte Jack, der sich sofort daran machte, ein Whiskyglas zu füllen. Jamie errötete. In dem blauen Pullover sah er aus wie zwölf.

»Ich war krank. Hab im Bett gelegen. Die Polizistin war sehr nett, sie hat gesagt, das ginge in Ordnung.«

Dabei musste es sich um eine andere Polizistin als Inspektor Willow gehandelt haben, überlegte Charles.

»Und? Was glaubst du? War es ein Serienkiller?«

Charles war für einen Moment verblüfft. »Wie kommst du denn darauf?«

»In Amerika kommt das andauernd vor. »Schweigen der Lämmer« und so. Ich meine, man weiß ja nie. Die drehen einfach durch. Die haben eigentlich überhaupt kein Motiv. Kein richtiges, jedenfalls.«

»Du meinst »Hannibal Lector« treibt sein Unwesen neuerdings in Tisley? Das halte ich für unwahrscheinlich. Ich glaube eher an einen guten alten Mord mit einem ganz normalen Motiv. Geld, Hass, Eifersucht, such dir eins aus.« Was allerdings bedeuten würde, dachte Charles, dass der Täter Tony gut gekannt hatte.

»Ich vermisse Tony«, sagte Jamie plötzlich. »Klar hat er mich ausgenutzt. Das ist doch immer so. Wenn du nicht der Chef bist, hast du nichts zu sagen. Aber er war nicht übel. Einmal, als es Mutter so schlecht ging, hat er den Laden dichtgemacht und mich zum Essen eingeladen. Wir sind zum Inder gegangen. Ich mag nichts Scharfes …«, seine blassblauen Augen blickten Charles traurig und ein wenig vorwurfsvoll an, »aber es hat gut getan, sich mal auszusprechen, ich meine, man muss die anderen ja nicht immer mit seinen Sorgen belasten, aber ab und zu braucht man einfach jemanden, der zuhört«, wieder traf Charles ein vorwurfs-voller Blick. Wenn man sich länger mit Jamie unterhielt, war es als würde sich eine graue Wolke aufs Gemüt legen.

»Ich wusste gar nicht, dass Tony so ein guter Zuhörer war.«

Jamie blickte ihn erstaunt an. »Doch, das war er. Er konnte sehr nett sein, wenn er wollte. Klar hat er mal jemanden übers Ohr ge-hauen. Und das mit Harriet, dass er sie aus dem Haus schmeißen wollte, das fand ich ziemlich mies. Und was er mit Delilah gemacht hat …,« er unterbrach sich und fuhr dann lahm fort, »aber er war sehr gut zu Mutter und zu mir.«

Charles, der gerade einen großen Schluck vom Bier genommen hatte, verschluckte sich. Irgendetwas war mit seinem Magen nicht in Ordnung, dachte er, als er den kalten Klumpen bemerkte, der sich dort gebildet hatte, während er Jamie zuhörte.

»Und was«, er versuchte so unbeteiligt wie möglich zu klingen, »was hat er mit Delilah gemacht?«

Die Röte in Jamies Gesicht stieg bis in die Haarspitzen. »Das hätte ich nicht sagen sollen.«

»Sei nicht albern, Jamie, Tony ist ermordet worden. Alles könnte wichtig sein.« Noch bevor er den Satz beendet hatte, war Charles klar, dass er das Falsche gesagt hatte. Jamies Gesicht nahm diesen störrischen Ausdruck an, den er auch hatte, wenn man mit ihm darüber sprechen wollte, dass seine Mutter das Heim nicht mehr verlassen würde. Er sah Charles nicht an, als er so würdevoll, wie er konnte, sagte: »Ich weiß nicht, was du meinst. Delilah ist ein nettes Mädchen. Ich glaube nicht, dass sie irgendetwas mit Tonys Tod zu tun hat.«

Oh Gott, dachte Charles, du armer Junge. Ihm fiel der verächtliche Ausdruck auf Delilahs Gesicht ein, wenn sie Jamie betrachtete. Gleichzeitig wurde ihm klar, dass es keinen Sinn machte, weiter zu reden, nicht, solange Jamie in dieser Stimmung war.

»Das bestreite ich doch gar nicht. Natürlich ist sie ein nettes Mädchen und ich wollte doch nicht sagen, dass sie ...«, Charles brach ab.

»Kann ich noch ein Bier haben?« Jamie starrte auf sein leeres Glas, als würde es sich durch Zauberhand füllen. Dann sah er auf. »Ich wollte dich noch um etwas bitten. Mutter fragt immer nach Harriet. Ich weiß nicht, was ich ihr sagen soll.«

»Dass Harriet keine Lust hat, sie zu besuchen…«, schlug Charles vor.

Jamie schüttelte den Kopf. »Das kann ich nicht. Ich dachte, ob du nicht, ich meine, ihr versteht euch doch eigentlich ganz gut oder?«

Charles bemühte sich, möglichst unbeteiligt zu klingen. »So kann man das nicht sagen.« Aber es half nichts. Jamie blieb hartnäckig.

»Kannst du nicht mal mit Harriet reden? Mutter würde sich über einen Besuch von ihr so freuen.«

Charles Schlaf war unruhig und kurz. Mitten in der Nacht wachte er auf, weil er entsetzlich fror. Fluchend stand er auf, suchte nach der karierten Wolldecke, die ganz hinten in seinem Schrank lag, und wickelte sich darin ein, bis er aussah wie eine Mumie. Wenig später war er wieder eingeschlafen. Er befand sich in einem Pub. Es konnte nicht das »Black Swan« sein, denn alles war hell und freundlich. Weiche lange Vorhänge hingen vor den Fenstern. Fiona beugte sich über ihn und fragte besorgt: Sind die Zimmer auch nicht zu teuer? Charles wollte gerade den Kopf schütteln, als sie sich umdrehte und den Flur entlang ging. Sie öffnete eine Tür und verschwand. Er folgte ihr. Sie lag auf einem Bett und ein Mann hatte sich über sie gebeugt. Plötzlich drehte er sich um und Charles erkannte Tony. Tony war nicht tot, alles war ein Missverständnis. Er fühlte sich plötzlich leicht und fröhlich und begann durch das Zimmer zu tanzen. Auf einmal war er wieder in dem Flur, aber alles war dunkel. Die Fenster waren mit Brettern vernagelt und auf dem Boden lag Staub. Er tanzte immer noch, diesmal mit Tony. Sie drehten sich immer schneller, bis Charles übel wurde. Ich muss mich ausruhen, stöhnte er. Sie blieben stehen und er konnte zum ersten Mal Tonys Gesicht deutlich erkennen. Tony lächelte nicht, er weinte. Dann verschwand er. Eine Kirchenglocke ertönte. Dong, Dong, Dong.

Er erwachte mit einem Stöhnen. Das Telefon klingelte offenbar seit einiger Zeit. Bis er es endlich geschafft hatte, sich aus den Decken zu befreien und nach unten zu laufen, hatte der Anrufer aufgegeben. Erstaunt stellte er fest, dass es fast Mittag war. Durch das Fenster schien ein mildes helles Licht. In der Nacht war Schnee gefallen und hatte alles mit einer dünnen Schicht bedeckt. Mr. Peters stand mit einem Besen in der Hand vor seinem Laden und fegte den Eingang. Zwei junge Mädchen gingen vorbei. Sie hatten sich untergehakt und ihre kurzen Pullover unter den dünnen Jacken erinnerten Charles an Delilah. Er runzelte die Stirn. Da war etwas gewesen, gestern, irgendetwas mit Delilah. Es fiel ihm nicht ein.

Vielleicht würde ein Frühstück helfen, dachte er. In der Spüle stand noch das Geschirr von gestern und im Kühlschrank herrschte gähnende Leere. Ein Gedanke schoss ihm durch den Kopf: Wenn ich nicht aufpasse, verwahrlose ich. Verwirrt und verwahrlost, so würde er enden. Niemand würde sich an ihn erinnern. Die wenigen Bilder, die er gemalt hatte, die wirklich gut waren, würden ihn für kurze Zeit überdauern. Dann würde sich auch für sie niemand mehr interessieren. Erschüttert ließ er sich auf den nackten Fliesenboden sinken.

Eine Stunde später saß er im Lieferwagen. Die Luft war frisch und er war froh, dass der Wagen sofort angesprungen war. Es hatte einige Zeit gedauert, bis er die Anmeldeliste für den Theaterkurs gefunden hatte, auf der Delilahs Adresse stand. Er hätte auch Helen oder Brian fragen können, wo das Mädchen wohnte, aber aus irgendeinem Grund hatte er dabei gezögert. Er war sich immer noch nicht sicher, ob das Ganze eine gute Idee war, aber ihm war nichts Besseres eingefallen. Irgendetwas musste er tun, das war ihm heute Morgen klar geworden. Es gab den üblichen Verkehr auf der Broadstreet und er fuhr vorsichtiger als sonst, weil seine Reifen noch weniger Profil besaßen als Jamie. Aber vielleicht täuschte er sich da auch, dachte Charles plötzlich und sah wieder die fest auf einander gepressten Lippen vor sich. Wenn dem Jungen etwas wichtig war, konnte er erstaunlich hartnäckig werden. Nach der Schule hatte er einen Job nach dem anderen gehabt. Wenn ihm etwas zu anstrengend wurde, schmiss er hin und lebte vom Geld seiner Mutter. Jetzt war sie im Heim. Und das Heim kostete eine Stange Geld. Charles konzentrierte sich wieder auf das Fahren. Rote Backsteinhäuser tauchten auf, deren Vorgärten von halbhohen Buchsbaumhecken umrandet wurden. Er hielt an und fragte einen Jugendlichen, der gerade mit einem Taschenmesser ein tellergroßes Loch in eine Hecke schnitt, nach Delilahs Adresse. Dieser gab ihm ohne ein Wort, aber mit einem leichten Drehen des Kopfes zu verstehen, dass er sich links halten sollte. Als er weiterfuhr, sah er im Rückspiegel, wie die Tür des Hauses aufging, und ein älterer Herr wütend seine Faust schwang. Charles parkte hinter einer Kurve und stieg aus. Ihm war nicht klar, was er erwartet hatte, aber sicher nicht diese kleinbürgerliche Idylle. Ein Rosenstock rankte seine dürren Zweige an der Hauswand entlang. Vor den weißen Sprossenfenstern hingen bunte Vorhänge. Die Beete sahen aufgeräumt aus, das tote Holz war weggeschnitten. Er fragte sich, ob das Delilah gewesen war und musste sich eingestehen, dass er nichts von ihr wusste. Er öffnete das Türchen in der Hecke und stieg die drei Stufen hoch. Noch bevor er die Hand erheben konnte, um zu klingeln, wurde die Tür aufgerissen.

»Meine Mom ist nicht da. Ich darf keinen reinlassen.« Charles senkte den Kopf und erblickte einen etwa zehnjährigen Jungen, der ihn neugierig musterte. Kinder machten Charles immer etwas Angst. Er fand es beunruhigend, dass man nie sicher sein konnte, was sie als Nächstes sagen würden. Dieses Kind machte allerdings keine Anstalten überhaupt noch etwas zu sagen. Es schloss auch nicht die Tür. Der Junge stand einfach nur da und sah Charles an.

»Was ist denn los? Warum kommst du nicht wieder rein?« Eine Stimme ertönte aus dem Haus und wenig später tauchte hinter dem Jungen ein weiteres Familienmitglied auf. Jedenfalls schloss Charles dies aus der Tatsache, dass der zweite Junge dem ersten einen Klaps auf den Hinterkopf gab, den dieser kommentarlos entgegen nahm. Als er im Haus verschwunden war, übernahm der zweite Junge das Anstarren. Charles fühlte sich wie ein Kaninchen vor der Schlange. Er räusperte sich.

»Ich bin Charles Lamb. Deine Schwester spielt bei mir in der Theatergruppe. Ich wollte gerne kurz mit ihr reden, ist sie da?«

Der Teenager überlegte einen Moment wortlos. »Ich weiß, wer Sie sind. Der schwule Pinkel. Delilah hat von Ihnen erzählt.«

Charles hatte ihn für fünfzehn oder sechzehn gehalten, jetzt sah er, dass er wahrscheinlich eher zwölf oder dreizehn war. Er wurde ungeduldig.

»Ist sie da oder nicht? Die Antwort auf diese Frage müsste doch selbst für dich nicht zu schwierig sein.«

Bevor der Junge etwas sagen konnte, erschien Delilah in der Haustür.

»Geh rein Geramond, ich mach das schon.« Sie musterte Charles genauso wie die beiden Jungen vor ihr. Er seufzte.

»Ist das der Eingang zur Unterwelt? Bist du die Sphinx, muss ich erst drei Fragen beantworten, bevor ich rein darf?« Aus dem Haus ertönte Babygeschrei. Delilah musterte ihn noch einmal, dann zuckte sie mit den Achseln und drehte sich um. Charles folgte ihr ins Haus.

Im Wohnzimmer saß der ältere Junge auf dem Sofa. Er starrte auf den Fernseher, auf dem ein Computerspiel lief. Seine Hände tanzten auf dem Plastikpad, aber seine Miene blieb unbewegt. Delilah beugte sich über ein dickes Kissen, das auf dem Boden lag. Sie hob den schreienden Säugling hoch und klopfte ihm beruhigend auf den Rücken.

»Wer ist das denn, Geramond zwei?«

»Sie heißt Margret«, antwortete Delilah würdevoll.

Man sah sofort, dass es ihr Kind war. Vielleicht lag es an der Art, wie sie das Baby an sich drückte, überlegte Charles. Er versuchte eine Ähnlichkeit mit Tony festzustellen, aber das Baby war glatzköpfig und verschrumpelt wie alle Säuglinge, die er bis jetzt gesehen hatte. Er räusperte sich.

»Und, gibt es einen Vater?«

»Die Frage dürfte selbst für Sie nicht schwer zu beantworten sein.« Offenbar hatte sie sein Gespräch mit dem Jungen belauscht. Charles nickte anerkennend.

»Das war nicht schlecht. Ich glaube, ich fang noch mal an.« Er nahm eine Jacke und eine Schultasche vom Sofa und setzte sich. Das Wohnzimmer war überraschend gemütlich. Afrikanische Masken hingen an den Wänden neben Fotos von Reisen, die jemand einfach an die Wand gepinnt hatte. Es war nicht besonders aufgeräumt, aber eine bunte Decke lag über der durchgesessenen Couch und auf dem Fensterbrett wucherten Pflanzen, die Charles nicht kannte, fröhlich vor sich hin. Das Ganze wirkte so völlig anders als der aufgeräumte Vorgarten, dass es Charles Rätsel aufgab. Neben der Tür hingen Fotos von Delilah und ihren Geschwistern. Delilah war auf ihnen ein pausbäckiges Kleinkind, aber man konnte sie trotzdem gut erkennen.

»Ist deine Mom nicht da?«

»Sie ist einkaufen.«

»Kümmert sie sich um das Baby, wenn du arbeitest?«

»Ich kann es mit nach Guilford House bringen. Brian hat es erlaubt.«

Charles schwieg einen Moment.

»Und, was wollen Sie?«

Plötzlich stellte er fest, dass er es nicht mehr wissen wollte. Er wollte nicht wissen, ob sein toter Freund eine Affäre mit einem Mädchen gehabt hatte, das damals gerade erst fünfzehn war, und ob er sie zu allem Überfluss auch noch geschwängert hatte. Er musste wieder an ihren Gesichtsausdruck denken, als sie auf seinem Flur gestanden hatte, an dem Abend, als sie Tony gefunden hatten, vor einer Ewigkeit. So kam es ihm jedenfalls vor.

»Was hast du gemeint, als du mich freundlicherweise aufgefordert hast, weniger Alkohol zu mir zu nehmen und nachzudenken?«

Das Baby hatte aufgehört zu schreien und machte jetzt kleine Schmatzlaute. Delilah setzte sich in den Sessel gegenüber der Couch und begann wieder Charles zu mustern.

»Langsam müsstest du wissen, wie ich aussehe. Wenn du möchtest, kann ich dir ja das nächste Mal ein Foto mit Widmung mitbringen.«

Der Junge neben ihm kicherte. Delilah stand auf und legte den Säugling wieder auf das Kissen.

»Pass auf Margret auf, ich bin gleich wieder da.«

Ein beleidigtes Schniefen ertönte, das kurze Zeit später in zorniges Gebrüll überging.

Charles warf einen Blick auf das Baby. Die gesunde Farbe des Kindes war einem beängstigendem Rot gewichen. Der Junge vor dem Fernseher rührte sich nicht.

»Ähem, solltest du nicht, ich meine, musst du nicht was tun?«

»Die beruhigt sich schon wieder.«, lautete die optimistische Antwort. Charles war sich da nicht ganz so sicher. Vielleicht würde sie vorher explodieren. Er beugte sich über den brüllenden Säugling.

»Hallo. Hallo du.« Offenbar schien sich das Kind durch diese eher förmliche Anrede nicht beruhigen zu lassen, im Gegenteil: Charles hatte das Gefühl, dass sich das Gebrüll noch um einige Dezibel steigerte.

»Was haben Sie gemacht?« Delilah tauchte wieder auf. Sie trug ihren Parka und schob Charles ohne viel Umstände zur Seite. Sie holte etwas unter dem Kissen hervor, schob es dem Kind in den Mund und das Gebrüll verstummte schlagartig.

»Ich wusste gar nicht, dass man sie auch abschalten kann.«

Delilah würdigte ihn keiner Antwort. Wortlos schritt sie zur Tür und Charles folgte ihr nach draußen. Es hatte wieder angefangen zu schneien. Delilah hatte sich die Kapuze fest unter ihrem Kinn zusammengebunden. Charles fror, als sie langsam den Weg entlang schlenderten. Er verschränkte die Hände vor der Brust.

»Stimmt es, dass Sie in Italien gelebt haben?« Sie hatte ihren Kopf gesenkt und sah ihn nicht an.

»Einige Monate, ja, das stimmt.« Diese Monate hatten zu den besseren in seinem Leben gehört, erinnerte er sich.

»Ich bin noch nie woanders gewesen. Nicht richtig, meine ich.«

»Du hast doch noch Zeit, meine Güte, du bist erst sechzehn.«

Sie warf ihm einen ungeduldigen Blick zu. »Ich hab ein Kind, schon vergessen?«

Schweigend gingen sie weiter. Die Schneeflocken fielen jetzt dichter. Ein paar Kinder spielten an der Straße und bewarfen sich mit Schneebällen. Der Junge, mit dem Taschenmesser war nicht mehr zu sehen.

»Aufhören, ihr Idioten.« Delilah wischte sich Schnee von der Schulter. Als sie sich wütend umdrehte, verschwanden die Kinder kreischend um die nächste Ecke.

»Komm schon. Vor Kurzem hast du doch selbst noch mitgespielt.« Charles bückte sich und kratzte Schnee zusammen. Dann sah er nachdenklich auf das Loch in der Hecke, das der Jugendliche mit seinem Messer geschnitten hatte. Delilah verzog verächtlich das Gesicht. Er trat einen Schritt zurück, dann warf er den Ball.

»Na gut, aber es war knapp.« Er sah, wie sie mit sich kämpfte. Dann bückte sie sich.

»Hey, gar nicht mal schlecht für ein Mädchen.«

»Ist nicht schwer, wenn man gegen einen alten Mann antritt.« Sie grinste. Charles konnte sich nicht erinnern, sie schon einmal fröhlich gesehen zu haben. Es stand ihr gut.

»Okay, ich such mir ein leichteres Ziel.« Er bückte sich wieder, aber sie war schneller.

»Verdammt.« Er wischte sich den Schnee aus dem Gesicht und fing an zu laufen. Sie kreischte genauso wie die Kinder vorhin. Nach ein paar Metern hatte er sie eingeholt.

»Das hast du verdient.«

Sie spuckte den Schnee aus und keuchte.

»Gar nicht schlecht für einen alten Mann. Kommen Sie.« Delilah lief über die Straße und ein Autofahrer hupte. Charles wartete, bis der Verkehr nachließ, und folgte ihr. Ein paar Bäume standen auf der anderen Seite, zwischen ihnen eine Bank. Delilah betrachtete eine Plastik, die einen Jungen zeigte, der den linken Arm in den Himmel reckte. Jemand hatte ihm einen Regenschirm in die Bronzehand gesteckt, der nur noch aus einigen Metallrippen bestand. Delilah zog ihn heraus und warf ihn in den Abfalleimer.

»Sah doch ganz lustig aus«.

Sie würdigte ihn keiner Antwort. Langsam vermutete er, dass der Vorgarten ihr Werk war.

»Du hast es gerne sauber oder?«

Delilah wurde rot. »Und wenn schon. Irgendjemand muss ja aufräumen.«

»Und deine Mutter?«

»Was soll mit ihr sein?«

»Findest du nicht, dass du ein bisschen viel zu tun hast: ein Baby, deine Ausbildung, der Haushalt?« Noch bevor er den Satz zu Ende gesprochen hatte, konnte er sehen, wie sich ihr Gesicht verdunkelte und zu einer trotzigen Maske wurde.

»Und, was wollen Sie jetzt tun? Das Jugendamt anrufen?«

»Sei nicht albern.«

Sie betrachtete den Jungen aus Bronze. »Ich fand die Geschichte immer blöd. Ich meine, nicht erwachsen werden, was soll das denn?«

Charles fiel erst jetzt auf, dass die Figur Peter Pan darstellte.

»Wäre das nicht lustig? Keine Verantwortung? Bei den Piraten leben?«

»Seien Sie bloß nicht so …«, sie suchte nach dem richtigen Wort und fand es, »herablassend.« Dann drehte sie sich um und lief über die Straße zurück. Es war ein Wunder, dass sie nicht ums Leben kam. Ihre Oberschenkel waren zu dick und ihre Beine zu kurz für die engen Jeans, dachte Charles, als er ihr nachsah wie sie, die Hände tief in den Taschen vergraben, die Kapuze ihres Parkas ins Gesicht gezogen, nach Hause lief. Er konnte wirklich gut mit Kindern umgehen. Mit Kindern, die Kinder hatten. Er seufzte. Feine weiße Flocken fielen, als er nach Hause fuhr. Im Wohnzimmer blinkte der Anrufbeantworter. Als Charles die Nachricht abhörte, erklang eine fremde Männerstimme, die ihn bat, am nächsten Morgen gegen neun Uhr auf der Polizeiwache zu erscheinen.

4. Kapitel

Der Schnee war über Nacht geschmolzen. Die Straßenlaternen brannten noch und das Schaufenster der Videothek war dunkel, als Charles sich auf den Weg machte. Die Polizei war neben der Schule untergebracht, was Charles aus Sicht der Polizei für sehr vorausschauend hielt. Es war das erste Mal, dass er die Wache betrat. Obwohl das Gebäude neu war, begrüßte ihn ein Geruch nach Bohnerwachs und alten Akten. Auf einer langen Holzbank saß ein Mann, der die ganze Zeit auf ein Formular starrte, ein Junge mit seiner Mutter, dem man sein Fahrrad gestohlen hatte und ein ausländisches Paar, das sich in einer Sprache unterhielt, die Charles für Schwedisch hielt. Die Frau war blond und trug eine dieser Mützen mit Ohrenklappen, die auch gut aussehende Menschen in Idioten verwandeln konnten. Ihr stand sie erstaunlich gut. Sie sah auf, als er eintrat und lächelte. Charles lächelte ebenfalls und hörte erst damit auf, als er von dem Beamten hinter dem Tresen erfuhr, dass er wie alle anderen warten musste. Eine Stunde später saß er immer noch auf der Bank und wollte gerade beim wachhabenden Beamten protestieren, als ihn ein Polizist abholte. Es war derselbe junge Mann, der im Theater auf sie aufgepasst hatte, seine Augen waren immer noch blau und seine Wimpern lang, aber heute hatte Charles dafür keinen Blick. Erstens war er mit einer Erkältung aufgewacht und zweitens überlegte er die ganze Zeit, was er sagen sollte, wenn man ihn nach Delilah fragen würde. Alles sträubte sich in ihm, das Mädchen in die Ermittlungen hineinzuziehen. Der junge Mann führte ihn in einen Raum ohne Fenster, bat ihn höflich, Platz zu nehmen und blieb neben der Tür stehen. Charles setzte sich an den Tisch, der neben den Stühlen und einem Aktenschrank das einzige Mobiliar bildete. Er musste zugeben, dass er sich ein wenig eingeschüchtert fühlte, was offensichtlich Sinn und Zweck dieses Raumes war. Er war erleichtert, als sich die Tür öffnete und Inspektor Rita Willow eintrat und ihn mit ihrem Bulldoggenlächeln begrüßte. Sie setzte sich, der junge Beamte nahm neben ihr Platz und schaltete ein Tonbandgerät ein.

»Ein Tonbandgerät, hätte ich gar nicht gedacht, dass es so was noch gibt, ich meine …«, Charles brach ab, als sie das Gerät wieder ausschaltete.

»Ich wäre Ihnen sehr verbunden, Mr. Lamb, wenn Sie nur auf unsere Fragen antworten würden.« Sie drückte erneut die Starttaste. Nachdem sie Datum und Uhrzeit genannt hatte, fuhr sie fort:

»Anwesend sind Inspektor Rita Willow und Sergeant John Malcovich. Befragt wird Charles Lamb«, während sie seine Personalien herunterleierte, fiel Charles auf, dass sie ihn an eine frühere Klassenlehrerin erinnerte, in die er während einer Phase noch ungewisser sexueller Prägung ein wenig verliebt gewesen war.

»Es gibt einen Schauspieler, der so heißt wie Ihr Sergeant, ich meine, nur der Nachname natürlich, ach ja, ich vergaß, selbstverständlich, nur antworten, wenn ich gefragt werde.« Er brach ab, als ihn Inspektor Willows stahlharter Blick traf. So ähnlich hatte er sich gefühlt, wenn er die Hausaufgaben vergessen hatte. Ich klinge wie ein Vollidiot, dachte Charles und unterdrückte mühsam den Impuls, diesen Gedanken laut auszusprechen.

»Ich möchte, dass Sie uns noch einmal genau schildern, was Sie am Tage des …«, sie blätterte in einer Akte, »des Mordes getan haben.«

Während sie in der Akte suchte, war Charles Blick auf ein Foto gefallen, das Tonys Leiche zeigte. Es war von oben aufgenommen worden und man konnte deutlich das Blut auf seinem Hemd erkennen. Er überlegte, ob das Zufall war, oder ob es zu einem ausgeklügelten Plan gehörte, ihn zu verunsichern. Mit diesem Foto würde ihnen das nicht gelingen, dachte er, der Anblick von Tonys Leiche war ihm auch so immer gegenwärtig.

»Es ist eigentlich erstaunlich wenig Blut, oder? Ich hätte gedacht, man würde stärker bluten. Immerhin, die Halsschlagader … Weiß man eigentlich womit er?«

Inspektor Willow sah ihn an. Ihre Augen waren grau wie die Stahltische in der Pathologie, dachte er.

»Bitte, Mr. Lamb. Wo waren Sie am Abend des Mordes?«

»Wollen Sie alles wissen?«

Sie lehnte sich zurück. »Wir haben Zeit.«

Das hatten sie tatsächlich. Nach zwei Stunden hatte Charles den Eindruck, sein Gehirn sei leergesaugt. Sie wussten, was er gefrühstückt hatte, wie lange er geduscht hatte, welches Duschgel er benutzte, was er auf der Fahrt zum Gemeindesaal gedacht hatte, was er von den anderen Mitgliedern der Theatertruppe hielt, was er von Tony hielt und was die anderen von Tony gehalten hatten. Inspektor Willow hatte Fragen gestellt, er hatte geantwortet, Inspektor Willow waren noch mehr Fragen eingefallen und er hatte weiter geantwortet. Wenn es um die anderen ging, hatte er versucht, so vage wie möglich zu bleiben. Ihm war leicht schwindlig und er war froh, als sich Rita Willow vorbeugte, um auf die Stopptaste des Aufnahmegerätes zu drücken. Alles in allem war er ziemlich stolz auf sich. Sergeant Malcovich, der während der ganzen Zeit kein einziges Wort gesagt hatte, öffnete die Tür. Während Charles ihm über den Flur folgte, klangen Inspektor Willows Abschiedsworte noch in seinen Ohren: »Wir werden uns bestimmt wiedersehen, Mr. Lamb.«

Er stolperte die Stufen hinunter und war froh, als ihm der eisige Wind Tisleys wieder ins Gesicht blies. Etwas wurde Charles immer klarer: Die Polizei hatte keine Ahnung, wer Tonys Mörder war. Er sah auf seine Armbanduhr und entschloss sich bei Jack vorbeizuschauen. Während er durch die Straßen fuhr, tröstete ihn der Gedanke an die warme dunkle Geborgenheit des Pubs. Als er die Tür öffnete, musste er jedoch feststellen, dass es, abgesehen von der Dunkelheit, mit der Geborgenheit nicht weit her war. Die Schaulustigen, die seit dem Wochenende das Städtchen bevölkerten, hatten auch vorm »Black Swan« nicht haltgemacht.

»Ganz schön was los hier«, er wies mit einem Kopfnicken auf den Lappen in Jacks Hand, der offensichtlich neu war, »du hast ja ganz schön aufgerüstet.«

Jacks Goldzähne funkelten. »Investitionen, Charles, das ist das Zauberwort.« Er grinste bis über beide Ohren, was sein Ähnlichkeit mit einem mordlüsternen Piraten noch verstärkte. »Was meinst du …«, bei dieser Frage beugte er sich vertraulich über den Tresen, »vielleicht könnte man ja eine Art Museum aus dem »Black Swan« machen, du weißt schon, so was wie bei Jack the Ripper«, neben dem Grinsen trat jetzt auch ein überirdisches Leuchten in seine Augen, »stell dir das mal vor, Charles, Horden von Touristen, Tag für Tag.« Er stellte ihm ein Glas Whisky vor die Nase und zwinkerte ihm noch einmal zu. Dann ging er wieder zum Zapfhahn. Charles blickte trübsinnig in sein Glas. Das schlimme an Jacks Visionen war, dass sie sich wahrscheinlich verwirklichen ließen. Langsam meldete sich seine Erkältung, die er während des Verhörs ganz vergessen hatte, zurück. Sein Kopf fühlte sich an, als wäre er mit nasser Watte gefüllt. Denk nach, Charles, ermahnte er sich in Gedanken, was hätte Mrs. Marple gemacht? Leider hatte er nicht die leiseste Ahnung. Vielleicht sollte er am besten da weiter machen, wo er gestern aufgehört hatte. Herausfinden, ob Tony wirklich ein Verhältnis mit einer Minderjährigen gehabt hatte und womöglich sogar der Vater ihres Kindes war. Er hatte keine Ahnung, was er tun sollte, wenn er es herausgefunden hatte, aber das konnte er auch später noch entscheiden. Er griff nach dem Glas und entschloss sich, seinen Inhalt als Medizin gegen seine Erkältung anzusehen. Er trank es in einem Zug aus, winkte Jack zu und verließ mit einem Gefühl des Bedauerns den Pub.

»Kannst du mir mal die Zange geben?« Brian, der unter dem Waschbecken lag, hielt ungeduldig eine Hand ausgestreckt. Charles, der gerade noch den Unterschied zwischen einer Zange und einem Schraubenzieher kannte, kramte in der großen Werkzeugkiste aus Metall. Brian hob den Kopf und drehte sich mit einem Seufzer unter dem Becken weg. Dann stand er auf. Mit den Worten:»Nicht so eine, Charles«, legte er die Kneifzange, die Charles in der Hand hielt, wieder zurück und griff nach einer Wasserpumpenzange.

»Das war auch eine Zange oder nicht?«, versuchte Charles seine männliche Ehre zu verteidigen, gab es dann aber auf. Nach Guilford House zu fahren, war ihm als nächster Schritt logisch erschienen, wenn er etwas über Delilah erfahren wollte. Als ihre Arbeitgeber mussten Brian und Helen doch etwas über das Mädchen wissen. Bis jetzt war sein Besuch allerdings wenig erfolgreich gewesen. Brian hatte die Arbeiten an der Treppe eingestellt und war jetzt dabei einen Raum im Keller als neuen Wellnessbereich herzurichten. Er hatte bis jetzt als Abstellraum gedient und Charles konnte sich nicht vorstellen, dass viele Gäste Lust haben würden, ihren Wellnesstag in einem modrigen Keller zu verbringen. Als hätte Brian seine Gedanken erraten, sagte er:

»Eigentlich müsste man hier richtig viel Geld reinstecken.« Er seufzte.

»Hat sie denn nicht mal was erzählt?«

Brian, der wieder unter dem Waschbecken lag und mit der Wasserpumpenzange gegen den verrosteten Abfluss kämpfte, schüttelte den Kopf.

»Keine Ahnung, sie ist ein liebes Mädchen, sie hilft in der Küche und bei den Gästen, frag doch Helen, vielleicht weiß sie etwas. Warum interessiert dich das Mädchen eigentlich auf einmal?« Mit einem Fluchen drehte er den Kopf zur Seite, als das verrostete Metall endlich nachgab und sich ein Schwall fauligen Wassers in den Eimer ergoss, den er unter das Becken gestellt hatte.

»Aber ihr Kind, ich meine, sie bringt doch ihr Baby mit, hat sie da nicht mal was gesagt?«

Brian, der mit den Fingern das Rohrstück reinigte, das er abgeschraubt hatte, sah kurz auf. »Um Himmels Willen Charles, sie hat mich gefragt, ob sie die Kleine mitbringen kann und ich habe ja gesagt, das war's.«

Charles, der erst jetzt den fauligen Gestank bemerkte, rümpfte die Nase. »Was haben die denn in den Abfluss geworfen, tote Fische? Ist Helen oben?«

»Wahrscheinlich in der Küche.«

Als er sich umdrehte, stieß er beinahe mit Rose zusammen. Das kleine Mädchen stand einen halben Meter hinter ihm. Es sagte wie immer kein Wort, musterte die beiden Männer aber aufmerksam mit großen, dunklen Augen. Es hatte einen pinkfarbenen Anorak an und sah aus, als wäre es für einen Spaziergang angezogen.

»Hallo Rose, hast du dich verlaufen?«

Brian wischte sich die Hände an einem Lappen ab und stand auf. »Du willst mir bestimmt wieder helfen, Prinzessin, nicht wahr?«

Rose kam schüchtern näher, strahlte aber, als Brian ihr einen Strang Hanf gab.

»Das ist Drachenhaar, Prinzessin, damit kann man alles abdichten, was kaputt ist. Etwas Besseres gibt es nicht. Natürlich ist es furchtbar schwierig zu beschaffen. Nur ganz tapfere Ritter können den Drachen besiegen und dann sein Haar kämmen.« Er zwinkerte Charles zu.

»Drachen haben Haare?«

»Beachte den Mann gar nicht, Prinzessin, wir beide wissen, dass es Drachen gibt und dass sie eine lange Mähne haben wie Pferde.«

Das kleine Mädchen nickte ernst, und Charles dachte nicht zum ersten Mal, wie schade es war, dass Helen und Brian keine Kinder hatten. Er wäre ein großartiger Vater geworden. Vielleicht ein wenig verantwortungslos. Charles räusperte sich.

»Bist du ganz allein hier unten? Wo ist denn deine Mami?«

Rose antwortete nicht. Mit großer Konzentration zog sie einzelne Fäden aus dem Hanf und reichte sie mit ernster Miene Brian, der geduldig wartete, bis er genügend Strähnen besaß, um das Rohr abzudichten. Plötzlich ertönte ein Schrei, dem ein Scheppern und Klirren folgte, das nichts Gutes ahnen ließ.

»War das Helen?« Charles lief los. Der Schrei war aus der Küche gekommen. Als er eintrat, sah er Helen, die fassungslos auf den Boden starrte, auf dem zerbrochenes Geschirr und Essensreste lagen. In der Hand hielt sie ein Tablett. Delilah stand ein paar Schritte entfernt, das Baby im Arm. Seltsamerweise fing es nicht an zu brüllen, sondern juchzte und wedelte mit seinen kleinen Ärmchen. Schließlich sagte Delilah wenig damenhaft: »Scheiße«, legte das immer noch juchzende Baby in den Kinderwagen, der in der Ecke stand, und holte Handfeger und Schaufel. Als sie das Besteck aufsammelte und begann, das zerbrochene Geschirr aufzufegen, sah Helen auf. Sie war blasser als sonst, aber als sie lächelte, erschienen die beiden Grübchen neben ihrem Mund.

»Was war denn los?«

Helen zuckte mit den Achseln. »Nichts, ich habe ein Tablett fallen lassen, was soll los sein.«

»Ist vielleicht ein bisschen viel, im Moment. Ich meine, du hast deine Gäste, die ganze Arbeit im Haus, einen Mann, der ständig neue Baustellen eröffnet und du hast einen Freund verloren.«

»Brian tut, was er kann«, sie schloss für einen Moment die Augen, »aber du hast recht, Tony fehlt mir. Ich könnte eine Tasse Tee gebrauchen. Möchtest du auch eine, Charles?«

Nachdem Delilah die Scherben in den Mülleimer befördert hatte, sah sie Helen an.

»Ich geh mit Margret mal kurz an die frische Luft.« Als sie den Kinderwagen an Charles vorbei schob, würdigte sie ihn keines Blickes.

Der Raum war lang, schmal und durch die beiden Fenster, die halb unter der Erde lagen, drang nicht viel Licht. Der Tisch stand an der Längsseite des Raumes, gegenüber dem alten Herd und dem steinernen Spülbecken, das allerdings durch einen hochmodernen Geschirrspüler ergänzt wurde. Wahrscheinlich gab es Menschen, die wegen der alten Bodenfliesen und der weiß gestrichenen Regale mit den Vorratsdosen aus Porzellan in Entzückensschreie ausgebrochen wären, aber er gehörte nicht dazu und Helen auch nicht, dachte Charles. Da das Geld für eine Modernisierung ohnehin nicht da war, spielte es allerdings keine Rolle.

»Du sitzt übrigens gerade mit dem Hauptverdächtigen an einem Tisch. Sie haben mich den ganzen Vormittag durch die Mangel gedreht.«

»Damit macht man keine Witze.«

»Ich mach keine Witze. Inspektor Rita Willow hat, glaube ich, eine kleine Schwäche für mich. Sie wollte mich gar nicht wieder gehen lassen. Es könnte allerdings auch daran liegen, dass sie und ihre Kollegen nicht die leiseste Ahnung haben, wer Tony umgebracht hat. Wahrscheinlich werden sie uns solange immer wieder befragen, bis einer von uns den Mord gesteht.«

»Das ist nicht witzig, Charles.« Helen hatte den Kopf gesenkt. Eine Haarsträhne hatte sich aus dem Gummiband befreit und fiel ihr ins Gesicht. Sie hielt den Teebecher mit beiden Händen fest, als hätte sie Angst, er könne ihr entgleiten. Kleine blaue Veilchensträuße schmückten ihn und Charles fiel auf, dass am Rand eine winzige Stelle herausgebrochen war. Plötzlich sah sie ihn an. Ihre Augen waren braun wie Haselnüsse, mit kleinen goldenen Fünkchen. »Hast du das Gefühl, Tony gekannt zu haben?«

»Wenn du mich das vor einem Monat gefragt hättest, hätte ich wahrscheinlich ja gesagt,« Charles dachte nach, »aber jetzt ist alles so ...«, er suchte nach dem richtigen Wort, »verworren.«

»Gestern war Harriet da. Sie hat deine Mrs. Allen bearbeitet. Ihr erklärt, dass Tony ein Unhold war, der sie aus ihrem Elternhaus werfen wollte.«

Charles seufzte. Die Geschichte war wirklich unerfreulich. Harriets Vater, dem Alkohol und dem Hunderennen treu ergeben, hatte bei Anthonys Vater so viel Schulden gemacht, dass er ihm das Haus überschreiben musste. Als er nach einem Gewinn von fünf Pfund freudestrahlend und volltrunken vor ein Auto lief und auf der Stelle tot war, durften Harriet und ihre Mutter weiterhin in dem Haus wohnen. Es gab nie ein Problem, bis der alte Mann vor einem Jahr starb, und Tony, gerade aus London zurückgekehrt, noch auf der Beerdigung Pläne machte das Haus, das neben dem Antiquitätengeschäft lag, zu verkaufen.

Charles trank einen Schluck Tee und fragte: »Wieso meine Mrs. Allen?«

Helen zuckte mit den Achseln. »Keine Ahnung, vielleicht weil sie dich so mag.«

»Wir haben uns einmal unterhalten. Wie hat sie denn auf Harriet reagiert?«

»Sie war überaus mitfühlend. Dann hat sie darauf hingewiesen, dass sie auch kein leichtes Leben führt. So ausführlich, dass selbst Harriet nicht mehr wusste, was sie sagen sollte.«

Bei dem Gedanken an eine sprachlose Harriet mussten beide lachen. Charles hatte inzwischen fast vergessen, dass er eigentlich etwas über ein mögliches Verhältnis zwischen Tony und Delilah herausfinden wollte. In der Küche war es warm und ruhig. Der Vormittag war lang gewesen. Er dachte an Sergeant Malcovich mit den blauen Augen. Plötzlich hörte er Helens Stimme, die offenbar das Thema gewechselt hatte: »Kein Geld dabei, der war vielleicht wütend, aber du kennst ja Brian, ich bin dazwischen gegangen.

Glaubst du an Zufälle, Charles? Ich habe es immer für Schicksal gehalten.«

Charles, der nicht die geringste Ahnung hatte, worüber sie sprach, nickte.

»Ich habe ihm aus der Klemme geholfen. Ohne zu überlegen. Ich habe seine Rechnung bezahlt, er hat mich angesehen, als wäre ich ein Engel, der vom Himmel gefallen ist. Dann habe ich ihm meine Telefonnummer gegeben und einen Tag später hat er angerufen. Komisch«, sie runzelte die Stirn, »ich war mir ganz sicher, dass er anrufen würde. Das werde ich nie vergessen, diese Sicherheit, dass er anrufen würde. Seltsam, nicht wahr? Ich meine, ich kannte ihn doch gar nicht.«

Offenbar hatte sie von Brian gesprochen und wie sie sich kennengelernt hatten. Brian hatte ihm die Geschichte irgendwann im »Black Swan« erzählt. Er war spät abends losgelaufen, um einzukaufen und hatte sein Geld vergessen. »Der Ladenbesitzer kannte mich«, Charles sah noch das Lächeln auf Brians Gesicht, als er sagte: »Ich hätte einfach beim nächsten Mal bezahlt. Aber sie war so süß, wie sie da stand, mit diesen großen braunen Augen und da hab ich mich retten lassen.«

Charles musste an Colin denken. Wie wenig er über ihn gewusst hatte, war ihm klar geworden, als er eines Morgens den Zettel auf seinem Nachtisch gefunden hatte: Brauche Zeit zum Nachdenken. Colin. Laut sagte er: »Man kann einen Menschen lange kennen und nichts über ihn wissen oder ihn sehen und alles wissen, ich halte das durchaus für möglich.« Er musste dringend an die frische Luft. Wenn er noch länger blieb, würde er seinen Wattekopf auf die hölzerne Tischplatte legen und einschlafen. Er stand auf und sie sah ihn an.

»Was wolltest du eigentlich Charles, du kommst doch sonst nicht so früh vorbei?«

Er zögerte. Jetzt oder nie, dachte er dann. »Ach weißt du, eigentlich ist es nicht wichtig, aber Jamie hat da eine Bemerkung gemacht und ich wollte euch fragen«, er warf einen Blick zur Tür, und als niemand zu sehen war, fuhr er fort: »Ich wollte dich fragen, ob

Delilah mal was erwähnt hat, was den Vater ihres Kindes betrifft? Weißt du etwas über ihn?«

Einen Moment lang sagte sie nichts und sah ihn nur verblüfft an. Dann räumte sie die beiden Becher in die Spüle. »Nein, keine Ahnung, Charles und ehrlich gesagt, wenn ich es wüsste, würde ich es dir wahrscheinlich nicht sagen. Seit wann interessierst du dich für junge Mädchen?«

Er zuckte mit den Achseln. »Ach lass ruhig, ist nicht so wichtig. Ich halte dich doch bestimmt von Dingen ab, die du dringend tun musst, also mach ich mich mal besser wieder auf den Weg.« Er lächelte so charmant, wie er konnte. In ihren Wangen erschienen wieder die kleinen Grübchen.

»Im Moment haben wir nur vier Gäste, einschließlich Tonys Ehefrau. Das schaff ich schon.« Sie sah ihn forschend an. »Du bist hier immer willkommen, Charles, das weißt du oder?«

Er nickte. Als er sich in der Tür noch einmal umdrehte, stand Helen immer noch an der Spüle, aber das Lächeln war aus ihrem Gesicht verschwunden. Er ging den Flur hinunter und musste an einigen Stellen den Kopf einziehen, an denen plötzlich Mauervorsprünge aus der Wand ragten. Er bezweifelte, dass sich hier die Gäste von Guilford House im Bademantel versammeln würden, um sich an Saunaaufgüssen zu erfreuen. Aber was wusste er schon von modernem Hotelmanagement. Aus dem Abstellraum drangen Stimmen und Charles sah, dass Fiona Allen bei Brian stand. Sie hielt ihre Tochter an der Hand und unterhielt sich angeregt mit Brian, der immer noch unter dem Waschbecken lag und ab und zu einen zustimmenden Laut von sich gab. Sie bemerkte Charles nicht, als er vorbei ging, aber Rose schenkte ihm ein schüchternes Lächeln.

Er entdeckte Delilah, als er die Metalltreppe hochstieg, die Brian inzwischen ordentlich befestigt und mit einem Geländer versehen hatte. Sie hatte das Baby auf die Mauer gesetzt und hielt es mit beiden Händen fest. Trotzdem fühlte Charles ein leises Unbehagen, als er nach oben stieg.

»Pass auf, dass sie nicht runter fällt.«

Die kleine Margret drehte den Kopf und krähte, als sie ihn sah. Sie steckte von Kopf bis Fuß in einem rosa Schneeanzug, auf dem winzige Teddybären Ski fuhren. Er stellte sich neben die beiden. Hier draußen lag immer noch eine wenig Schnee. Die Luft war klar und frisch. Obwohl er seit drei Jahren nicht mehr rauchte, verspürte er auf einmal das überwältigende Bedürfnis nach einer Zigarette. Er betrachtete Delilahs Profil, die gerade breite Nase, die hohe Stirn, die sie diesmal nicht unter der Kapuze des Parkas versteckt hatte. Ihr dickes, blondes Haar war frisch gewaschen und roch nach irgendetwas Fruchtigem.

»Ich weiß nicht, was ich getan habe, damit du mich ansiehst als wäre ich eine Ausgeburt der Hölle.«

»Müssen Sie immer so reden?« Sie nahm ihre Tochter hoch und legte sie in den Kinderwagen. Er hatte breite Gummireifen und sah aus, als könnte man ihn zusammenklappen. Im Innern lag eine Art Schlafsack, in den sie jetzt Margret bugsierte, die heftig mit den Beinen strampelte. Charles hatte lange keine Kinderwagen mehr betrachtet.

»Was meinst du damit, wie rede ich denn?«

Sie dachte nach. »Als wären Sie in einem Theaterstück. Und die anderen Ihr Publikum.«

»Tu ich das?«

Sie zuckte mit den Achseln. »Nicht immer. Ist mir auch egal.«

»Offenbar nicht, sonst hättest du mich nicht darauf angesprochen. Ich entschuldige mich, falls ich dir ungerechtfertigterweise das Gefühl gegeben habe, dass ich dich nicht ernst nehmen würde.« Er sah sie an: »In Ordnung?« Einen Moment lang schwiegen beide, nur das zornige Schnaufen des Babys war zu hören, das versuchte, sich aus dem Sack zu befreien. Dann sagte sie: »Helfen Sie mir Tonys Mörder zu finden?«

Charles war überrascht von dem Ernst in ihrer Stimme. »Meinst du nicht, wir sollten das der Polizei überlassen?«

Sie schnaubte verächtlich. »Die haben gar nichts.«

Charles dachte an Inspektor Rita Willow und den jungen Sergeant, und verspürte den überraschenden Impuls, sie in Schutz zu nehmen.

56

»Das geht nicht so schnell. Das ist nicht wie im Fernsehen.«
Kleine weiße Schneeflocken begannen sanft vom Himmel zu
schweben. Delilah zog etwas, das Charles für eine Art Frischhalte-
folie hielt, aus dem Kinderwagen und begann ihn damit abzu-
decken, was dazu führte, dass Margret zorniges Schnaufen lauter
wurde. Er konnte es ihr nicht verdenken.

»Kriegt sie denn noch Luft?«

Delilah setzte ihre Kapuze auf. »Ich weiß jedenfalls, was ich
machen werde.«

Charles wickelte seinen Schal fester um den Hals. Menschen mit
Erkältungen sollten nicht vor Häusern stehen und sich unterhalten,
wenn es schneite. Trotzdem fragte er mehr aus Höflichkeit als aus
Interesse: »Und was ist das?«

»Ich werde ihr Zimmer durchsuchen.«

»Wessen Zimmer?«

Sie sah ihn einen Moment lang an, als zweifle sie an seinem Verstand. »Na, das von dieser schwarzen Witwe. Tonys Frau, der
dummen Kuh. Kapiert?«

»Kapiert. Aber warum? Wie kommst du darauf, dass sie etwas mit
seinem Tod zu tun hat?«

»Ich habe einfach kein gutes Gefühl bei ihr. Und sie erbt alles, ist
das kein Motiv?«, sie zögerte kurz und blickte Charles herausfordernd an, »das gibt es doch auch, dass man etwas weiß, obwohl
man gar nichts weiß oder?«

»Das nennt man Intuition.«

»Danke.«

»Bitte.«

Margret hatte sich inzwischen in eine brüllende Ekstase gesteigert
und ihr Gespräch hatte ebenfalls an Lautstärke zugenommen.
Obwohl die Mauern von Guilford House mehr als dick waren, begann Charles sich Sorgen zu machen. Als Delilah das nächste Mal
etwas sagte, war ihre Stimme allerdings so leise, dass er Mühe
hatte, sie zu verstehen.

»Tony war mein bester Freund.«

Charles war gerührt. Er fand den Begriff »bester Freund« für den mutmaßlichen Vater ihres Kindes auf eine angenehme Weise altmodisch.

»Ich weiß nicht, ob wir die Idealbesetzung für eine Wiederauflage von Sherlock Holmes und Watson wären.«

»Da«, Delilah sah ihn böse an, »Sie machen es schon wieder. Ich jedenfalls werde herausfinden, was passiert ist, ob Sie mir nun helfen oder nicht.«

»Ich habe nicht gesagt, dass ich dir nicht helfen will.«

»Aber auch nicht, dass Sie es tun.«

»Ich habe nur darauf hingewiesen, dass wir beide keinerlei Erfahrung in diesen Dingen haben.«

»Das weiß ich selbst. Ich habe keine Erfahrung in irgendwelchen Dingen, das denken Sie doch.«

Charles konnte nicht verhindern, dass sein Blick in den Kinderwagen fiel. Margrets Gebrüll hatte aufgehört. Wahrscheinlich sammelte sie Kräfte für die nächste Attacke.

»Das denke ich nicht. Hat dir noch niemand gesagt, dass es unhöflich ist, anderen Menschen vorzuschreiben, was sie denken? Ich denke, dass du eine intelligente junge Frau bist und sicher reifer als andere in deinem Alter …«, er wartete und als kein Protest kam, fuhr er fort: »Außerdem denke ich, dass eine Mörderjagd in Wirklichkeit nicht so ist, wie in unserem Theaterstück. Ich glaube, dass es eine Grenze gibt, die jeden Menschen davon abhält, einen anderen Menschen zu töten«, er runzelte die Stirn, »außer vielleicht bei Psychopathen. Aber da kenne ich mich nicht so gut aus«, Charles spürte, dass er den Faden verlor, und beeilte sich, seinen Gedankengang zu Ende zu bringen: »Jedenfalls bin ich der festen Überzeugung, dass jemand, der diese Grenze einmal überschritten hat, vor einem weiteren Mord nicht zurückschrecken würde. Und wenn du oder ich, sei es durch unsere überragende Kombinationsgabe oder durch einen glücklichen Zufall, tatsächlich etwas herausfinden sollten, stellen wir eine Gefahr für unseren Mörder dar. Und dann könnte es gefährlich werden«, schloss er etwas lahm. Seine Rede, die eigentlich nur dazu gedacht war, Delilah abzuschrecken, enthielt durchaus einen wahren Kern, fiel ihm auf. Nachforschungen zu betreiben, könnte tatsächlich gefährlich werden. Delilah dagegen sah nicht so aus, als wäre sie beeindruckt. Sie ließ den Griff des Kinderwagens los und ballte die Fäuste. Einen Moment lang dachte er, sie würde ihn schlagen, aber als sie ihre Hände in die Taschen ihres Parkas steckte, wurde ihm klar, dass sie fror. Seine Nase begann zu laufen und er suchte nach einem Taschentuch.

»Du solltest wieder reingehen.«

Sie musterte ihn verächtlich. »Wenn Sie Angst haben, mache ich es eben alleine.« Sie nahm die Hände aus den Taschen und begann den Kinderwagen mit der brüllenden Margret die Stufen hinunter zu schieben.

»Halt«, er brüllte ebenfalls, senkte dann aber seine Stimme, »ich meine, du kannst doch nicht, Herrgott noch mal, bleib endlich stehen.« Er griff nach dem Wagen und einen Moment lang zogen beide in unterschiedliche Richtungen. Schließlich gab Charles nach und half ihr.

»Meine Güte, ganz schön schwer, wie viel wiegt denn so ein Baby?« Auf der untersten Stufe rieb er sich das Kreuz. »Machst du das sonst immer alleine?«

»Ohne Sie wäre es leichter gewesen.«

»Lenk nicht vom Thema ab.«

Sie sah ihn an, eine Hand auf der Türklinke.

»Jetzt ist die beste Möglichkeit.«

»Die beste Möglichkeit wozu?« Eigentlich wollte er es gar nicht wissen, dachte Charles.

Sie sah ihn mit einem mitleidigen Blick an. »Um ihr Zimmer zu durchsuchen, was denn sonst.«

»Was sonst, natürlich.«

»Brian bastelt irgendwas im Keller und Helen fährt gleich in die Stadt, einkaufen. Fragen Sie die schwarze Witwe, ob sie mit ihnen einen Spaziergang macht, und passen Sie auf, dass die Lady nicht zu früh wieder auftaucht.«

»Ach und wie stellst du dir das genau vor?«

Sie grinste. »Ach ja, Sie haben ja keine Erfahrung mit Frauen.« Das Wort Frauen sprach sie in Großbuchstaben. Charles lächelte.

»Ganz so schlimm ist es nicht,« und hörte sich zu seinem eigenen Erstaunen sagen: »Ich werde mir etwas einfallen lassen.«

Als er Delilah ins Haus folgte, kam ihnen Helen entgegen. Sie wirkte wieder ganz geschäftsmäßig, trug eine karierte Wolljacke und hielt in der Hand ihre Autoschlüssel.

»Du könntest gleich das Zimmer von Mrs. Allen machen, Delilah. Ich fahre jetzt los. In einer Stunde muss der Teig in den Ofen, denkst du bitte daran.« Mit diesen Worten verschwand sie. Delilah warf Charles einen triumphierenden Blick zu, dann waren sie und das Baby verschwunden.

Fiona saß immer noch bei Brian. Die kleine Rose hielt den Strang Hanf umklammert und Brian lag mit rotem Kopf unter dem Waschbecken. Charles räusperte sich.

»Wie wäre es mit einem kleinen Spaziergang, ich könnte Ihnen die Umgebung zeigen.«

Fiona schüttelte ihren blonden Kopf. »Sie müssen sich nicht dazu verpflichtet fühlen. Wir kommen schon klar, Rose und ich.«

Charles sah, dass Brian hinter ihrem Rücken eine Grimasse zog.

Er sagte mit mehr Nachdruck: »Nein, es wäre mir eine Freude. Wir nehmen Rose mit und machen einen Spaziergang. Die frische Luft wird Ihnen beiden gut tun.« Schon bei dem Gedanken, noch einmal nach draußen zu gehen, schauderte er. Als sie den Kopf schüttelte, streckte er seine Hand aus. »Na los, es wird Ihnen gefallen.«

Sie lächelte und ließ sich von ihm hoch helfen. Sie war nicht ganz so schwer, wie er befürchtet hatte, aber auch kein Leichtgewicht. »Was meinst du, sollen wir einen Spaziergang machen?«

Das kleine Mädchen schüttelte den Kopf. Brian lachte. »Du kannst auch hier bleiben und mir helfen, wenn du willst, Prinzessin, das ist in Ordnung.«

»Willst du lieber hier bleiben?« Fiona tätschelte ihr den Kopf. »Na gut, dann bleib hier, ich bin bald wieder da.« Sie hakte Charles unter. »Dann müssen Sie mit mir vorlieb nehmen, werter Herr.«

Charles lächelte und hoffte, man würde ihm nicht ansehen, wie sehr er sein Angebot bereits bereute.

»Brian hat wirklich ein Händchen für Kinder, nicht wahr?« Fiona fröstelte, als sie nach draußen traten. Charles putzte sich die Nase und wünschte, er wäre zu Hause in seinem Wohnzimmer, nur er und eine Flasche Whisky. Danach würde er sich ins Bett legen und eine Woche durchschlafen. Eine Krähe saß in dem Beet. Es kam ihm so vor, als wäre es dieselbe, die er gestern hier gesehen hatte. Die winzigen Schneeflocken fielen immer noch und ein scharfer Wind wehte.

»Ganz schön kalt. Wie gut, dass ich einen starken Mann an meiner Seite habe.« Sie sah ihn an und er konnte weder in ihrer Stimme noch in ihrem Blick erkennen, dass sie versuchte mit ihm zu flirten. Es war eher so, als würde sie eine unumstößliche Tatsache feststellen. An einigen Stellen war der Boden aufgeweicht, einmal wäre sie beinahe gefallen, wenn Charles sie nicht im letzten Moment aufgefangen hätte.

»Der Winter ist eine furchtbare Jahreszeit. Endlose Monate ohne Sonne. Ich überlege mir jedes Jahr um diese Zeit, ob ich nicht auswandern sollte. Irgendwohin, wo es hell ist. Manchmal denke ich, ich bin wie eine Pflanze. Ohne Sonne gehe ich ein.« Ihre Lippen bekamen langsam einen bläulichen Schimmer. »Was glauben Sie, ist das Geschäft viel wert? Ich meine, das sind doch alles Antiquitäten, oder? Die müssen doch etwas wert sein.«

Charles wusste nicht, was er sagen sollte. Auf einmal sah er Delilah vor sich, wie sie bis zu den Ellenbogen in Fionas Kommode wühlte. Er räusperte sich.

»Das kann ich Ihnen beim besten Willen nicht sagen. Gibt es denn keinen Nachlassverwalter? Hat Tony kein Testament gemacht?«

Sie blinzelte. »Warum denn, ich meine, wir sind nicht geschieden. Da braucht er doch kein Testament.« Als ob sie sich selbst beruhigen wollte, fügte sie hinzu: »Es wird schon alles gut werden. Wie auch immer, er hat für uns gesorgt.« Sie ließ seinen Arm los und deutete auf die verschneite Landschaft. »Kinder lieben den Winter. Für Rose ist das alles schön. Weihnachten und all das. Warum haben die beiden eigentlich keine Kinder?«

»Wer?«

»Brian und seine Frau. Ich meine, er liebt Kinder, das sieht man doch.«

Brian und seine Frau, wiederholte Charles in Gedanken und hatte das Bedürfnis, Helen in Schutz zu nehmen. »Helen kann keine Kinder bekommen. Sie hatte eine Fehlgeburt. Eine tragische Geschichte.« Er war sich nicht sicher, ob es richtig war, ihr so etwas Intimes zu erzählen, aber jetzt war es spät. Er sah das Interesse in ihren Augen, als sie nachhakte.

»Das ist ja entsetzlich, eine Fehlgeburt, die Arme. Ich kann mir vorstellen, wie das ist, wenn man sich so sehr ein Kind wünscht und man nichts tun kann. Und wie kommen die beiden damit klar?«

Charles fand, dass er indiskret genug gewesen war. »Das müssen Sie Helen und Brian schon selbst fragen.«

»Was ist los?«, Fionas Stimme erklang in seinem Ohr, »Sie sehen aus, als wären Sie ganz woanders.«

»Entschuldigung«, er räusperte sich und versuchte unauffällig auf seine Uhr zu blicken. Fiona drückte seinen Arm.

»Und Sie, was ist mit Ihnen? Geschieden, nicht war? So was spüre ich sofort.«

Charles widersprach nicht. Sie waren einem Weg gefolgt, der links vom Haus zwischen einer Baumgruppe durchführte. Plötzlich standen sie vor dem Kanal. Am anderen Ufer begann der Wald, die Bäume waren kahl und ihre Silhouetten zeichneten sich vor einem grauen Himmel ab.

»Gehört das alles noch zum Grundstück?« Fiona blickte sich um.

Charles war froh über den Themenwechsel und schüttelte den Kopf.

»Nein, deshalb hat Brian im Sommer auch immer Ärger mit den Touristen. Alle denken, sie könnten hier einfach durchmarschieren, vor allem die Bootsbesitzer. Aber der Kanal ist die Grenze.« Seine Erkältung wurde immer schlimmer. Sein Rachen kratzte und seine Augen fühlten sich an, als ob man sie entfernt und verkehrt herum wieder eingesetzt hatte. Ganz hinten auf dem Wasser glaubte er den Schwan zu erkennen, eine graue Silhouette, so grau wie der Himmel und so grau wie seine Stimmung. Sie waren erst eine Viertelstunde unterwegs. Er hatte keine Ahnung, wie lange man brauchte, um ein Zimmer zu durchsuchen, hoffte aber, dass Delilah langsam fertig war. Das Ganze war sowieso eine dumme Idee. Er fand die Frau nicht unsympathisch. Sie hatte etwas von einem großen, dicken Mädchen, das im Leben zu kurz gekommen war und das auch wusste. Es war ihm immer noch ein Rätsel, was Tony in ihr gesehen hatte. Aber das bedeutete noch lange nicht, dass sie zu einem Mord fähig war. Und was für ein Motiv hätte sie gehabt?

Als hätte sie seine Gedanken gelesen, sagte sie plötzlich: »Ich vermisse ihn. Ist das nicht seltsam? Fünf Jahre habe ich ihn nicht gesehen, aber jetzt vermisse ich ihn.« Sie blinzelte, zog einen ihrer dicken Wollhandschuhe aus und hielt ihm ihre Hand unter die Nase. Ihm fiel zum ersten Mal auf, dass ihre Fingernägel nicht maniküt waren. Sie waren sauber und kurz geschnitten. Ein Silberring mit einem blauen Stein war der einzige Schmuck, den sie trug.

»Den hat er mir geschenkt, da kannten wir uns erst eine Woche. Mir hat noch kein Mann vorher etwas geschenkt«, sie sah ihn an, »ich meine, nicht so etwas Schönes.« Eine Zeit lang betrachtete sie den altmodischen Goldring, ohne etwas zu sagen. Dann seufzte sie. »Er hat ihn von seiner Großmutter, hat er gesagt«, mit einer raschen Bewegung zog sie ihren Handschuh wieder an, »später wurde mir klar, dass er ihn irgendeinem armen Kerl, der ihn verkaufen musste, abgenommen hat. Aber das macht nichts. Es ist trotzdem ein schöner Ring. Und er gehört mir.« Sie schob ihre Hand wieder unter Charles Arm. Ihr Körper strahlte trotz der Kälte Wärme aus. Er sah den winzigen hellen Flaum auf ihrer Oberlippe. »Ich glaube, der Unterschied ist einfach, dass Tony die ganze Zeit da war. Ich meine, wenn ich gewollt hätte, dann hätte ich zu ihm gehen können, verstehen Sie?«

»Oh ja. Der Tod ist endgültig.« Sein Blick fiel auf das Wasser. Der Schwan näherte sich langsam aber unaufhörlich. Charles drehte sich um. »Lassen Sie uns zurückgehen. Ich habe für heute genug frische Luft gehabt.« Er war sich nicht mehr sicher, ob er Tonys Mörder wirklich finden wollte. Irgendwann würde er gefasst werden. Aber Tony würde das auch nicht wieder lebendig machen.

5. Kapitel

Zuhause angekommen, ließ Charles heißes Wasser in die Wanne laufen, so heiß, dass der winzige Raum mit Dampfschwaden gefüllt war. Er stieß einen kleinen Schmerzensschrei aus, als er sich langsam hineingleiten ließ, aber nach ein paar Minuten spürte er, wie sich seine Muskeln entspannten. Er blieb so lange im Bad, bis das Wasser kalt wurde. Immer wieder nickte er kurz ein und wenn er aufwachte, sah er Tony vor sich oder Fiona mit ihrem dicken blonden Zopf. Manchmal sah er auch die kleine Rose mit ihrem ernsten Gesicht. Schließlich stand er auf und trocknete sich ab. In der Küche stellte er sich aus den Resten im Kühlschrank ein halbwegs brauchbares Mahl zusammen, das überwiegend aus Schinken, Bohnen aus der Dose und Toast bestand. Nach dem Essen fühlte er sich das erste Mal an diesem Tag wieder wie ein Mensch. Er trat ans Fenster und sah hinaus. Es hatte aufgehört zu schneien und am grauen Himmel zeigte sich bereits eine blasse Sonne. Als er den dreckigen Teller in die Spüle räumte, fiel sein Blick auf die Pinwand. Der Flyer vom Pizzaservice hatte einen fettigen Daumenabdruck am unteren Ende, direkt über der Stelle, an der die Telefonnummer stand. Charles hatte sich schon oft gefragt, was einen Pakistaner dazu brachte, ein indisches Restaurant aufzumachen und nebenbei einen Pizzaservice zu betreiben. Immerhin war das Essen genießbar. Er hob den Flyer an und zog die Nadel aus Colins Foto. Für einen Moment glaubte er wieder die Hitze zu spüren, sah wieder das Zimmer in der kleinen Pension, das so gar nicht romantisch war, sondern nüchtern und zweckmäßig eingerichtet. Den ganzen Urlaub hatten sie sich vorgenommen ein anderes Zimmer zu suchen, aber die Hitze hatte sie träge werden lassen und so waren sie dort geblieben. Sie hatten die Tage sowieso meist am Strand verbracht, die Handtücher auf dem wenigen Sand ausgebreitet, der zwischen den Felsen lag. Sie hatten nicht viel geredet und wenn, hatten sie gestritten. Aber jeden Abend hatten sie sich wieder vertragen und die Nächte hatte er nicht vergessen. Ein so heftiger Schmerz durchzuckte seinen Körper, dass er einen Moment lang dachte, er hätte einen Herzinfarkt. Er ließ das Foto fallen, und als sein Atem sich wieder beruhigt hatte, ging er nach oben und zog sich an.

Alle Häuser in der Lambstreet hatten einen Hof. Seinen hatte er seit einem Jahr nicht mehr betreten. Obwohl es kalt war, hatte sich der Boden an einigen Stellen in eine aufgeweichte Schlammwüste mit braunen Grasflecken verwandelt. Er drehte noch einmal um und holte seine Gummistiefel. Dann machte er sich auf den Weg zum Schuppen. Das Gebäude war ein rechteckiger Holzbau mit flachem Dach, der ursprünglich als Garage gedient hatte. Charles hatte zwei große Fenster einbauen lassen. Die Holztür hatte sich ein wenig verzogen und es dauerte eine Weile, bis es ihm gelungen war, sie zu öffnen. Nachdem er den Gasofen angezündet hatte, setzte er sich auf den mit Farbspritzern bedeckten Korbstuhl und sah sich um. Alles war so, wie er es verlassen hatte. Auf der Staffelei stand der unvollendete Akt eines Mannes. Nur der Kopf war ganz ausgearbeitet. Colin blickte ihm direkt in die Augen, aufmerksam und ein wenig spöttisch, aber das konnte auch Einbildung sein. An den Wänden standen unzählige weitere Bilder. Nicht immer war Colin sein Motiv gewesen. Es gab einige Naturbeobachtungen, in dem halb naturalistischen Stil gemalt, mit dem er bekannt geworden war. Und dann waren da die Porträts. Auf einem saß Harriet in ihrer Küche auf einem Stuhl und blickte aus dem Fenster. Sie sah aus wie die Harriet, die er kannte, mit ihren kurzen grauen Haaren und dem hageren Körper in den unvermeidlichen Tweedhosen. Aber auf ihrem Gesicht zeichnete sich etwas ab, eine Mischung aus Einsamkeit und Klugheit, die er offenbar gesehen und gemalt hatte. Charles hatte vergessen, wie gut das Bild geworden war. Dann fiel sein Blick auf das Porträt, das daneben stand. Er konnte sich an die Sitzung mit Tony nicht mehr erinnern. Auf dem Bild lächelte Tony nicht. Er blickte auf etwas, das hinter dem Betrachter lag und seine roten Haare leuchteten wie Feuer. Es sah aus, als stünde er in Flammen und Charles musste den Blick abwenden. Er ging zu dem Tisch, auf dem seine Farben lagen. Eigentlich war es nur eine Platte auf zwei Böcken, die er selbst gebaut hatte, damals, als Malen noch sein Leben gewesen war. Es war alles noch da. Er öffnete eine Tube und roch daran. Dann griff er nach der Palette, füllte sie mit dicken

Klumpen leuchtender Farben und ging zur Staffelei. Er arbeitete wie ein Besessener. Während er immer wieder malte, korrigierte, zurück trat und beobachtete, prüfte und verbesserte und das Bild von Colin auf der Leinwand Gestalt annahm, kam es Charles vor, als würde der Colin, der in seinem Herzen hauste, in eine andere, tiefere Ebene seines Bewusstseins verschwinden. Nach zwei Stunden war er völlig erschöpft. Zum ersten Mal spürte er wieder die Kälte, die ihm in die Glieder fuhr. Er reinigte die Pinsel und verließ den Raum, ohne sich noch einmal umzusehen. Dann machte er sich auf den Weg in den Pub.

Die Luft war erfüllt von Stimmengewirr und dem Geruch von Essen und Alkohol. Hinten im Pub saß Jamie an einem der Tische. Als er Charles sah, hob er grüßend die Hand.

»Entschuldigung.« Charles schob eine Frau zur Seite, die halb auf Jamies Tisch saß. Jack erschien wie ein Flaschengeist und stellte zwei Gläser auf den Tisch. Er zwinkerte Charles zu.

»Dachte mir, ihr könnt was gebrauchen.«

Manchmal war Jack erstaunlich einfühlsam. Charles hob sein Glas.

»Auf das Leben, Jamie, wir haben nur eines.« Beide schwiegen einen Moment. Charles betrachtete seine Hände, die das Glas umklammerten und an denen noch Reste der Ölfarbe klebten. Der Anblick war seltsam tröstlich. Jamie wies auf die Farbe.

»Fängst du wieder an zu malen?«

Charles schüttelte den Kopf. »Keine Ahnung.«

Jamie blickte traurig in sein Bierglas. »Wenn ich das könnte, Charles, so wie du, ich meine, richtig, dann würde ich nicht aufhören damit. Ich versteh dich nicht.«

Charles nickte. Er verstand sich auch nicht, selbst jetzt noch nicht, mit über fünfzig Jahren. Offenbar hörte das nie auf, das man Fehler machte, das man sich dumm verhielt, so dumm, dass es wehtat. Plötzlich musste er an Rose denken.

»Hat Tony eigentlich mal von ihr erzählt? Ich meine von seiner Tochter?«

Jamie starrte in sein Glas. »Das hat mich die Polizei auch gefragt. Nein, niemals. Jedenfalls kann ich mich nicht erinnern.« Er trank geistesabwesend das halbe Glas leer. Dann zögerte er kurz. »Hast du eigentlich schon mit Harriet gesprochen?«

»Mit Harriet? Wieso?«

Jamie seufzte. »Du hast es versprochen, Charles, du wolltest sie fragen, ob sie nicht mal Mutter besuchen kann.«

Charles erinnerte sich. Ein Besuch bei Harriet stand nicht an erster Stelle auf seiner Prioritätenliste. »Ich bin noch nicht dazu gekommen. Es gab da noch einige andere Sachen, zum Beispiel einen Todesfall, du erinnerst dich?«

Sarkasmus glitt an Jamie ab wie heiße Butter an einer Glasscheibe. Er sah Charles freundlich an: »Natürlich habe ich das nicht vergessen. Harriet auch nicht. Sie ist ganz fertig.«

Gegen seinen Willen verspürte Charles den Drang nachzufragen: »Warum?«

Jamie hob sein Glas und betrachtete traurig den letzen Rest Bier. »Weil sie sich mit Tonys Frau gestritten hat. Wegen dem Haus, du weißt schon, weil sie doch alles erbt.«

Charles erinnerte sich, dass Helen so etwas Ähnliches gesagt hatte.

»Erst einmal muss doch geklärt werden, ob sie überhaupt etwas erbt.« Allerdings schien sie sich dessen ziemlich sicher zu sein. Er musste wieder an Delilah denken. Ob ihre verrückte Aktion irgendetwas gebracht hatte? Als er Fiona ins Haus zurückgebracht hatte, war niemand zu sehen gewesen. Er konnte nur hoffen, dass die Zeit ausgereicht hatte.

»Wie kommst du jetzt eigentlich zurecht, ich meine, ohne deine Arbeit?«

Jamie sah ihn nicht an, als er sagte: »Das geht schon, mach dir keine Sorgen.«

Das Stimmengewirr wurde lauter und jemand fing an zu singen. Eine Opernarie, denn seit Paul Potts hofften alle verkannten Opernsänger darauf, entdeckt zu werden. Charles hielt das für sehr optimistisch, jedenfalls bei diesem Sänger. Außerdem gab es niemanden, der ihn hätte entdecken können, dachte er, bis er neben dem Eingang den Reporter sitzen sah, dem Harriet so unsanft das Mikrofon entrissen hatte. Jamie schien seinen Blick bemerkt zu haben. Er hob sein Glas und sein blasses Gesicht begann sich zu röten, als er dem Reporter zuprostete.

»Die Geier warten noch auf etwas.«

Charles nickte. Er hatte recht. Sie warteten darauf, dass noch etwas passiert. Als er zwei Stunden und einige Gläser später auf der Straße stand, war es dunkel. Ein paar Minuten lang versuchte er erfolglos seinen Schal um den Hals zu wickeln, gab dann aber auf. Als er über den Marktplatz ging, kam ihm eine Gruppe Touristen entgegen. Alle trugen die gleichen roten Sportjacken, ein Paar der Männer hatten Stadtpläne in der Hand. Es kam ihm so vor, als läge in den neugierigen Blicken der Frauen eine Spur Furcht. Als er an ihnen vorbeiging, straffte er den roten Schal mit beiden Händen, und eine der Frauen quiekte entsetzt. Mit unbewegter Miene ging Charles weiter. Erst als er an der Broadstreet angekommen war, fing er an zu grinsen. »Sherlock Holmes und Watson«, murmelte er und schüttelte den Kopf. Er musste wieder an die Kiste denken, an die Kiste, in der Tony gelegen hatte und ihn mit seinen toten Augen angestarrt hatte. Vielleicht war es doch ein Fremder gewesen, irgendein Psychopath, wie Jamie gesagt hatte, der einfach nur verrückt war, verrückt und böse, dachte er plötzlich. Aber er wusste, dass es nicht so war. Jemand, den er kannte, den er wahrscheinlich gut kannte, hatte einen Menschen umgebracht. Er ging vorbei an den Pensionen, bei denen die Schilder in den Fenstern stolz verkündeten, dass sie belegt waren, während der Abendverkehr an ihm vorbei rauschte. An der Ecke bog er in die Leamington Road ein. Hier lagen die Geschäfte, die sich die Miete auf der Highstreet nicht leisten konnten. Es gab einen Gemüseladen, einen Hundefriseur und direkt gegenüber Tonys Antiquitätengeschäft hatten zwei junge Frauen einen Teeladen eröffnet. In ihrem Schaufenster, das aussah wie eine Illustration aus einem Kinderbuch, tummelten sich goldene Drachen, deren Aufgabe es war, die kostbaren Porzellandosen mit den verschiedensten Teesorten zu bewachen. Winzige Nadelbäume bildeten einen lebendigen Wald, aus dem in jedem Moment ein Miniatureinhorn hervorkommen konnte. Dagegen sah Tonys Laden aus, als wäre er aus einem Schundroman. Die beiden Buchsbäumchen, die er im Sommer gekauft hatte, um »dem Ganzen etwas Klasse« zu geben, wie er es genannt hatte, waren schon lange in ihren Kübeln vertrocknet. Im Schaufenster stand eine wurmstichige Kommode, geschmückt von ein paar Glasvasen, die nur ein Blinder für echten Jugendstil gehalten hätte. Ein Teddybär musterte Charles traurig mit dem einzigen Auge, das ihm geblieben war. Ein paar alte Puppen leisteten ihm Gesellschaft. Das Geschäft war auch zu Lebzeiten seines Vaters nie eine Goldgrube gewesen, aber seitdem Tony es übernommen hatte, war es weiter bergab gegangen. An der weißen Tür mit den milchigen Sprossenfenstern hing eine Notiz: »Aufgrund eines Trauerfalls geschlossen«. Charles überlegte noch, ob die Polizei oder Tonys Witwe den Zettel angebracht hatte, als sich die Tür im Haus nebenan öffnete. Harriets widerspenstiger grauer Haarschopf erschien. Sie trug einen ölverschmierten Overall und sah aus, als hätte sie ihn erwartet.

»Hab dich gerade aus dem Fenster erspäht, komm doch rein, Charles.«

Er folgte ihr in die Küche. Auf dem Tisch lag ein aufgeschlagenes Kreuzworträtselheft. Auf dem Boden stapelten sich alte Zeitungen.

»Nicht drauf treten«, sagte Harriet vorwurfsvoll, als Charles vorsichtig versuchte, einen Fuß auszustrecken, »hab ich noch nicht gelesen.«

»Wofür brauchst du das ganze Zeug eigentlich?«

»Das weiß man nie«. Sie reichte ihm einen Becher mit einer pechschwarzen Flüssigkeit, die sich nach dem ersten Schluck als Tee entpuppte. Mit diesem Getränk hätte man Tote zum Leben erwecken können. Charles fühlte, wie sich der Alkoholnebel in seinem Kopf klärte und die dumpfe Erstarrung, die ihn erfüllt hatte, sich langsam löste. Er trank noch einen Schluck, während Harriet ihn freundlich beobachtete. Ihr langes Gesicht war von der Hitze gerötet. Erst jetzt fiel ihm auf, dass in der Küche die Temperatur einer Sauna herrschte.

»Ist ein Experiment.«

»Was?«

»Das im Backofen, was glaubst du denn, warum es so warm ist?«

Charles fragte nicht weiter. Stattdessen sagte er: »Jamies Mutter scheint es nicht besonders gut zu gehen.«

Harriet runzelte die Stirn. »Hat er dich geschickt?«

»So kann man das nicht sagen.«

Sie schnaubte verächtlich. »Du kannst ihm bestellen, es hat sich nichts geändert.«

»Was heißt das?«

»Sie weiß schon. Ich vergesse nicht so leicht.«

Das war nichts Neues, dachte Charles, Harriet war dafür berühmt, noch Jahre später den genauen Wortlaut eines Gespräches und den Tag und die Uhrzeit, an dem es stattgefunden hatte, zu zitieren, eine Eigenschaft, die die meisten Menschen, die sie kannten, in die pure Verzweiflung trieb.

»Was hast du denn nicht vergessen? Habt ihr euch gestritten?« Er vermochte sich nicht vorzustellen, wie ein Streit zwischen diesen beiden willensstarken Frauen ausgesehen haben mochte, war aber froh, dass er nicht dabei gewesen war.

»Es ist jetzt auf den Tag genau vier Jahre her. Vier Jahre, drei Monate und elf Tage.« Harriet funkelte ihn an. »Und ich kann mich an jedes Wort erinnern.«

Er warf einen vorsichtigen Blick zum Herd. »Ah, ja. Und der Streit? Ich meine, war es etwas Wichtiges?«

Sie antwortete nicht. Er versuchte es anders.

»Aber jetzt ist sie krank. Ihr wart doch mal befreundet.«

Harriet schnaubte. »Deshalb ist sie auch kein besserer Mensch geworden.« Sie überlegte. »Vielleicht, wenn sie sich entschuldigt. Das wäre eine Möglichkeit.«

Charles seufzte. Er wusste, dass es keinen Zweck hatte, Harriet daran zu erinnern, dass ihre alte Freundin Schwierigkeiten hatte, ihren eigenen Sohn zu erkennen und es deshalb mehr als fraglich war, dass sie sich an einen Streit erinnern würde, der vier Jahre zurücklag.

»Ist eine Gabe und ein Fluch.«

Charles war verwirrt. »Das Streiten?«

»Das Erinnern.« Harriet nickte stolz. »Kann mich an alles erinnern. An jedes Wort. Und an jedes Gesicht.«

Charles schauderte. Er wagte sich nicht vorzustellen, wie ein Leben aussah, wenn man über diese Gabe verfügte.

»Kann die werte Dame übrigens auch.«

Charles überlegte. Dann gab er auf. »Wer?«

»Die dicke Blonde. Tonys Witwe.« Harriet stand auf, griff nach einem Handtuch, das über der Stuhllehne hing, und ging wieder zu dem alten Herd. Charles, dem es nicht gelungen war, über ihre Schulter zu blicken, unternahm einen vorsichtigen Vorstoß. »Ein neues Rezept?«

Sie warf ihm einen Blick zu, der besagte, dass es unter ihrer Würde war, zu antworten.

»Sie kann sich aber nur an Gesichter erinnern. Vergisst sie nie, hat sie gesagt.«

»Worüber habt ihr euch denn noch unterhalten?« Charles fiel ein, dass Jamie erwähnt hatte, wie bedrückt Harriet wegen der Auseinandersetzung wäre. Er konnte kein derartiges Gefühl bei ihr feststellen.

»Ich habe versucht, ihr klarzumachen, was Tony für ein Mensch war. Muss sie schließlich wissen, als seine Witwe, habe noch nie viel davon gehalten, dass man über Tote nichts Schlechtes sagen darf. So ein Unsinn«, Harriet wirkte ehrlich empört, »die hören das schließlich nicht mehr. Also, was soll das ganze Getue?«

»Und, hat sie mit sich reden lassen? Wegen des Hauses?«

Harriet schnaubte. »Sie muss noch abwarten, hat sie gesagt. Den Nachlass ordnen. Dabei hat sie schon Sachen aus dem Laden geschleppt, obwohl er ihr noch gar nicht gehört. Wenn du mich fragst, dann war Tony nicht der einzige Mistkerl in dieser Beziehung.« Sie beugte sich über den Tisch. »Und dann die Kleine.« Sie machte eine bedeutungsvolle Pause.

Charles konnte ihr nicht folgen. »Welche Kleine?«

Harriet warf ihm einen misstrauischen Blick zu. »Machst du dich über mich lustig?«

Er fragte sich, wie er jemals Weisheit in ihrem langen Schafsgesicht entdecken konnte und wiederholte: »Wen meinst du?«

»Na das Kind, das angebliche. Ist dir denn gar nichts aufgefallen? Mir schon«, Harriet klopfte sich auf ihre magere Brust, »hat wahrscheinlich gedacht, ich merk das nicht, von wegen senil und so. Pah«, sie schnaubte noch einmal, »da hätte sie früher aufstehen müssen.« Als Charles schwieg, seufzte sie und fuhr fort: »Also gut, ich sage nur so viel. Dieses Kind, diese ROSE«, sie betonte den Namen des Mädchens überdeutlich, »soll Tonys und ihr Kind sein, nicht wahr?« Sie lehnte sich so weit über den Tisch, dass Charles etwas zurückwich. Das Weiße in ihren grauen Augen war von rötlichen Äderchen durchzogen. »Tony war ein Rotschopf, nicht wahr? Und seine Frau ist blond. Also, frage ich dich, wie kann dann ihre Tochter braune Haare haben?«

Die Spannung, die sich in Charles aufgebaut hatte, entwich wie die Luft aus einem Ballon, in den man eine Nadel sticht. »Mein Gott Harriet, vielleicht ist sie keine echte Blondine. Außerdem, bin ich mir da nicht so sicher, mit der Vererbung ist das doch so eine Sache«, fügte er vage hinzu, Biologie war nicht sein Lieblingsfach in der Schule gewesen.

Harriet verschränkte die Arme vor der Brust. »Ich wollte es nur gesagt haben, das ist alles.«

Auf einmal überfiel ihn eine bleierne Müdigkeit und er stand auf. »Danke für den Tee.«

Harriet brachte ihn zur Tür. »Es wird alles gut werden, Charles. Du wirst schon sehen.« Für einen Moment fühlte er sich seltsam getröstet.

In dieser Nacht schlief Charles zum ersten Mal seit Tagen tief und traumlos. Nach dem Frühstück ging er in sein Atelier und begann zu arbeiten, aber der Rausch von gestern war verflogen. Leise Gewissensbisse meldeten sich, dass er sich nicht um Delilah gekümmert hatte, nachdem er Fiona zurückgebracht hatte. Vielleicht war Delilah noch im Zimmer gewesen, als Fiona nach oben ging. Vielleicht hatte sie sich im Schrank versteckt. Vielleicht war sie immer noch im Schrank. Charles seufzte. Er musste mit Delilah sprechen. Er verfluchte, dass er sich nicht die Nummer ihres Handys hatte geben lassen. Sie hatte doch bestimmt ein Handy, heutzutage besaß jeder eines. Jeder außer ihm. Er wusch die Pinsel aus. Es hatte keinen Sinn. Er musste noch einmal nach Guilford House. Er nahm den alten Tweedmantel vom Haken, schlang sich den roten Schal um den Hals und stieg ins Auto. Während er sich in den Morgenverkehr einreihte, überfiel ihn ein merkwürdiges Gefühl. Beim letzten Mal war etwas seltsam gewesen, aber er konnte sich nicht erinnern, was es war. Je mehr er sich bemühte, umso mehr entschlüpfte es ihm. Schließlich gab er auf und konzentrierte sich aufs Fahren. Als er in die Auffahrt von Guilford House einbog, sah er Rose schon von Weitem. Sie stand neben dem kahlen Beet in der Mitte und rührte sich nicht, auch nicht, als er dicht neben ihr parkte. Sie hatte keinen Mantel an, ihre weiße Strumpfhose hatte dunkle Schmutzflecken an den Knien und ihr kariertes Kleid war entschieden zu dünn für das Wetter. Irgendetwas stimmte nicht. Beunruhigt stieg Charles aus.

»Frierst du nicht, Kleines? Hier draußen ist es doch viel zu kalt ohne Mantel.« Anstatt zu antworten, begann sie an seiner Jacke zu zerren. Auch wenn er nicht soviel von Kindern verstand wie Brian, war ihm doch klar, was das bedeutete. Vorsichtig machte er sich los.

»Du willst mir etwas zeigen, ich weiß, ich komm schon. Wo ist denn deine Mami?« Rose sah ihn einen Augenblick an, dann lief sie los. Charles war überrascht, wie schnell eine Fünfjährige laufen konnte. Inzwischen war er mehr als beunruhigt. Als sie auf den Weg zwischen den Bäumen zu lief, rief er: »Das ist keine gute Zeit um Verstecken zu spielen«, aber sie hörte ihn nicht. Die Wolken, die am Himmel hingen, sahen aus wie dicke Wattebäusche, nass und schwer. Es würde regnen, das war ihm klar. Für einen Moment hatte er die kleine Gestalt aus den Augen verloren, dann sah er, dass sie am Rand des Kanals hockte. Er öffnete den Mund, um zu rufen, dass sie aufpassen sollte, aber irgendwie gehorchte ihm seine Stimme nicht. Es war still. Sogar das Krächzen der Krähen war nicht mehr zu hören. Langsam trat er näher. Er brauchte nur einen flüchtigen Blick auf das dunkle Wasser zu werfen, dann war ihm klar, dass es sich bei dem dunklen Bündel dort nicht um Lumpen handelte. Obwohl es im ersten Moment so aussah: Eine Lumpenpuppe, die sich an einem Weidenast, der zu tief über dem Wasser hing, verfangen hatte. Der blonde Zopf sah aus wie ein Stück Tang, als er träge im Wasser hin und her schwang. Er trat zu Rose und nahm ihre Hand. Ihre Augen waren riesengroß und blickten ihn an.

»Ist schon gut, alles ist gut, wir gehen jetzt hier weg und holen einen Doktor, es wird alles wieder gut, Kleines«, hörte er sich sagen und wusste gleichzeitig, dass er log. Nichts würde wieder gut werden. Sie wehrte sich nicht, als er sie hochhob. Mit dem Mädchen auf dem Arm lief er über den Rasen. Im Haus war niemand zu sehen. Als er auf dem Flur stand und überlegte, was er mit ihr machen sollte, während er mit der Polizei telefonierte, hörte er Schritte hinter sich. Delilah kam aus dem Esszimmer. Ihre Lippen murmelten etwas, das er nicht verstand und ihr Kopf bewegte sich ruckartig hin und her. Erst als er die Kopfhörer entdeckte, wurde ihm klar, dass sie sich gerade in ihrer eigenen Welt befand. Dann sah sie ihn.

»Was ist denn los?« Sie griff in ihre Hosentasche und schaltete den Mp3Player aus. »Ich habe gerade den Frühstückstisch gedeckt und wollte Mrs. Allen Bescheid sagen.«

In diesem Moment öffnete sich die Eingangstür und Brian kam mit Einkaufstaschen beladen herein.

»Was gibt es denn hier? Eine Versammlung am Treppenabsatz?« Lächelnd kam er näher.

Und plötzlich fiel Charles wieder ein, was ihm gestern so merkwürdig vorgekommen war. Als das Scheppern und Klirren aus der Küche ertönte, hatte Brian nicht einmal den Kopf gehoben. Fast so, als hätte er erwartet, dass etwas passieren würde.

Die nächsten Tage waren grau, es regnete ununterbrochen und der Boden bestand nur noch aus dunklem Matsch. Ein böiger Wind blies jedem, der so unvorsichtig war, das Haus zu verlassen, den Regen ins Gesicht. Eine bleierne Lähmung hatte sich über Tisley ausgebreitet. Der Gerichtsmediziner hatte keine eindeutigen Spuren an der Leiche entdeckt. Nichts wies darauf hin, dass Fionas Tod kein Unfall war. Man hatte nasses Laub unter ihren Schuhen gefunden, was die Möglichkeit zu ließ, dass sie am Ufer ausgerutscht und in den Kanal gefallen war. »Dort gibt es ein paar große Steine, wenn sie unglücklich gefallen ist, dann hätte sie keine Chance gehabt. Die Wunde an ihrem Kopf lässt diese Möglichkeit durchaus zu«, hatte die Polizei in einem Fernsehinterview verlauten lassen. »Die wollen den Mörder in Sicherheit wiegen«, hatte Mr. Potts daraufhin düster gemurmelt und Charles musste ihm recht geben. An einen Unfall glaubte auch er nicht. Einen ganzen Vormittag hatte er mit Inspektor Willow und ihrem Sergeant in dem kleinen Verhörraum verbracht. Die Tatsache, dass er an beiden Tatorten anwesend gewesen war, sah in ihren Augen nicht günstig für ihn aus. Charles konnte es ihnen nicht verdenken: Langsam begann er, sich selbst zu verdächtigen. Vor allem die Frage, warum er schon wieder in Guilford House gewesen war, interessierte sie brennend. Er hatte nicht vor, ihnen den wahren Grund zu verraten. Stattdessen erzählte er eine umständliche Geschichte über einen verstopften Abfluss und Brians handwerkliches Geschick. In seiner Panik hatte er danach einen Haufen Gartenabfälle in seine Toilette gekippt und zwei Tage auf den Klempner gewartet. Delilah beschwor er, die Durchsuchung des Zimmers mit keinem Wort zu erwähnen. Sie hatte ihn nur angesehen, als zweifle sie an seinem Verstand und kühl erwidert, das hätte sie nicht vor. Durch den zweiten Todesfall war Tisley endgültig in allen Nachrichten. Reporterteams klingelten an Haustüren und Jack machte das Geschäft seines Lebens. Der Tod von Fiona Allen erschreckte und erregte die Menschen. Als ein Foto der kleinen Rose veröffentlicht wurde, begannen sie Blumen und Kerzen vor dem Tor von Guilford House niederzulegen.

Charles seufzte. Der Gedanke an Rose, die seine Hand umklammert hielt, während die Polizeiwagen eintrafen und ihr Blick, als eine Beamtin vom Jugendamt sie auf den Arm nahm und davon trug, würde ihn so schnell nicht wieder loslassen. Er hielt es nicht mehr aus, untätig herumzusitzen. Er zog seinen Tweedmantel an und verließ das Haus. Mr. Peters hatte das Schaufenster der Videothek neu dekoriert. Ein großes Plakat verkündete in blutroten Lettern »Sie werden alle sterben«. Wie passend, dachte Charles und stieg in den Lieferwagen. Während er den Motor anließ, bildete er sich einen Moment lang ein, es läge noch eine Spur von Fiona Allens Parfüm in der Luft. Er trat aufs Gaspedal. Die roten Backsteinhäuser glitten an ihm vorbei und als er um die Kurve bog, kam es ihm vor, als wäre eine Ewigkeit vergangen, seit Delilah und er ihre kindliche Schneeballschlacht veranstaltet hatten. Schon von Weitem sah er den Übertragungswagen vor ihrem Haus. Zwei Männer belagerten die Tür. Charles stieg aus.

»Vielleicht sagen Sie dem Mädchen mal, dass es sich für sie lohnt, wenn sie die Tür aufmacht«, ein Mann, der ihm kaum bis zur Brust reichte, lächelte ihm verschwörerisch zu. »Die Öffentlichkeit hat ein Recht, alles über die beiden Morde zu erfahren.« Als er Charles Gesicht sah, trat er einen Schritt zurück. Der Fotograf, der neben ihm stand, war zu sehr mit Kaugummikauen beschäftigt, um einzugreifen. Charles donnerte mit der Faust gegen die Tür und wünschte sich, es wäre das Gesicht des Reporters.

»Delilah mach auf, ich bin es.«

Diesmal öffnete sie selbst, das Baby auf eine Hüfte gestützt. Sie schien nicht überrascht zu sein, als sie ihn auf der Schwelle sah.

»Kann ich reinkommen?« Der Regen rann ihm in den Kragen und Charles fühlte sich in mehr als einer Hinsicht als hätte er gerade einen Fluss durchquert.

»Miss, wir hätten nur ein paar Fragen.« Der Reporter hatte sich wieder gefangen und wollte sich an ihm vorbei drängeln. Charles versetzte ihm einen Schlag auf die Nase und schloss die Tür. Delilah beachtete ihn gar nicht. Die Küchentür war offen, und als er ihr folgte, sah Charles zwei Kaffeetassen auf dem weißen Holztisch. Daneben lagen Autoschlüssel. Nachdenklich ging er ins Wohnzimmer. Auf dem Couchtisch stapelten sich Teller mit Pizzaresten, Turnschuhe und Jacken waren im Zimmer verteilt und auf der Kommode, über der die afrikanischen Masken hingen, stand eine Flasche mit Babynahrung neben einer Flasche Gin. Diesmal sahen die Masken böse aus, fand Charles, aber vielleicht lag das auch an ihm.

»Die ist hoffentlich für dich?« Charles wies auf die Ginflasche, als er sich einen Platz auf der Couch suchte. Sein Versuch, die Stimmung aufzulockern, blieb erfolglos. Ohne etwas zu sagen, setzte sie sich in einen der Sessel, griff nach der Milchflasche und begann Margret zu füttern. Plötzlich fühlte sich Charles alt und hoffnungslos. Delilah hatte etwas Besseres verdient, die kleine Margret hatte etwas Besseres verdient und die kleine Rose auch.

»Ich glaube immer noch, dass sie etwas damit zu tun hatte.« Delilahs Stimme klang rau und Charles bemerkte zum ersten Mal ihre roten Augen. Sie hatte geweint.

»Sind deine Brüder gar nicht da?«

Sie schüttelte den Kopf.

Er streckte seine Arme aus. »Kann ich sie mal halten?«

Delilah musterte ihn misstrauisch, dann zuckte sie mit den Schultern. Sie stand auf und legte ihm Margret, die gerade den letzten Rest aus der Flasche gesaugt hatte und kleine Schmatzgeräusche machte, in den Arm. »Sie müssen sie an ihre Schulter halten und ihr auf den Rücken klopfen.«

Charles war erstaunt, wie schwer das winzige Geschöpf war. Ihr kleiner Kopf fiel an seine Schulter, und als er ihn stützen wollte, umklammerten ihre Finger seine Hand mit einer Kraft, die ihn überraschte.

Er lehnte sich zurück und klopfte dem Baby sanft auf den Rücken als hätte er nie etwas anderes getan. »Vielleicht hast du recht. Vielleicht hat Fiona Allen nicht die Wahrheit gesagt. Vielleicht ist sie auf irgendeine Weise in den Mord an ihrem Mann verwickelt. Tatsache bleibt aber, dass sie tot ist. Dass sie wahrscheinlich ermordet wurde, vermutlich von der gleichen Person, die Tony umgebracht hat«, er sah, wie sie blass wurde, »ich gebe dir in einem Punkt recht: wer immer das war, er muss gefunden werden und ich bin bereit, alles dafür zu tun, was in meiner Macht steht.« Ihr Blick war überrascht. »Und jetzt sag mir, was du in ihrem Zimmer gefunden hast.«

Sie sah ihn an. »Eigentlich nichts Besonderes.«

»Aber?«

Sie fegte mit ihrer linken Hand ein paar Krümel vom Tisch. Charles war sich nicht sicher, ob sie sich nach Fionas Tod dafür schämte, in ihren Sachen herumgewühlt zu haben, oder ob sie etwas entdeckt hatte, das sie ihm aus irgendeinem Grund nicht mitteilen wollte. Er beugte sich ein wenig vor und hörte auf, dem Baby auf den Rücken zu klopfen.

»Ich denke, wir sind ein Team, du weißt schon, Holmes und Watson.« Margret rülpste und ein Schwall säuerlich riechende Milch ergoss sich auf seine Schulter. »Verdammt.« Er nahm das Baby und hielt es mit angeekeltem Gesichtsausdruck in den ausgestreckten Armen.

»Sie wollten sie ja unbedingt«, Delilah gab ihm ein Taschentuch und stand auf, um das Baby in den Kinderwagen zu legen.

Charles versuchte seine Schulter zu säubern, aber der säuerliche Geruch stieg ihm immer noch in die Nase. »Warum kommen sie nicht einfach fertig auf die Welt, sagen wir mit vier oder fünf Jahren, das wäre doch für beide Seiten viel angenehmer.«

»Ich weiß nicht.« Delilah zog ihre Schuhe aus, setzte sich auf die Armlehne des Sofas und umklammerte ihre Beine. »Ich glaube in dem Alter sind sie auch nicht einfacher. Denken Sie doch mal an Rose. Was passiert jetzt mit ihr, wissen Sie das?«

»Wahrscheinlich wird man eine Pflegefamilie für sie suchen.«

»Da hat sie es bestimmt besser als bei ihrer leiblichen Mutter. Die hat sich doch gar nicht um die Kleine gekümmert. Höchstens darum, dass sie immer niedlich angezogen ist. Wie eine kleine Modepuppe. Vielleicht hat sie ja eine Tante oder so was. Die könnten doch das Mädchen nehmen, oder nicht?«

»Das käme wahrscheinlich drauf an. Vielleicht gibt es ja eine nette Großmutter. Ich würde es der Kleinen wünschen.« Er sah wieder das Kindergesicht vor sich, die braunen Augen, die sich auf ihn hefteten, als die Polizistin Rose ins Auto setzte.

»Ich habe nichts gefunden«, Delilahs Stimme klang trotzig, »sie hatte nur Wäsche in der Kommode, ausgeleiertes Zeug aus Baumwolle. So was hätte ich weggeschmissen.« Sie sah ihn an. »Was machen wir jetzt?«

Obwohl Charles ihr nicht glaubte, war ihm klar, dass es keinen Sinn hatte, weiter zu fragen. »Überlegen wir doch mal. Du warst als Einzige im Haus. Und hast leider nichts gehört, weil du gerade versucht hast, deine Trommelfelle mit furchtbarer Musik zu durchlöchern.«

»Sie haben doch keine Ahnung.«

»Egal, jedenfalls hast du nichts gehört oder?«

Delilah schüttelte den Kopf.

»Das Tor war nicht abgeschlossen. Ist es nie. Also hätte im Prinzip jeder aufs Grundstück kommen können. Und ins Haus auch. Die Tür ist immer offen«. Nachdem er damit den Kreis der Verdächtigen auf ganz Tisley ausgedehnt hatte, gab Charles auf. Deduktives Denken war anstrengend.

»Ist deine Mutter gar nicht da?«

Sie schüttelte den Kopf.

»Kommt sie bald wieder? Ich finde es nicht gut, dass du hier so allein bist.«

»Mir passiert schon nichts.«

»Wenn irgendetwas ist, ich meine, du kannst mich jederzeit anrufen.«

Sie nickte stumm. Als er ging, waren die Reporter verschwunden. Wahrscheinlich warteten sie irgendwo in ihrem Wagen. Aber das war es nicht, was Charles beschäftigte. Er dachte an die Autoschlüssel, die auf dem Küchentisch lagen und an den Anhänger, der an dem Bund befestigt war. Ein kleiner grüner Frosch aus Stoff. »Der soll mir Glück bringen«, hatte Brian gesagt, als Charles ihn das erste Mal gesehen hatte »hat Helen mir geschenkt«. Es gab sicher jede Menge harmloser Erklärungen, warum Brians Autoschlüssel dort gelegen hatten, aber Charles glaubte keine Sekunde lang, dass sie wahr sein könnten. Als er an der Küche vorbei ging, hatte er nicht nur die Autoschlüssel gesehen. Da war noch etwas gewesen: der leichte Geruch eines Aftershaves. Brian war noch im Haus. Ein kalter Schauer lief Charles über den Rücken, als er endlich verstand, warum Brian so kühl wurde, wenn er über Delilahs Baby sprach: Brian, der Kinder mehr liebte, als jeder andere, hatte eine Tochter. Eine Tochter mit Namen Margret.

6. Kapitel

Am Abend war Probe. Das Leben steht nur für die Toten still, dachte Charles, alle anderen klammern sich an das, was sie Realität nennen, an den geordneten Ablauf und wenn es nur die Probe zu einem Theaterstück ist, mit dem sich alle blamieren würden. Die beiden Morde hatten den Willen der Gruppe bestärkt, weiter zu machen, aber leider nicht dazu geführt, dass Mr. Potts seinen Text beherrschte oder dass Brian weniger hölzern spielte. Er dachte an Brian. Wie tritt man jemandem gegenüber, der ein Mädchen geschwängert hat, als es fünfzehn war? Charles hatte sich den Rest des Tages den Kopf darüber zerbrochen und war zu keinem Ergebnis gekommen. Schließlich hatte er sich in sein Atelier geflüchtet, in dem alten Korbstuhl gesessen und die weiße Leinwand angestarrt, die er vor ein paar Tagen aufgezogen hatte. Nach zwei Stunden hatte er aufgegeben und war wieder ins Haus gegangen, um zu trinken. Diesmal hatte auch das nicht geholfen. Das tat es eigentlich nie, fiel ihm auf, während er sich auf den Weg zur Probe machte.

Als er die Tür zum Gemeindesaal aufschloss, kam ihm wohlige Wärme entgegen. Die Heizung lief überraschenderweise so, wie sie sollte. Die Neonröhren leuchteten brummend auf und tauchten den Raum in grelles Licht. Charles legte sein Textheft auf den Stuhl neben sich und setzte sich. Das graue Linoleum des Bodens war sauber und roch nach Bohnerwachs. Vielleicht war alles nur ein Traum, dachte er, Tonys Leiche, die nur wenige Meter weiter hinter der Bühne in einer Truhe lag, Fionas Körper, der im Wasser schwamm und das kleine Mädchen, das mit dem Daumen im Mund dastand und ihn unverwandt ansah. Vor der Bühne lag ein winziger Papierschnipsel, den die Putzfrauen übersehen hatten. Er war gerade aufgestanden, um ihn aufzuheben, als sich die Tür öffnete und die anderen eintraten. Helen und Brian lachten über etwas und Harriet stritt sich mit Mr. Potts, der ihr nicht zuhörte und sich stattdessen mit Jamie unterhielt. Dann kam Delilah. Überrascht von der

Wucht der Enttäuschung, die ihn bei ihrem Anblick traf, stand Charles auf.

»Was ist los, Charles, du siehst aus, als hätte der Blitz eingeschlagen?« Brian klopfte ihm im Vorbeigehen auf die Schulter. Charles musste sich beherrschen, seiner Berührung nicht auszuweichen.

»Brian hat recht, was ist denn los?« In Helens Gesicht lag noch das Lächeln über den Scherz, den Brian beim Eintreten gemacht hatte. Harriet drängte sich an ihm vorbei.

»Gestern war er auch schon so komisch.«

Es hatte keinen Sinn jetzt eine Szene zu machen. Charles ging zu seinem Platz und griff nach dem Textheft. »Wenn wir dann bitte anfangen können.«

»War doch nur ein Spaß, Charles. Warum machst du so ein finsteres Gesicht?« Brian strahlte. Seine gute Laune war offensichtlich. Vielleicht sollte ich ihn hier vor allen anderen fragen, überlegte Charles, jetzt gleich, auf der Stelle, was er sich dabei gedacht hat, ein Verhältnis mit einem Mädchen anzufangen, das seine Tochter sein könnte. Er sah Delilah an, die etwas abseits von den anderen stand. Zum ersten Mal wurde ihm bewusst, wie sehr er das Mädchen mochte: Ihre Dickköpfigkeit, das Leuchten in ihrem Gesicht, wenn sie lächelte. Vielleicht fühlte es sich so an, wenn man Kinder hatte, diese Mischung aus Wut, Verzweiflung und Ohnmacht.

»Wir fangen mit Mrs. Marple an, die dem Inspektor erklärt, wie sich der Mord zugetragen hat. Harriet und Mr. Potts sind dran. Die anderen setzen sich. Harriet bitte.”

Harriet begann, ihren umfangreichen Text aufzusagen und den Mord an der jungen Frau aufzuklären, wobei eine Schwangerschaft, ein heimlicher Besuch, Röteln und ein starkes Schlafmittel eine Rolle spielten. Während er ihr zuhörte, wünschte sich Charles, er könnte wie Mrs. Marple ein Detail ans nächste reihen und daraus mit unwiderlegbarer Logik und einer gehörigen Portion Menschenkenntnis ableiten, wer die zwei wirklichen Morde begangen hatte. Während er mit einem Ohr der Szene auf der Bühne lauschte, wanderte sein Blick immer wieder zu Helen und Brian, die ein paar

Plätze weiter saßen. Brian hatte einen Arm um die Schultern seiner Frau gelegt und Helen lehnte ihren Kopf an seinen Arm. Delilah, die ein paar Reihen hinter ihnen Platz genommen hatte, hielt ihren Blick starr auf die Bühne gerichtet, während Jamie ihr etwas ins Ohr flüsterte. Charles versuchte, sich wieder auf die Szene zu konzentrieren. Mr. Potts konnte seinen Text nicht und begann zu improvisieren. Er musste Jamie als Souffleur auf die Bühne schicken.

»Keine Sorge, wenn's losgeht, kann ich alles, darauf haben Sie mein Ehrenwort.«

»Das ist schön, Mr. Potts, ich fände es aber dennoch beruhigend, wenn wir schon etwas früher eine Kostprobe Ihrer schauspielerischen Leistungen sehen könnten.« Es fiel Charles schwer, sich auf das Stück zu konzentrieren. Für die Rolle der Sekretärin hatten sie Delilah die Haare hochgesteckt, was sie erwachsener wirken ließ. Wenn auch nicht erwachsen genug, dachte er, um ein Kind von einem verheirateten Mann zu haben. Mitten in ihrem Monolog blieb sie hängen und auch die flüsternde Stimme Jamies, die so laut war, dass Charles jedes Wort verstehen konnte, half nicht. Sie stand auf der Mitte der Bühne und sah ihn mit weit aufgerissenen Augen an. Charles griff nach ihrem Text und kletterte auf die Bühne.

»Wenn du dich damit besser fühlst, lies einfach ab. Du schaffst das schon.« Helen, die die Hauptrolle spielte, konnte ihren Text, war aber mit ihren Gedanken offensichtlich woanders. Sie trug, wie meistens, bequeme Jeans und einen schwarzen Pullover, der ihre frauliche Figur verbarg. Sie war nicht viel größer als Delilah und als die beiden nebeneinander standen, hätte Charles nicht sagen können, wer die Ältere war. Delilah hatte sich wieder gefangen und schaffte den Rest der Szene, ohne abzulesen. Als sie abging, stolperte sie und ihr Text fiel auf den Boden. Helen, die neben ihr stand, bückte sich um die Blätter aufzuheben. Als sie aufsah und dem Mädchen die Seiten gab, fragte sich Charles zum ersten Mal, ob Helen etwas ahnte. Er war erleichtert, als die Probe beendet war.

»Ich weiß, dass ihr alle euer Bestes gebt«, an dieser Stelle warf er Mr. Potts einen mahnenden Blick zu, der murmelte, einige dürften den Text ablesen und die wären weiblichen Geschlechts, was eine ungerechte Bevorzugung wäre. Charles ignorierte ihn und fort fuhr: »Ich weiß auch, dass wir unter schwierigen Umständen proben, die keiner von uns erwartet hat.« Bis auf den Mörder, fügte er im Stillen hinzu, »trotzdem glaube ich, dass wir uns noch verbessern können. Wir wollen uns doch nicht blamieren.« Er hatte schon bessere Motivationsreden gehalten, musste er zugeben.

»Jedenfalls nicht mehr als sonst, was Charles?« Harriet zwinkerte ihm zu. Die Tweedhose schlotterte um ihren hageren Körper, aber eine schmale Perlenkette lag um ihren dünnen Hals, ihr türkisfarbener Pullover war sauber und ihr Haar in kleine Wellen gelegt. Offensichtlich hatte sie noch etwas vor. Die Regenjacke, die sie den ganzen Winter trug, egal wie tief das Thermometer sank, lag über ihrem Arm. Die anderen hatten schon ihre Mäntel angezogen, wie Schulkinder, die das Ende der Stunde kaum erwarten konnten. Mr. Potts kam, um ihn etwas zu fragen, aber Charles hatte nur Augen für Delilah, die gerade durch die Tür verschwinden wollte.

»Tut mir leid, ich muss ganz schnell los. Schließen Sie für mich ab?« Mit diesen Worten drückte er Mr. Potts die Schlüssel in die Hand und rief: »Halt, Delilah, eine Minute, warte bitte.« Sie drehte sich mit einem erstaunten Blick um, was zur Folge hatte, dass sie beinahe mit Sergeant Malcovich zusammenstieß, der in der Tür erschien. Hinter ihm ertönte die Stimme von Inspektor Willow, die versuchte, ihren üppigen Körper an ihrem Untergebenen vorbei zu schieben.

»Lassen Sie mich durch Mann, was soll denn das.« Sie bahnte sich einen Weg, was trotz der Größe der Tür nicht einfach war und musterte Delilah kurz. Dann fiel ihr Blick auf die anderen Mitglieder des Ensembles. Sie trat langsam näher, die Hände auf dem Rücken verschränkt, und blieb schließlich vor Jamie stehen. Ihre Stimme war sanft, als sie sagte: »Mr. Davies, ich möchte Sie bitten, zu einer Befragung mit auf das Präsidium zu kommen. Wir glauben, dass Sie Informationen besitzen hinsichtlich des Mordes an Tony Allen und den ungeklärten Umständen des Todes von Fiona Allen.«

Alle starrten sie sprachlos an. Dann ging alles sehr schnell. Der Sergeant schob den verdutzten Jamie in Richtung Ausgang, die drei verschwanden und die Tür schloss sich hinter ihnen.

»Ha.« sagte Harriet und Charles dachte, dass er es nicht besser hätte formulieren können. Einen Moment lang herrschte Stille, dann sprachen alle durcheinander.

»Aber wieso?«

»Das kann doch gar nicht sein.«

»Der arme Jamie, meine Güte, wir müssen doch etwas tun«, Harriet schien völlig aufgelöst zu sein und fuhr sich immer wieder mit beiden Händen durchs Haar, bis von den frischen Wellen nichts mehr übrig war. Mr. Potts wiegte bedenklich den Kopf und ging nach hinten, vermutlich um den Besen zu holen, dachte Charles. Er bemühte sich verzweifelt einen klaren Gedanken zu fassen, aber es gelang ihm nicht. »Weiß jemand wieso, ich meine, warum«, er brach ab.

Harriet schüttelte den Kopf. »Kein Wort, ich schwöre.«

»Wir müssen ihm einen Rechtsanwalt besorgen«, Brian sah sich um, »was meint ihr, wenn wir alle zusammenlegen?«

»Vielleicht sollten wir erst einmal abwarten. Immerhin haben sie ihn ja nicht verhaftet. Vielleicht ist er morgen schon wieder draußen.« Helen warf ihrem Mann einen zögernden Blick zu.

»Ha«, Harriet räusperte sich, dann sah sie die anderen drohend an: »Das kennt man ja wohl. Wichtiger Zeuge und so. Das sagen sie am Anfang immer und dann …«, sie klatschte in die Hände, »paff.« Alle zuckten zusammen.

»Vielleicht war er es ja.« Delilahs Stimme klang trotzig. »Wäre doch klasse, wenn er der Mörder ist. Dann wäre es wenigstens vorbei. Ist doch so, oder nicht?« Keiner antwortete ihr. Sie zog ihren Parka an. »Ich gehe jetzt. Mein Bruder passt auf Margret auf. Ich muss nach Hause.«

Bevor jemand etwas sagen konnte, war sie verschwunden. Charles griff sich Mantel und Schal und lief ihr nach. In der Tür drehte er sich noch einmal um. »Sie schließen ab, Mr. Potts. Ich verlass mich auf Sie.« Dann hetzte er nach draußen. Die Gestalt in der grünen Jacke verschwand gerade in einer Seitenstraße. Er begann zu laufen und bog mit soviel Schwung um die Straßenecke, dass er gerade noch einen Zusammenprall verhindern konnte.

»Verdammt. Was soll das?« Erschrocken wich das Mädchen einen Schritt zurück.

Es war der falsche Zeitpunkt, es war der falsche Ort und er war die falsche Person, dachte Charles, aber es nützte nichts. Wenn er jetzt nichts zu ihr sagte, würde er ersticken. Ohne weiter nachzudenken, griff er nach ihrem Arm. »Er könnte dein Vater sein, meine Güte, was denkst du dir denn?«

Sie sah ihn entgeistert an und er fragte sich eine Sekunde lang, ob er sich vielleicht doch geirrt hatte. Dann verschloss sich ihr Gesicht zu einer trotzigen Maske und sie befreite mit einer entschiedenen Geste ihren Arm.

»Das geht Sie gar nichts an.« Auf der Highstreet funkelten die Lichter der Weihnachtsbeleuchtung. Die Schaufenster der Geschäfte waren festlich geschmückt. Sie kann nichts dafür, dachte er plötzlich, sie ist fast noch ein Kind.

»Freust du dich auf Weihnachten?«

Delilah sah ihn an, als hätte er den Verstand verloren.

»Colin liebte Weihnachten«, Charles schwieg einen Moment. »Er hat sich über Geschenke gefreut wie ein Kind. Einmal habe ich ihm eine Kamera gekauft. Er hat den ganzen Tag Fotos gemacht. Er hat buchstäblich alles fotografiert.« Plötzlich sah er es wieder vor sich: Colin im Schlafanzug, die Kamera in der Hand und er selbst, im Bademantel, einen imaginären Catwalk herabstolzierend. In diesem Moment waren sie beide glücklich gewesen.

»Warum suchen Sie ihn nicht?«

»Das ist nicht so einfach, weißt du.«

Delilah nickte ernst. »Scheißliebe.« Sie gingen eine Weile weiter durch die dunklen Straßen, ganz zufrieden in ihrem Schweigen.

»Er liebt mich nicht. Er liebt seine Frau. Das hat er mir von Anfang an gesagt.« Es klang, als wiederholte sie einen Satz, den sie auswendig gelernt, und sich immer wieder vor gesagt hatte. »Aber er wird für Margret sorgen, das hat er mir versprochen. Er liebt Margret, aber es ist schwierig, wenn ich da bin, weil Helen nichts merken darf. Wir treffen uns ab und zu, dann nimmt er sie. Ich glaube, sie weiß, dass er ihr Vater ist.« Sie starrte eine Zeit lang auf den Boden.

»Brian, wie konntest du nur?«, schoss es Charles durch den Kopf. Er fühlte unbändige Wut in sich aufsteigen.

»Ich glaube vor allem, dass sie weiß, dass du ihre Mutter bist und wie viel Glück sie gehabt hat.«

»Meinen Sie das ernst?« Delilah sah in ungläubig an.

»Ich habe noch nie etwas ernster gemeint. Was war mit Tony? Jamie meinte, da wäre etwas …«, er brach ab.

»Dass Tony, Sie meinen, ich und Tony?«, Delilah wirkte schockiert. »Tony war der Einzige, mit dem ich darüber reden konnte. Er hat mich getröstet, wenn ich traurig war. Das war alles.«

»Und deine Mutter? Weiß Sie von Brian?«

Delilah schüttelte den Kopf. »Ich hab gesagt, ich weiß nicht, wer der Vater ist.«

»Und das hat sie geglaubt?«

»Mom weiß selbst nicht, wer Geramonds Vater ist.«

Charles erinnerte sich an ihren Bruder. »So ist das.«

»Denken Sie doch, was Sie wollen.« Sie trat an den Straßenrand und winkte. Ein Auto hielt mit quietschenden Reifen. Die zwei Jugendlichen auf der Rückbank kicherten, während der junge Mann am Steuer das Fenster herunter kurbelte. Bevor sie einstieg, drehte sich Delilah noch einmal um: »Wenn Sie Helen etwas verraten, bring ich Sie um.« Die Tür schloss sich und er sah ihr Gesicht hinter der Scheibe, während sie davon fuhr. Mit Helen würde er nicht reden, dachte Charles und fühlte wieder, wie sich die Wut in seinem Magen ausbreitete, mit Helen nicht. Aber mit jemand anderem.

7. Kapitel

Am nächsten Morgen wachte Charles erst spät auf. Die Laken seines Bettes waren völlig zerwühlt. In den kurzen Momenten, in denen er in einen leichten Schlaf gefallen war, hatte er sich unruhig hin und her gewälzt. Um drei Uhr war er kurz davor gewesen, sich anzuziehen und nach Guilford House zu fahren. Nur der Gedanke an Helen hatte ihn davon abgehalten. Die Wut, die ihn die halbe Nacht wach gehalten hatte, war verraucht und hatte einer großen Erschöpfung Platz gemacht. Zum ersten Mal fragte er sich, warum er bei der Vorstellung, Tony hätte ein Verhältnis mit Delilah gehabt, nicht so wütend geworden war. Weil man von Tony nichts anderes erwarten konnte? Oder weil er tot war? Er stopfte sich das Kissen in den Rücken und setzte sich auf. Wieder sah er Delilahs blasses Gesicht vor sich, das ihn durch das Rückfenster des Autos ansah. Ein Gedanke begann sich in seinem Kopf zu formen und ließ sich nicht wieder vertreiben. Tony hatte von dem Verhältnis zwischen Delilah und Brian gewusst. Was wäre gewesen, wenn er gedroht hätte, damit zu Helen zu gehen? Er musste dringend mit Brian reden. Aber zuerst musste er sich noch um etwas anderes kümmern.

»Wenn Sie bitte einen Moment warten wollen. Da drüben ist eine Bank, Sir, bitte.« Der Polizist wies mit seinem dicker Finger, an dem noch Kuchenkrümel klebten, auf die Holzbank, auf der Charles schon beim letzten Mal gesessen hatte. Inspektor Willows tauchte aus einem der hinteren Räume auf. Er unterdrückte den Fluchtimpuls, der ihn plötzlich überkam, und stand auf.

»Ah, Mr. Lamb, Sie wollen zu mir? Man hat mir gesagt, Sie wollten sich nach Ihrem Bekannten erkundigen? Eine Kaution stellen oder etwas Ähnliches?« Sie schüttelte nachsichtig den Kopf. »Aber das ist doch nicht nötig, nicht wahr? Wir haben Mr. Davies nur als wichtigen Zeugen vernommen, das habe ich doch deutlich zum Ausdruck gebracht. Es sind nur noch einige Formalitäten zu erfüllen, dann kann er gehen.« Sie verzog ihre Mundwinkel um einen halben Zoll nach oben, als sie hinzufügte: »Er freut sich sicher, Sie zu sehen.«

Charles wartete. Nach einer gefühlten Ewigkeit, die in Wirklichkeit nur eine halbe Stunde gedauert hatte, wie er nach einem Blick auf die Uhr erstaunt feststellte, wurde ein blasser Jamie nach vorne gebracht. Seine Augen leuchteten auf, als er Charles sah.

»Wo ist dein Pullover geblieben?«

Jamie zuckte die Achseln. »Mir war so warm, da habe ich ihn ausgezogen.«

Charles wandte sich an den Polizisten am Eingang. »Könnten wir bitte den Pullover und den Mantel von Mr. Davies haben?«

Der Mann nickte kauend und griff nach dem Telefon. »Wird gebracht.« Er sah Jamie an, als bedaure er zutiefst, ihn nicht persönlich verhört zu haben. Eine Stimme von hinten rief etwas und er verschwand brummend, um wenige Minuten später mit Jamies Mantel und dem Pullover wiederzukommen.

»Hat Mama gestrickt.« Jamie strich zärtlich über das dunkelblaue Ungetüm, in das er zweimal hineingepasst hätte. Als sie die Polizeiwache verließen, hatte sich der morgendliche Nebel gelichtet. Die Straßen belebten sich. Die Menschen machten ihre Einkäufe und Charles Magen meldete sich.

»Was hältst du von einem anständigen Frühstück?«

Diesmal hatten sie den Pub ganz für sich alleine. Jack stand hinter dem Tresen und polierte Gläser mit einem Handtuch, das seine besten Tage lange hinter sich hatte.

Charles sah sich um. »Was ist passiert?«

»Doppelmord in Burmington. Mit einer Axt.« Er bedachte seine Gäste mit einem finsteren Blick. »Kein Anstand mehr bei den Leuten. Muss immer noch blutiger und ekliger sein.«

Charles sparte sich den Hinweis, dass Jack vor Kurzem noch ganz froh über die Sensationsgier seiner Mitmenschen gewesen war. Er bestellte Bier und zweimal Frühstück und bereute die Bierbestellung sofort, als er sah, wie Jack, der offenbar einen besonders hartnäckigen Fleck entdeckt hatte, auf das Geschirrtuch spuckte und anfing zu reiben. Charles nahm sich vor, in Zukunft nur noch hochprozentigen Alkohol mit bakterientötender Wirkung zu sich zu nehmen. Im Moment war es dafür aber noch zu früh, fand er. Sie setzten sich an den runden Tisch in der Fensternische und Jack verschwand in der Küche.

»Ich bin dir so dankbar, dass du mich abgeholt hast.« Charles fuhr zurück, als Jamie sich auf einmal aufrichtete und ihn ansah. »Diese Schande. Wenn Mutter das erfährt.«

Charles räusperte sich. »Ich glaube nicht, dass sie davon erfährt. Wer soll es ihr denn erzählen?« Und außerdem, fügte er in Gedanken hinzu, würde sie nicht einmal die Nachricht, dass man dich nackt auf der Highstreet aufgegriffen hat, erschrecken. Sie würde nur fragen: Jamie, welcher Jamie? Laut sagte er: »Man hat dich doch freigelassen. Ich meine, das heißt doch, dass der Verdacht völlig unbegründet war.« Jamie senkte wieder den Kopf. »War er doch, oder?« Bis jetzt war Charles noch nicht dazu gekommen, sich Gedanken über den Grund von Jamies Befragung zu machen. Er war viel zu sehr mit Brian und Delilah beschäftigt gewesen. Die bleigefassten Scheiben ließen ein wenig von der Sonne durch und Charles fiel zum ersten Mal auf, dass Jamie nicht nur blass und mitgenommen aussah, sondern dass sich in seinem Gesicht ein Ausdruck spiegelte, den er zuerst nicht deuten konnte. Dann erkannte er, dass es sich um mühsam unterdrückten Stolz handelte. Für einen Moment fuhr eiskalter Schreck durch Charles Glieder. Was wäre, wenn sich Jamie als einer dieser Psychopathen entpuppte, die völlig unauffällig wirkten, und aufgrund irgendwelcher Störungen in der Kindheit auf einmal anfingen, wahllos Menschen umzubringen? Und Störungen hatte es in Jamies Kindheit sicher jede Menge gegeben. Charles rückte ein wenig zur Seite.

»Und, was haben Sie dich gefragt? Ich meine, auf der Wache. Der Polizeiwache.« Selbst in seinen Ohren klang seine Stimme nervös. Jamie schien nichts zu bemerken. Er setzte gerade zu einer Antwort an, als Jack aus der Küche erschien. Er trug ein großes Tablett mit zwei riesigen Tellern, die ein anständiges englisches Frühstück enthielten. Der Duft von Rühreiern, fettigen Würstchen und verbranntem Toast stieg in Charles Nase.

»Lasst es euch schmecken.« Jack schien sich wieder gefangen zu haben. Seine Goldzähne funkelten, als er den Kopf über den Tisch beugte. »Was hältst du davon, wenn ich mehr in Richtung Restaurant gehe? Die Leute wollen doch immer was Gutes zu essen. Vielleicht ein paar Tischdecken?« Versonnen betrachtete er den alten Holztisch während er den Teller mit Charles Frühstück festhielt.

»Prima Idee, Jack, wirklich.« Charles nahm ihm vorsichtig den Teller ab, und war froh, dass Jacks Daumen nur in einer Ecke des Rühreis gewesen war. »Du wolltest gerade erzählen, was dir auf der Polizeiwache passiert ist.«

Jamie hatte begonnen, sich mit großem Appetit über das Frühstück herzumachen. Er wirkte straffer als sonst, erfüllt von einer Energie, die Charles nicht einordnen konnte. Kauend sagte er: »Sie halten mich offenbar wirklich für den Mörder.«

Charles hatte das Gefühl, dass man diesen Satz normalerweise mit mehr Angst in der Stimme sprechen sollte.

»Und, haben Sie recht?«

Jamie fing an zu kichern, was er noch nie getan hatte, jedenfalls nicht in Charles Gegenwart.

»Wer weiß.«

»Lass den Unsinn Jamie, sag endlich, was los ist.«

Jamie hörte auf Rührei in sich hineinzustopfen. Plötzlich ließ er die Schultern hängen und schob den Teller weg.

»Es ist viel schlimmer, Charles.«

»Schlimmer als Mord?«

»Nein, natürlich nicht. Nichts ist schlimmer als Mord.«

»Aber?«

Jamie zögerte. Er ähnelte jetzt wieder dem zaghaften und mutlosen Jamie den er kannte, stellte Charles erleichtert fest.

»Vielleicht ist es wirklich besser, wenn ich es dir erzähle. Ich weiß nicht, wie es passieren konnte, Charles, ehrlich, das musst du mir glauben. Ich habe …«, in diesem Moment ging die Tür auf. Jamie verstummte, als eine fröhlich plappernde Runde Touristen in den Pub strömte. Offenbar hatten sie noch nichts von dem Axtmord in Burmington erfahren. Innerhalb kürzester Zeit war das Lokal erfüllt von Stimmengewirr und Gelächter. Ein selig grinsender Jack hantierte hinter der Theke und als sich ein besonders lautes Paar an den Nebentisch setzte, erkannte Charles, dass er nichts mehr aus Jamie herausholen würde. Enttäuscht widmete er sich seinem kalten Rührei. Als er eine halbe Stunde später das Lokal verließ, verfluchte Charles die Touristen immer noch. Er hatte sich von Jamie verabschiedet, der sich ein zweites Bier bestellt und Charles versprochen hatte, dass er abends bei ihm vorbei kommen würde. Damit musste er sich erst einmal zufriedengeben. Tausend Gedanken gingen ihm durch den Kopf. Was war Jamies dunkles Geheimnis? Würde er sich als Mädchenschänder entpuppen oder als jemand, der im Hinterzimmer des Ladens bizarren Sexpraktiken frönte? Charles gab auf. Um sich so etwas vorzustellen, besaß nicht einmal er genug Fantasie. Aber er hatte auch nicht genug Fantasie besessen, sich vorzustellen, dass Brian ein Verhältnis mit einer Minderjährigen hatte, fiel ihm ein.

Der Lieferwagen stand noch auf dem Parkplatz vor der Wache, unbeschädigt, wie er erleichtert feststellte. In letzter Zeit hatten es ein paar Jugendliche als Mutprobe angesehen, den dort abgestellten Wagen die Rückspiegel abzubrechen. Er wollte gerade einsteigen, als Sergeant Malcovich aus dem Polizeirevier kam. Er nickte kurz, als er an Charles vorbei ging. Der Geruch seines teuren Aftershaves lag einen Moment lang in der Luft. Charles sah der schmalen Gestalt nach, dann wandte er sich seufzend ab: Es gab Wichtigeres zu tun. Als er in Guilford House ankam, stellte er erleichtert fest, dass die Schaulustigen, die sich in den letzten Tagen vor dem Tor versammelt hatten, verschwunden waren. Offenbar hatten auch sie vom Axtmord gehört. Ein Wasserglas mit einer verwelkten Rose stand einsam neben einem der beiden Steinpfeiler, die die schmiedeeisernen Torflügel hielten. Alles wirkte verlassen. Nicht einmal die Krähen waren zu sehen. Einen Moment lang hatte er das irritierende Gefühl, sich in einer Theaterszene zu befinden. Gleich würde Fiona aus dem Eingang treten, sich verbeugen und alles wäre nur ein blutiges Schauspiel gewesen. Charles nahm sich vor, seine Besuche bei Jack etwas einzuschränken und stieg aus. Wenn er Glück hatte, war Brian im Keller und arbeitete. Als er die neue Metalltreppe hinunter stieg, hörte er das Dröhnen einer elektrischen

Säge. Wenn Brian allein wäre, würde das vieles erleichtern, dachte er, als er die Tür öffnete. Das Dröhnen wurde noch lauter. Als er das Zimmer betrat, beugte sich Brian in seinem blauen Overall über eine Werkbank.

»Brian, ich muss mit dir reden, jetzt gleich, verflucht noch mal.« Brian reagierte nicht. Er hatte ihn offensichtlich nicht gehört. Charles wollte gerade näher kommen, als er seinen Irrtum bemerkte. Es war nicht Brian, der dort stand und arbeitete. Die braunen Haare waren unter der Schirmmütze verborgen, aber jetzt erkannte er Helen. Er wollte sich gerade leise zurückziehen, als sie den Kopf wandte. Als die Säge verstummte, war die Stille ohrenbetäubend.

»Ich wollte nur mal Hallo sagen, ist Brian nicht da?« Jetzt sah er, dass ihr der Overall viel zu groß war, sie hatte seine Ärmel zu einem dicken Wulst hochgekrempelt. Ihr rundes Gesicht unter der Schirmmütze war verschwitzt, eine Dreckspur auf ihrer linken Wange ähnelte einer Narbe. Dann lächelte sie und war wieder Helen.

»Hallo Charles, wie schön. Brian ist im Garten, glaube ich.« Sie zögerte kurz, dann lachte sie verlegen. »Er ist ein bisschen durcheinander, im Moment, wie wir alle. Aber die Arbeit muss getan werden und deshalb«, mit einer Handbewegung wies sie auf die Bretter, die sie zurechtgesägt hatte, »du siehst, ich tu, was ich kann.«

Charles blickte in ihr müdes Gesicht. »Ist es das wert, Helen? Du machst dich kaputt.«

Sie lächelte wieder. »So schnell gehe ich nicht kaputt, Charles, keine Sorge. Morgen kommen neue Gäste, bis dahin will ich fertig sein.« Sie schaltete die Säge wieder ein und das Dröhnen erfüllte erneut den Raum. Als er an der Tür war, hörte es wieder auf. Er drehte sich um.

»Kümmere dich ein bisschen um ihn, Charles, es geht ihm nicht gut.«

»Das werde ich, Helen«, er nickte, »das werde ich.«

Als Charles draußen stand, blickte er sich um. Hinter dem Haus hatte Helen einen kleinen Küchengarten angelegt, der von einer

Buchsbaumhecke eingefasst wurde. Dahinter lag das Prunkstück des Gartens, ein Irrgarten, der so klein war, dass ein zweijähriges Kind keine Mühe gehabt hätte, den Ausgang zu finden. Trotzdem mochte Charles das Labyrinth nicht. Im Sommer, wenn die Blätter der mannshohen Hecken so dicht waren, dass sie wie grüne Mauern wirkten, überfiel ihn dort immer ein Gefühl der Beklemmung. Jetzt waren die Zweige kahl und er konnte von weitem Brian erkennen, der sich über die steinerne Einfassung eines Wasserbeckens beugte, das in der Mitte lag. Die Finger seiner rechten Hand glitten sanft durch das Wasser. Das Wasser musste eiskalt sein, dachte Charles, aber Brian schien es nicht zu bemerken. Er erschrak, als Brian ihm sein Gesicht zuwandte. Es war grau und schien alle Energie verloren zu haben. Als Charles näher kam, zog er die Hand aus dem Wasser und versuchte zu lächeln, aber es wurde nur eine Grimasse.

»Als Kind habe ich mir immer Tiere gewünscht. Einmal habe ich einen Hund mit nach Hause gebracht. Er lag auf der Straße, jemand hatte ihn angefahren. Am nächsten Tag lag er tot in der Mülltonne. Er wäre sowieso krepiert, hat mein Vater gesagt. Vielleicht hatte er recht. Damals habe ich mir geschworen, dass ich das alles hinter mir lassen würde.« Sein Blick war nüchtern, eine Nüchternheit, die schwer zu ertragen war, weil sie den Abschied von allen Illusionen bedeutete, die das Leben erträglich machten. Ein Windstoß blies durch die Hecke und wirbelte die Blätter auf dem Rasen auf. Brian wischte die Hand an seiner Hose ab. Er richtete sich auf.

»Ich weiß, warum du hier bist, Charles. Delilah hat mir von eurem Gespräch erzählt.« Er schwieg einen Moment, dann fuhr er sich mit der nassen Hand durch das Haar. Kleine Dreckklümpchen blieben an den blonden Haarsträhnen kleben. »Glaub mir, alles, was du mir sagen willst, habe ich mir schon selbst gesagt. Immer und immer wieder.«

Charles blickte ihn an. Die Wut, die ihn die vergangene Nacht wach gehalten hatte, war verraucht. Er fühlte sich elend.

»Das reicht nicht, Brian.«

Eine eisige Windböe kräuselte die Wasseroberfläche. Charles fror und vergrub seine Hände in den Taschen.

»Ich habe nicht viel von dem geschafft, was ich mir vorgenommen habe«, Brian musterte die kahlen Hecken so angestrengt
als sähe er dort etwas, das ihm half, weiter zusprechen. Seine
Stimme war leise, als er fortfuhr: »Und das wenige hätte ich nicht
ohne Helen geschafft. Als wir uns kennenlernten, hatte ich gerade
meine Stelle verloren. Das erste Jahr war nicht leicht. Wir hatten
Schulden und meine Laune war mies. Ich konnte es nicht mehr
ertragen, Helens Gesicht zu sehen, ihren«, er suchte nach dem
richtigen Wort, »ihren unerschütterlichen Glauben an mich, ihre
Liebe klebte an mir wie«, er schwieg einen Moment lang, dann
zuckte er mit den Schultern, »verdammter Mist, Charles, ich weiß
nicht, was mit mir los war. Jedenfalls war ich öfter im Pub als zu
Hause und dann«, seine Stimme wurde so leise, dass Charles Mühe
hatte, ihn zu verstehen, »dann ist es passiert.« Brian blickte zum
Haus hinüber. Obwohl er nur ein kariertes Hemd trug und alte aus-
gebeulte Jeans, schien er die Kälte nicht zu spüren. »Die Frau hat
mir nicht wirklich was bedeutet, das weiß ich heute. Aber damals
dachte ich es, alles war viel einfacher mit ihr. Keine Schuldgefühle,
du weißt schon. Dann habe ich diesen Job auf dem Festland an-
genommen«, er zog eine Grimasse und wandte sich wieder um.
»Ich wollte einfach weg und nachdenken, in aller Ruhe, und auf
einmal bekomme ich einen Anruf aus einem Krankenhaus und man
sagt mir, dass Helen eine Fehlgeburt hatte und mein Kind gestorben
ist. Mein Kind. Ich wusste nicht einmal, dass sie schwanger war«,
er sah Charles an, »du kannst dir nicht vorstellen, was für ein Gefühl das war. Ich hab sofort meinen Job hingeschmissen und bin
zurück. Dann hab ich erfahren, dass sie keine Kinder mehr bekommen kann«, er blickte auf die Wasseroberfläche, als könne er
dort die Vergangenheit sehen. »Seitdem habe ich versucht, alles
wieder gutzumachen. Jeden Tag. Und wir waren glücklich, verdammt noch mal. Dann kam Delilah.« Charles konnte beobachten,
wie Brian seine Fäuste ballte. Seine Knöchel waren so weiß wie die
Reste des Schnees, die am Rand des Wasserbeckens lag. Einen
Moment lang dachte er, Brian würde nicht weitererzählen, aber er
fuhr fort:

»Ich hatte mich mit Helen gestritten, ich war betrunken. Delilah mochte mich, das hatte ich von Anfang an gespürt, aber sie war noch ein Kind, das war mir klar. Bis zu dem Abend.« Er sah Charles an. »Ich weiß nicht, was über mich gekommen ist, Charles, das musst du mir glauben. Ich war betrunken, ich war traurig und da war dieses junge Mädchen, das mir zuhörte, das zu mir aufsah. Und da ist es passiert. Einmal. Eine verdammte Nacht. Manche Paare schlafen jahrelang miteinander und es passiert gar nichts. Bei mir war es eine Nacht.«

Die Wut kam mit einer Wucht, die ihn überraschte. Charles Faust ballte sich, und bevor ihm klar war, was passieren würde, taumelte Brian unter seinem Schlag.

»Verdammt«. Charles rieb sich die schmerzende Hand. Dann sah er das Mädchen. Delilah stand am anderen Ende des Wasserbeckens. Er wusste nicht, wie lange sie schon dort stand, aber als er ihr kreideweißes Gesicht sah, erkannte Charles, dass es lange genug gewesen war. Er machte eine hilflose Handbewegung. Dann drehte er sich um und ging. Auf der Fahrt nach Hause konnte er immer noch Brians Stimme hören: Eine verdammte Nacht.

Am Abend wartete Charles auf Jamie. Aber Jamie kam nicht. Er versuchte ein paar Mal, ihn telefonisch zu erreichen, aber niemand nahm ab. Beim letzten Mal ließ er es zwanzig Mal klingeln, dann gab er auf. Um zehn Uhr entschied Charles, dass er genug von den Problemen seiner Mitmenschen hatte und ging ins Bett. Am nächsten Morgen betrachtete er trübsinnig seinen leeren Kühlschrank. Er würde ein paar Besorgungen machen und sich den Rest des Tages in seinem Atelier verstecken. In der Nacht hatte es wieder geschneit und eine weiße Schicht Puderzucker bedeckte die kahlen Äste der Platane und die Hundehaufen, die unter ihr lagen. Vor dem Eingang zur Videothek stand ein Schneemann, so hoch wie zwei Kürbisse. Jemand hatte ihm als Arme zwei kleine Äste in die Seiten gesteckt, die er Charles jetzt erwartungsvoll entgegenreckte. Gegen seinen Willen musste er lächeln. Auf der Highstreet machten die Menschen Weihnachtseinkäufe. Die Abgase hatten schwarzen Spuren im Schnee hinterlassen, der von den vielen Füße zu einer grauen Flüssigkeit zertrampelt worden war. An einer Straßenecke stand eine alte Frau, vor sich auf dem Boden einen Korb mit Stoffpuppen. Als er näher kam, öffnete sie ihren Mund, entblößte eine Zahnreihe mit mehr Lücken als Zähnen und wies auf den Korb.

»Wollen Se nich eine haben, für Ihre Enkelkinder?« Die Frau sah ihn unverwandt an. »Mach ich selbst, hab bloß noch ein paar übrig, na, wie isses?« Als Charles stehen blieb, zog sie eine Stoffpuppe hervor. Einige Wollfäden hingen der Puppe wirr um das Gesicht und sollten wohl die Haare darstellen. Ein dünner Stich aus rotem Garn markierte den Mund. Für einen Augenblick hatte Charles das Gefühl, dass die Puppe ihn missbilligend musterte. Er musste über die Geschäftstüchtigkeit der alten Frau lächeln, als er die Puppe in seiner Jackentasche verstaute. Das Geld, das er ihr gab, verschwand in einem Beutel, den sie um den Hals trug. Als er weiterging, hörte er ihre krächzende Stimme:

»Der liebe Gott soll Sie beschützen, mein Herr.«

Den Rest des Tages verbrachte er im Atelier. Er ging seine Skizzen durch, zerriss, was er nicht mehr brauchte und füllte ganze Mülltüten mit Papier und eingetrockneten Farbtuben. Mit den Bildern war es bedeutend schwieriger. Er konnte sich von keinem Einzigen trennen. Stattdessen ordnete er sie in weniger gelungene und akzeptable. Am Ende standen drei akzeptable in einer Ecke: das Porträt von Harriet, der Akt von Colin und nach langem Zögern auch das Bild von Tony. Als er fertig war, hatte sich draußen Dunkelheit ausgebreitet, und als er auf die Uhr sah, stellte er zu seinem großen Erstaunen fest, dass es fast Mitternacht war. Er wollte gerade ins Bett gehen, als es klingelte. Charles dachte an Jamie, den er immer noch nicht erreicht hatte. Er zog den Bademantel über und öffnete die Tür.

»Kann ich reinkommen?« Draußen stand Delilah. Eine Tasche stand vor ihren Füßen und auf dem Arm hielt sie die kleine Margret, die in ihrem dicken weißen Schneeanzug aussah wie ein kleiner Eskimo.

8. Kapitel

Charles hatte den Elektroofen angemacht, der als Feuerersatz im Kamin stand. Davor lag das Baby auf einer Decke auf dem Boden. Es gab prustende Geräusche von sich und strampelte mit den Beinen. Delilah saß in dem roten Schaukelstuhl, auf dem sie schon bei ihrem ersten Besuch gesessen hatte und Charles hatte es sich auf dem Sofa bequem gemacht. Die Atmosphäre war seltsam friedlich. Wenn nicht Delilahs angespanntes Gesicht gewesen wäre, hätte man es für eine idyllische Familienszene halten können, dachte Charles. Er fühlte sich uralt. Er war alt, er war müde und er wollte nur hier sitzen und an die Zimmerdecke starren. Delilah hatte bis auf die Frage nach einer Wolldecke für das Baby noch keinen Ton von sich gegeben, und wenn es nach ihm ging, konnte das auch so bleiben.

»Scheißkerl.«

Charles brauchte nicht zu fragen, wenn sie meinte. Er seufzte.

»Aber einer, den du liebst, offenbar.« Zu seinem maßlosen Entsetzen begann sie zu weinen. Es brach regelrecht aus ihr heraus, hemmungslos schluchzend schüttelte sich ihr Körper, wie ein Kind rieb sie sich mit den Fäusten die nassen Augen. Die kleine Margret, die zuerst angefangen hatte freudig zu quieken, verstand offenbar, dass etwas nicht in Ordnung war, und begann zu brüllen. Charles blickte an die Decke. Als er einsah, dass von dort keine Hilfe zu erwarten war, erhob er sich und nahm das brüllende Bündel auf den Arm. Er hielt das wild strampelnde Baby fest, klopfte ihm auf den Rücken und ging langsam im Zimmer hin und her, während er immer wieder beruhigende Laute von sich gab. Entweder war er ein besserer Babysitter, als er gedacht hatte oder die kleine Margret war zu verblüfft, um weiter zu brüllen. Der kleine Körper beruhigte sich langsam und nach ein oder zwei empörten Lauten hörte auch das Gebrüll auf. Stattdessen steckte Margret eine ihrer klitzekleinen Fäuste in den Mund und begann gurgelnde Geräusche zu machen, während ihre runden Babyaugen ihn ernsthaft musterten. Charles ertappte sich dabei, dass er in dem winzigen Gesicht vor sich nach Ähnlichkeiten mit Brian suchte, aber er fand keine. Auch Delilah hatte aufgehört zu weinen. Sie putzte sich geräuschvoll die Nase, dann begann sie langsam hin und her zu schaukeln.

»Er wird Margret nie wieder sehen.«

Charles blieb stehen. »Tu das nicht.« Seine Stimme klang scharf. Das Baby und sie sahen ihn überrascht an.

»Aber Sie haben es doch gehört. Er will sie doch gar nicht.«

»Das ist absoluter Quatsch. Natürlich will er sie.« Dann fügte er hinzu: »Aber es ist nicht so einfach.« Er fand den Satz erbärmlich, aber ihm fiel kein besserer ein. Er versuchte es noch mal: »Brian ist kein schlechter Kerl. Er hat sich wie einer benommen, da gebe ich dir recht. Aber er ist keiner.« Während er sprach, dachte er: Wen versuche ich hier eigentlich zu überzeugen? »Brian liebt Kinder über alles und ich glaube, das Problem ist einfach, wenn er sich wirklich klar macht, dass ihr beide eine Tochter habt, dann platzt er vor Stolz, dann will er sie jeden Tag sehen und das bedeutet, er muss Helen davon erzählen.«

»Na und?«

Wenigstens war es ihm gelungen, Delilah wütend zu machen anstatt traurig, dachte Charles, perfekt. Die kleine Margret hatte ihre Augen geschlossen und war übergangslos eingeschlafen. Jedes Mal, wenn er stehen blieb, fing sie an zu blinzeln und er setzte seinen Rundgang durch das Wohnzimmer fort. Inzwischen war er so erschöpft, dass er sich kaum noch auf den Beinen halten konnte. Mühsam versuchte er seine Gedanken zu ordnen.

»Richtig, na und? Würde ich auch sagen. Er muss es Helen sagen, so oder so. Aber wie soll er das machen, wie soll er der Frau, die er liebt und die selbst keine Kinder bekommen kann, sagen, dass er ein Kind mit einer anderen hat? Er weiß nicht, wie er das machen soll.« Für einen Moment konnte er Brians Position tatsächlich verstehen. Für Helen wäre es ein doppelter Betrug. Und nach dem, was ihm Brian gestern erzählt hatte, einer, den sie nicht verzeihen würde. Er musste wieder an Tony denken. Hatte Tony Brian erpresst? Hatte er gedroht, alles Helen zu erzählen? Delilahs Stimme riss ihn aus seinen Gedanken.

»Er ist ein Scheißkerl.«

Ohne aufzuwachen, öffnete Margret das winzige Mündchen und ein Schwall säuerlich riechender Milch ergoss sich über Charles Bademantel.

»Verdammt.«

»Sie haben selbst schuld, warum haben Sie sie auch geschüttelt.«

»Ich habe sie nicht geschüttelt. Immerhin ist sie in meinen Armen eingeschlafen. Ich finde, ich habe das sehr gut gemacht.«

Delilah stand auf und nahm ihre Tochter.

»Dann stellen Sie sich nicht so an. Das ist nur Babykotze.«

Angeekelt blickte Charles auf die nassen Stellen an seinem Bademantel.

»Können wir hier bleiben? Ich halte es zuhause nicht aus im Moment. Nur eine Nacht?«

»Wenn deine Mutter einverstanden ist.« Als er ihren Blick sah, schwieg er. »Okay, ihr könnt hier unten schlafen. Ich hole euch eine Decke.« Delilah setzte sich wieder in den Schaukelstuhl und sah ihm zu, während er die Couch bezog. Er konnte sich nicht mehr erinnern, wann das letzte Mal jemand dort geschlafen hatte. Als er fertig war, sah er noch einmal in das blasse Gesicht des Mädchens. Die kleine Margret lag wieder auf der Decke und schlief.

»Wenn du noch etwas brauchst, ich bin oben.«

»Eigentlich müssten Sie hier unten schlafen und uns das Schlafzimmer geben. So ist das immer in den Filmen.«

»Übertreib es nicht.«

Sie lächelte. Es war ein winziges Lächeln, aber es war ein Anfang. Er ging nach oben und war eingeschlafen, bevor sein Kopf das Kissen berührt hatte.

Als er am nächsten Morgen blinzelnd auf die Uhr sah, war es kurz vor neun. Während er langsam versuchte, wach zu werden, erklangen von unten das Geklapper von Geschirr und eine Stimme, die inbrünstig einen Popsong sang, den er nicht kannte. Gegen seinen Willen musste Charles lächeln. Seine Hüfte tat weh, als er aufstand und nach seinem Bademantel griff. Er wurde wirklich alt. Aus dem Bademantel stieg ihm der säuerliche Geruch von gestern Abend in die Nase und er ließ ihn angeekelt auf den Boden fallen. Im Schrank fand er eine alte Strickjacke, die Colin dahin verbannt hatte. Sie hatte ein wildes schwarz-weiß Muster und war Charles zwei Nummern zu groß. Er hatte sie in London in einem Secondhandladen erstanden und einige Winter in ihr verbracht. Charles Laune begann sich zu bessern. Dann ging er nach unten. Delilah hatte Tee gekocht und den Wohnzimmertisch gedeckt. Jetzt saß sie im Schaukelstuhl und fütterte das Baby. Margret trug einen winzigen Schlafanzug mit Winnie Pu Motiven und saugte energisch an der Flasche. Als Charles die Treppe herunterkam, warf Delilah ihm einen kritischen Blick zu.

»Sie sehen aus wie der letzte Penner.«

»Danke schön, auch dir einen guten Morgen.« Charles nahm auf dem Sofa Platz. Er schenkte sich einen Becher Tee ein, dann ließ er die Pantoffeln von seinen Füßen plumpsen, zog die Beine an und machte es sich ebenfalls bequem.

»Deine Laune scheint sich ja gebessert zu haben.«

Delilah zuckte mit den Achseln. »Was soll's.« Margret brüllte empört, als ihr der Sauger der Flasche entglitt. Delilah bugsierte ihn wieder in den Mund des Babys, dann fuhr sie fort: »Außerdem hab ich nachgedacht, über das, was Sie gesagt haben.«

Der Tee war heiß und stark. Charles stopfte sich ein weiteres Kissen in den Rücken. Die Strickjacke war herrlich bequem. Er beschloss, sie nie wieder auszuziehen.

»Was hab ich denn gesagt?«

Delilahs Kopf war gesenkt und ihre blonden Haare verdeckten ihr Gesicht. »Das mit Helen. Warum er es ihr nicht sagen kann. Ich meine, ich wusste das ja, aber gestern hab ich es erst richtig verstanden.« Als sie den Kopf hob, erschrak Charles. Die Hoffnung in ihren Augen strahlte wie ein Leuchtfeuer auf dunkler See. »Vielleicht muss ich ihm einfach noch mehr Zeit lassen.«

Bevor er antworten konnte, ertönte ein zaghaftes Klingeln an der Tür.

»Das ist bestimmt Jamie«, entfuhr es Charles, »mein Gott, den habe ich ja vollkommen vergessen.«

»Was will der denn hier?« Delilah hörte auf zu schaukeln und beugte sich nach vorn. Margrets Köpfchen fiel nach hinten, als es von ihrem Arm rutschte, aber das Baby hatte diesmal die Flasche mit seinem winzigen Mund so fest umklammert, dass es einfach weitersaugte. Charles suchte nach seinen Pantoffeln.

»Vielleicht braucht er auch eine Zuflucht, so wie du.«

»Aber er ist der Mörder.«

Charles versetzte dem Schaukelstuhl einen leichten Stoß. »Ach ja, woher willst du das denn wissen?« Er ging durch den Flur und öffnete die Tür. Jamie stand einige Meter entfernt und drehte ihm den Rücken zu. »Komm schon rein«, rief Charles ungeduldig. Die kalte Luft fuhr durch seinen Schlafanzug, und als Jamie sich langsam umdrehte, brüllte er: »Wenn es geht, ein bisschen schneller, ich will mir hier nicht den Tod holen.«

Als er die Tür geschlossen hatte, blieb Jamie im Flur stehen. »Ich wusste nicht, dass du noch im Schlafanzug bist, ich meine, wenn es zu früh ist, komme ich später wieder.«

»Untersteh dich. Wenn du mich fragst, ist es eher zu spät. Ich hatte dich schon gestern Abend erwartet.«

Jamie nahm vorsichtig seine Mütze ab und fuhr sich mit den Fingern durch die dünnen blonden Haare. »Ich konnte nicht kommen, die Polizei hat mich noch einmal befragt.«

Delilah kam aus dem Wohnzimmer, das Baby im Arm.

»Warum bist du nicht im Gefängnis, du Mörder?«

Charles hob beide Hände. »Waffenstillstand. Wir gehen jetzt alle in mein Wohnzimmer, trinken schönen heißen Tee und versuchen herauszubekommen, was eigentlich los ist. Wenn ich also bitten darf.« Die Wörter »mein Wohnzimmer« hatte er etwas stärker betont, als er es normalerweise getan hätte. Delilah drehte sich um und legte das Baby auf die Decke vor dem Kamin. Dann ließ sie sich wieder in den Schaukelstuhl fallen und begann mit verschränkten Armen hin und her zu schaukeln. Jamie stand einen Moment unschlüssig im Raum.

»Ich wusste nicht, dass sie hier ist. Ich will euch nicht stören.«

Charles hatte noch einen Becher aus der Küche geholt. Er setzte sich wieder auf das Sofa und klopfte auf den Platz neben sich.

»Wenn du das noch einmal sagst, bist du das nächste Opfer in unserem geliebten Tisley. Komm schon, Jamie, setz dich endlich.« Er schenkte drei Becher Tee ein, dann lehnte er sich zurück. Jamie hatte seine Jacke ausgezogen. Darunter trug er immer noch den viel zu großen Pullover. Einige Minuten lang sagte niemand ein Wort.

»Wird vielleicht die neue Mode. Hässliche Stricksachen, die drei Nummern zu groß sind.« Delilah betrachtete die beiden Männer ernsthaft.

»Sei nicht so frech«, Charles beugte sich vor und stellte den Becher auf den Tisch, »wir werden uns jetzt alle ruhig unterhalten. Als Erstes erzählt Jamie, warum die Polizei ihn für den Mörder hält.«

»Weil er Tony umgebracht hat«, Delilahs Stimme war nur halblaut, aber immer noch gut zu verstehen. Charles warf ihr einen ärgerlichen Blick zu.

»Ich weiß wirklich nicht, Charles, ich wollte mit dir unter vier Augen reden, vertraulich und nicht vor diesem«, Jamie blickte Delilah an, »nicht vor diesem Kind.«

»Mörder.«

»Ruhe.« Charles versuchte so leise zu brüllen, wie er konnte, um das Baby nicht aufzuwecken. »Jeder von euch«, seine Stimme klang schneidend, »ich betone: jeder oder jede hat offenbar ein Geheimnis, das Tony kannte. Ich halte euch beide für unschuldig, aber ich kann meine Meinung auch wieder ändern.« Jamie und Delilah blickten sich an. »Und einer von euch beiden sollte jetzt anfangen, von diesem Geheimnis zu erzählen. Danach überlegen wir gemeinsam, wie wir weiter vorgehen sollen.«

»Also bitte.«

Delilah verschränkte wieder ihre Arme vor der Brust und sah Jamie trotzig an. Jamie rang einen Moment mit sich. Dann straffte sich seine schmächtige Gestalt in dem dunkelblauen Pullover.

»Also gut. Bald weiß es sowieso ganz Tisley. Einige Sachen aus Tonys Laden sind verschwunden«. Er seufzte.

»Und?«

»Das ist nicht so einfach für mich, Charles.«

»Er hat sie geklaut«, Delilahs Stimme klang triumphierend, »deshalb hat er Tony kalt gemacht, weil der es raus gefunden hat.«

»Ja und nein.«

102

Charles, der Jamie gerne geschüttelt hätte, beherrschte sich nur, weil er ahnte, dass körperliche Gewalt in diesem Fall eher das Gegenteil bewirkt hätte.

»Du hast diese Sachen«, er suchte nach einem unverfänglichen Wort, »du hast sie verwahrt?«

»Er hat sie geklaut.«

»Ruhe, Delilah, das ist nicht hilfreich.«

Jamie versuchte, einen letzten Rest Würde zu bewahren. »Sagen wir, ich habe sie ausgeliehen«, er machte eine kurze Pause, »und ich konnte sie nicht zurückgeben, weil ich sie verkauft habe.«

»Ich wusste es«, Delilah war aufgesprungen, »Mörder.«

»Du hast sie verkauft?«

In Jamies Gesicht blitzte für einen kurzen Moment so etwas wie Stolz auf. »Er war doch so selten im Laden. In den letzten Monaten hat er die Ankäufe praktisch mir überlassen. Und manchmal habe ich die Sachen nicht eingetragen und selbst einen Käufer gesucht«, Jamie schüttelte den Kopf, »ich weiß auch nicht, zuerst war es mehr ein Zufall. Ich hatte den Eintrag vergessen, und als ich den Betrag in die Kasse legen wollte«, er sah Charles an. »du weißt nicht, wie das ist, Charles. Das Heim kostet so viel und ich will doch, dass es Mutter gut geht. Von dem, was Tony mir bezahlt hat«, seine Stimme wurde düster, »kann nicht einmal eine Maus leben. Irgendwie habe ich mir eingeredet, dass die Sachen mir zustanden«, er senkte den Kopf. »und es hat funktioniert.«

»Und Tony hat das raus gefunden?« Charles dachte an sein Gespräch mit dem Sozialarbeiter. Eigentlich ist es ein Wunder, dass er nichts Schlimmeres getan hat, waren seine Worte gewesen, bei der Mutter.

»Nein, verdammt.« Jamie schlug mit der Faust auf den Tisch. Als ihn die beiden erstaunt ansahen, wurde er rot. »Ich meine, er hat es nicht raus gefunden. Bis zuletzt nicht. Und wenn sich die Frau nicht gemeldet hätte und nach ihrem Bild gefragt hätte«, er blinzelte, »dann hätte die Polizei auch nichts gemerkt.«

»Ganz schön clever«, in Delilahs Stimme schwang so etwas wie widerwilliger Respekt mit, »vielleicht war er es ja wirklich nicht. Wahrscheinlich hätte er gar nicht genug Mumm für so etwas.«

»Danke«, Jamies Stimme klang erleichtert. Ein paar Minuten lang schwiegen alle drei. Dann sah Jamie Charles an. »Und, was ist mit ihr? Du hast gesagt, sie hat auch ein Geheimnis?«

Delilah sprang auf. »Nein, das geht ihn gar nichts an.«

Als Charles zögerte, winkte Jamie müde ab. »Ich glaube, ich weiß schon, was es ist. Es geht um die Kleine, nicht wahr?« Er warf dem Baby einen kurzen Blick zu. Margret war aufgewacht und strampelte fröhlich mit Armen und Beinen. Jamie sah Delilah an. »Erst dachte ich, es wäre Tonys Kind. Aber ich nehme an, das hätte die Polizei schon ermittelt, nicht wahr?« Er bemerkte Delilahs Blick und fügte erschrocken hinzu: »Ich habe ihnen nichts erzählt, ich schwöre, beim Leben meiner Mutter.«

»Lass bitte deine Mutter aus dem Spiel.« Charles hatte die Augen geschlossen, um besser nachdenken zu können. Als er merkte, dass er kurz davor war, einzuschlafen, gab er auf. Mit einem Ruck setzte er sich auf. »Also, was haben wir bis jetzt?« Er hob eine Hand und begann zu zählen. »Punkt eins: Tony ist ermordet worden. Hinter der Bühne. Jamie hätte ein Motiv. Wir haben nur sein Wort, dass Tony nichts von den Diebstählen wusste.«

Jamie unterbrach ihn: »Müssen wir es Diebstähle nennen?«

Charles nickte. »Tut mir leid, Jamie, das ist eine Morduntersuchung. Da müssen wir die Dinge beim Namen nennen«, langsam bekam er Spaß an der Sache, »zweitens«, er hielt den zweiten Finger in die Luft, »Tony wusste, wer Margrets Vater war. Nennen wir ihn Mr. X. Auch Mr. X hat ein Motiv.«

»Sie Schwein.« Delilah sprang auf.

In Jamies Gesicht arbeitete es. »Es muss jemand aus der Theatergruppe sein.« Plötzlich rief er: »Brian. Es ist Brian.«

»Ihr seid beide Schweine, verdammt, was soll das denn?« Delilah lief aus dem Zimmer. Margret fing an zu brüllen.

»Ich glaube, ich gehe mal und sehe nach Ihr«, Charles wies auf das Baby, das brüllend auf der Decke lag, »kannst du vielleicht so lange?« Dann folgte er Delilah nach oben. Aus seinem Schlafzimmer hörte er lautes Schluchzen. Er zögerte einen Moment, dann öffnete er die Tür. Sie lag auf der Seite des Bettes, auf der Colin immer gelegen hatte und obwohl sein Verstand sofort wusste, dass es nur Delilah war, krallte sich die Sehnsucht eine Sekunde lang so heftig in seinen Magen, dass er beinahe aufgeschrien hätte. Dann war es vorbei. Er kam näher und setzte sich vorsichtig auf die Bettkante. Weil er nicht wusste, was er sagen sollte, murmelte Charles beruhigende Laute und hielt seine Hand einen Moment über ihren Kopf, bevor er sie sinken ließ und sie sanft zu streicheln begann. Nachdem sie versucht hatte, seine Hand weg zuschlagen, ließ sie es geschehen. Die Schluchzer verebbten langsam, wie Wellen, die sich am Strand brechen.

»Es ist doch nur eine Theorie«, begann er erneut, »so wie bei Jamie, wir gehen doch nur Möglichkeiten durch.« Eine hartnäckige Stimme in seinem Kopf wies ihn darauf hin, dass es sich bei Brian um mehr als eine Theorie handelte, auch wenn sich alles in ihm dagegen sträubte. Delilah richtete sich auf. Ihre Augen waren vom Weinen verquollen und ihre Haare klebten an der feuchten Stirn. Mit einem letzten Schluchzer sagte sie:

»Dann müssen wir eben beweisen, dass Ihre beschissene Theorie falsch ist.«

»Das müssen wir.« Die Worte klangen selbst in seinen Ohren nicht überzeugend. Er blieb noch einen Moment auf der Bettkante sitzen und sah ihr nach, als sie sich auf den Weg ins Bad machte. Dann warf er einen letzten Blick auf die zerwühlte Decke, schüttelte den Kopf, auch wenn ihm nicht klar war, warum und ging nach unten.

Im Wohnzimmer bot sich ihm ein überraschender Anblick. Auf dem Sofa saß Jamie, auf dem Schoß die kleine Margret, die vor Vergnügen heftig strampelte, während Jamie zu ihrer Unterhaltung Grimassen schnitt. Beide schienen großen Spaß zu haben. Charles hatte Jamie noch nie so albern gesehen und es stand ihm gut. Wenn er nicht diese schulterlangen dünnen Haare hätte, könnte er beinahe attraktiv aussehen, dachte Charles und verbesserte sich sofort, nicht attraktiv, aber sympathisch. Jamie, der spürte, dass er beobachtet wurde, sah hoch. Sofort nahm sein Gesicht wieder den besorgten Ausdruck an, den es immer hatte.

»Sie hat geweint, ich dachte, es wäre in Ordnung, wenn ich sie hoch nehme«, er sah sich um, »wo ist denn Delilah, geht es ihr besser? Ich wollte wirklich nicht …«

Charles winkte ab und setzte sich neben die beiden.

»Sie ist im Bad. Sie kommt gleich«, nachdenklich fügte er hinzu, »es war meine Schuld. Einen Moment lang kam ich mir vor wie in unserem Stück. Du weißt schon, der kluge Amateurdetektiv.«

Jamie betrachtete ihn einen Moment lang, um dann mit unerwartetem Humor festzustellen: »Keine Ähnlichkeit mit Hercule Poirot.«

»Wahrscheinlich bin ich eher der Inspector Clouseau Typ.«

»Wahrscheinlich«, Jamie verzog den Mund zu einem zaghaften Grinsen.

Charles stand auf. »Wenn die beiden noch länger bleiben, sollte ich mal meine Vorräte auffrischen. Du kümmerst dich um alles?«

Jamie nickte.

Der Schneemann vor der Videothek hatte seinen Kopf verloren. Auf dem Häufchen Schnee, das neben ihm lag, prangte ein schwarzer Fußabdruck. Trotzdem reckte er immer noch beide Ästchenarme unternehmungslustig in die Luft. Charles fühlte sich überhaupt nicht unternehmungslustig. Erst als die Haustür hinter ihm ins Schloss fiel, merkte er, dass der Einkauf nur ein Vorwand war, um allein zu sein. Trotzdem konnten ein paar Lebensmittel nicht schaden, überlegte er und stieg in den weißen Lieferwagen. Eine Stunde später kam er mit vollen Einkaufstüten aus dem neuen Discounter am Stadtrand. Er hatte alleine zehn Minuten vor dem Regal mit den Babyartikeln verbracht und schließlich entschieden, dass Delilah sich selbst um die Sachen für Margret kümmern musste. Der Anblick von unzähligen Windelgrößen war zu viel für ihn. Stattdessen hatte er jede Menge Fertigpizzen und Cola gekauft, in der Annahme, dass dies die Hauptnahrungsmittel junger Menschen seien. Zufrieden fuhr er zurück. Beladen mit zwei vollen Tüten ging er als Erstes in die Küche, um auszupacken. Aus dem Wohnzimmer war nichts zu hören. Er holte die Tafel Schokolade aus der Tasche, die er für Delilah mitgebracht hatte. Aßen junge

Mädchen heute noch Schokolade? Er hatte keine Ahnung. Plötzlich musste er niesen. Als er in den Taschen seines Mantels nach einem Taschentuch suchte, ertasteten seine Finger noch etwas anderes: die Puppe, die ihm die alte Frau in der Highstreet verkauft hatte. Er hatte sie völlig vergessen. Die schwarzen Augen aus zwei Knöpfen schienen ihn noch immer missbilligend zu mustern. Der dünne rote Strich, der ihren Mund darstellen sollte, bog sich an beiden Enden nach unten. Wenn er schon Depressionen bekam, wenn er sie ansah, wie ging es dann wohl einem Kind? Welches Kind spielte überhaupt noch mit solchen selbst gemachten Puppen? Er musste an die kleine Rose denken. Charles betrachtete die Zeichnung, die sie ihm im Pub geschenkt hatte. Sie hing an der Kühlschranktür, unter einem dicken rosafarbenen Elefanten, der in Wirklichkeit ein Magnet war. Arme Rose. Arme Fiona. Es war sicher nicht einfach gewesen, allein für sie zu sorgen. Hatte sich Fiona manchmal gewünscht, Rose wäre nie geboren worden? Er musste an Helen denken. Für sie wäre ein Kind das höchste Glück gewesen. Für sie und Brian. Das mit Tony konnte er noch verstehen, aber welchen Grund hätte Brian gehabt, Fiona umzubringen? Oder war Fionas Tod tatsächlich ein Unfall gewesen, ein unglücklicher Zufall, ein falscher Schritt? Nachdenklich ging er ins Wohnzimmer. Es war leer. Auf dem Tisch lag ein Zettel, auf dem in lakonischer Kürze stand »Sind spazieren gegangen«. Auch gut. Charles ließ sich auf das Sofa fallen. Während er die Umhüllung der Schokolade aufriss, ein Stück abbrach und es langsam im Mund zergehen ließ, dachte er wieder an Rose. Arme Rose.

Das Zuschlagen der Tür weckte ihn. Offenbar war er eingeschlafen, denn er lag immer noch auf dem Sofa, das Gesicht in ein Kissen gedrückt, dessen Füllung so hart war wie ein Sack Kiesel. Das leere Schokoladenpapier lag zerknüllt auf dem Couchtisch. Seine Wange fühlte sich taub an und sein Rücken tat weh, als er sich aufsetzte. In Gedanken bat er Delilah für diese unbequeme Schlafgelegenheit um Verzeihung. Er streckte sich vorsichtig, um wach zu werden. Jamie steckte den Kopf durch die Tür.

»Wir haben dir was mitgebracht.« Etwas an Jamie hatte sich verändert und es war nicht nur der Blick, der bedeutend munterer war als sonst. Er sah jünger und gleichzeitig erwachsener aus. Dann sah Charles, was es war.

»Du hast eine Glatze«, er korrigierte sich, »ich meine, das...«, er suchte nach dem richtigen Wort: »das sieht gut aus.«

Jamie fuhr sich verlegen mit der Hand über den kahlen Kopf. »Findest du es nicht schrecklich so?«

Charles schüttelte den Kopf. »Im Gegenteil. Aber wieso, ich meine, ich habe euch doch kaum allein gelassen?«

»Es ging eigentlich ganz schnell. Delilah hat deinen Rasierer geholt und schon ist es passiert.«

»Ich finde es sieht gut aus.« Delilah stand im Türrahmen, eine Hand in die Hüfte gestützt, mit der anderen hielt sie ihre Tochter fest. Sie zögerte kurz: »Ich glaube, irgendwas ist mit dem Rasierer, zum Schluss ging er nicht mehr richtig.« Sie musterte Jamie kritisch und reichte ihm das Baby. Charles spürte völlig unerwartet einen Anflug von Eifersucht. »Wir haben Kuchen mitgebracht. Und ich koche uns einen Kaffee. Der ewige Tee geht mir auf die Nerven.« Mit diesen Worten verschwand sie in der Küche.

»Eigentlich ist sie gar nicht so ...«, Jamie brach ab. Er setzte sich in den Schaukelstuhl und begann mit der kleinen Margret im Arm sanft hin und her zu schaukeln. Das Baby gab wohlige Laute von sich.

»Seit wann kennst du dich denn mit Kindern aus?«

»Eigentlich habe ich keine Ahnung«, Jamie lächelte das winzige Gesicht in seinem Arm an, »aber sie ist ein ganz bezauberndes Baby.« Plötzlich wurde er ernst. »Ich weiß, dass es mich nichts angeht, aber weiß Brian davon?«

Charles nickte grimmig. »Oh ja, er weiß es.«

»Aber warum«, Jamie brach ab, »er hat es Helen nicht gesagt?« Charles schüttelte den Kopf. Er griff nach dem Schokoladenpapier und begann es sorgfältig glatt zu streichen. Jamie hatte einige Minuten schweigend da gesessen. »Und Tony wusste davon? Du meinst er hat«, er zögerte, »er hat Brian erpresst und dann«, er sah Charles entgeistert an, »das kannst du doch nicht glauben oder?«

»Weil es nicht stimmt. Weil es eine verdammte beschissene Lüge ist, deshalb glaubt er es nicht.« Delilah funkelte Charles wütend an.

Sie knallte das Tablett so heftig auf den Tisch, dass Kaffee aus der Kanne spritzte und sich als dunkelbraune Lache auf dem Holz ausbreitete. Ihre gute Laune war verflogen.

»Nein,« Charles hob abwehrend die Hände, »ich habe schon gesagt, dass es nur eine Möglichkeit ist«, er sah das Mädchen an. »setz dich hin und guck mich nicht so an, als wolltest du mich erdolchen.«

Delilah setzte sich auf die Couch, so weit von ihm entfernt, wie es ging, und sah ihn trotzig an.

Er ignorierte ihren Blick. Am liebsten wäre er nach oben gegangen, hätte sich ins Bett gelegt und wäre nie wieder aufgestanden. Es kostete ihn schon ungeheure Anstrengung, nur seine Augenlider oben zu halten. »Kann ich etwas von deinem sicher köstlichen Kaffee haben?« Delilah verschränkte die Arme vor der Brust. »Auch gut.« Er beugte sich vor und nahm einen der alten Becher in die Hand. Sie hatten ganz hinten im Regal gestanden. Er fragte sich, warum sie ausgerechnet diesen Becher genommen hatte, als ihm einfiel, dass alle anderen in der Spüle standen und darauf warteten, abgewaschen zu werden. Der Becher war ein Andenken aus ihren Frankreichurlaub. Eine Reihe von scheußlich grünen Zypressen war auf der Vorderseite abgebildet, unter einer goldenen Schrift, die den Namen des kleinen Ortes festhielt, in dem sie den Becher gekauft hatten. Colin hatte darauf bestanden. »Ein bisschen Kitsch muss sein«, hatte er gesagt. Zum ersten Mal sah Charles, dass der Becher einen Sprung hatte. Aber darauf kam es jetzt auch nicht mehr an. Er goss sich Kaffee ein, löffelte großzügig Zucker hinein und stellte zu seiner Erleichterung fest, dass er genießbar war. Er war stark und er war süß. Charles schloss für einen kurzen Moment die Augen. Die beiden anderen sagten nichts. Nur das leise Knarren des Schaukelstuhls war zu hören und Margrets gurrende Laute. Dann sah er die beiden an. Delilah hatte ihre Arme vor der Brust verschränkt, ihr T-Shirt war wie immer zu kurz und ihr kleiner weicher Bauch wölbte sich über dem Rand ihrer Jeans. Jamie hielt das Baby im Arm und schaukelte sanft vor und zurück.

»Also gut, hat jemand irgendwelche Vorschläge, was wir jetzt machen sollten?«

Während Delilah und Jamie redeten, schloss Charles die Augen wieder und schlief ein, den Becher mit dem heißen starken Kaffee fest umklammernd.

9. Kapitel

Am Samstag war Generalprobe. »Ist dir eigentlich klar, dass wir in einer Woche Premiere haben?« hatte er beim Frühstück gefragt. Delilah hatte nur mit den Schultern gezuckt. »Na und? Was man so hört, kann es ja nicht schlimmer werden als im letzten Jahr oder?« Langsam gewöhnte er sich an die kleine Familie im Wohnzimmer. Seit drei Tagen waren Delilah und ihr Baby bei ihm und seitdem war sie nicht mehr zur Arbeit gegangen. Sie weigerte sich, darüber zu sprechen und alles, was Charles mitbekommen hatte, war ein hastiges Telefonat, bei dem sie wütend nach oben gelaufen und erst eine halbe Stunde später wiedergekommen war. Umso erstaunter war er, als Delilah beschloss, das Baby mit zur Probe zu nehmen. Charles, der fand, dass man genauso gut eine tickende Zeitbombe mitnehmen könnte, redete auf sie ein, aber das Mädchen blieb hart. Die kleine Margret trug wieder ihren Eskimoanzug und schlief im Kinderwagen, den eine verbissen schweigende Delilah über das holprige Straßenpflaster Tisleys schob. Sein Angebot mit dem Lieferwagen zu fahren, hatte sie abgelehnt. »Margret fährt nicht gerne mit dem Auto« war alles, was sie dazu gesagt hatte. Jetzt lief er neben ihr durch die dunklen Straßen. Der Geruch der Kaminfeuer lag in der Luft und vermischte sich mit der feuchten Erde der Gärten. Vor einem Haus hatte eine Kletterrose eine allerletzte Blüte hervorgebracht, die jetzt seltsam unpassend in einem warmen Rotton die dürren Zweige schmückte. In einer Woche war die Aufführung und ein paar Tage später war Weihnachten. Vielleicht hätten sie doch nicht weitermachen sollen, dachte Charles. Gleichzeitig war ihm klar, dass die Zeit nur für die Toten stehen blieb.

»Sind Sie sauer?« Delilahs Stimme klang rau.

Er sah sie verwundert an: »Wie kommst du denn darauf?«

»Sie sehen aus, als wenn Ihnen jemand auf den Fuß getreten hätte.« Sie zögerte. Ihr Gesicht war ein helles Oval, das von dem olivfarbenen Rand ihrer Kapuze umrahmt wurde. »Warum wollen Sie nicht, dass ich Margret mitnehme?«

Charles seufzte. »Weil ich nicht möchte, dass du enttäuscht wirst. Ich glaube, du versprichst dir davon etwas, das nicht passieren wird. Männer mögen es nicht, wenn man sie unter Druck setzt.«

Trotz schwang in ihrer Stimme mit. »Aber ich habe sie auch mit nach Guilford House genommen, wenn ich gearbeitet habe.«

»Zu der Zeit wusste niemand davon. Aber jetzt weiß Brian, dass ich alles weiß. Das ist ein großer Unterschied, mein Kind.«

»Ich bin nicht Ihr Kind.«

»Glücklicherweise.«

Delilah zupfte mit einer Hand die Decke zurecht, unter der Margret friedlich schlummerte. Die Lichter im Gemeindesaal brannten schon, als sie eintrafen. Als sie über den Hof gingen, sah er, dass endlich jemand den Müll weggeräumt hatte. Er spürte, dass Delilahs Schritte langsamer wurden. Sie zögerte. Als er sie ansah, fiel ihm zum ersten Mal auf, wie blass sie war.

»Willst du das wirklich tun?«

Sie nickte. Er öffnete seufzend die Tür. Charles konnte beobachten, wie sich Delilahs Gesicht zu einer trotzigen Maske verschloss, als sie Brian ansah, der jetzt zusammen mit den anderen näher kam. Helen, die neben ihm stand, musterte das Baby einen Augenblick, als sähe sie es zum ersten Mal.

»Sie ist wirklich entzückend, Delilah«, dann fügte sie nach einer kurzen Pause hinzu, »ich hoffe, deiner Mutter geht es bald wieder besser.«

Offenbar war das ihre Ausrede gewesen, nicht zur Arbeit zu kommen, überlegte Charles und dachte gleichzeitig, dass sie sich bald etwas Besseres überlegen musste. Wahrscheinlich wartete das Mädchen darauf, dass Brian reinen Tisch machte. Aber das würde nicht so schnell passieren, nicht wenn er den Ausdruck in Brians Gesicht richtig deutete, der abwehrend und verschlossen war. Er vermied es, das Mädchen oder Charles anzusehen.

»Runzlig und kahlköpfig. Hab noch nie verstanden, was man an denen findet.« Trotz ihres barschen Tones beugte sich Harriet über die Wiege und betrachtete Margret verzückt. Die Tür ging auf und zusammen mit einigen welken Blättern wurde Jamie hereingeweht.

Er war etwas außer Atem, als er seine Jacke auszog. Die blaue Wollmütze, die er trug, behielt er auf.

»Ich bring Margret besser nach hinten, sonst wacht sie noch auf.« Charles half Delilah den Kinderwagen auf die Bühne zu bringen. Während sie hinter den Kulissen verschwand, musterte er die Anderen. Die letzten Tage hatten bei allen ihre Spuren hinterlassen. Selbst Harriet wirkte ein wenig zurückhaltender als sonst. Er räusperte sich. »Heute ist Generalprobe, also die letzte Gelegenheit für euch, zu zeigen, was ihr könnt. Bevor wir mit dem ersten Durchlauf beginnen, möchte ich noch einmal die Szene auf dem Cocktailempfang sehen, als Mrs. Badcock Marina Gregg von ihrem fatalen Besuch damals berichtet. Helen, wenn du bitte auf die Bühne gehst. Alle anderen Ruhe bitte.« Er ging zu seinem Platz in der ersten Reihe und zog sein Textheft aus der Jacke. Sie warteten einen Moment, während das Baby hinter der Bühne ein kurzes Protestgeschrei anstimmte, das aber gleich darauf wieder verstummte. Delilah kam etwas atemlos aus den Kulissen und blieb fragend am Bühnenrand stehen, als sie Helen sah. Charles winkte mit dem Textheft. »Die Szene zwischen dir und Marina Gregg ist jetzt dran. Ich hoffe, du kannst deinen Text.« Ohne ihn einer Antwort zu würdigen, ging Delilah zu Helen und blieb vor ihr stehen. Charles gab das Stichwort und Delilah begann. Nach ein paar Minuten unterbrach Charles sie.

»Das ist mir alles zu intelligent, wie du das sagst, entschuldige bitte, Heather Badcock ist eine dumme Frau, die eine schwangere Frau um ein Autogramm gebeten hat, während sie selbst an Röteln erkrankt war. Also noch einmal von vorn bitte.«

Während er Delilah zuhörte, beobachtete er Helen, die ihrem Gegenüber aufmerksam zuhörte und dabei, wie es die Szene verlangte, das Bild der Madonna mit dem Kind anstarrte. Mr. Potts hatte den Kunstdruck eines alten Meisters säuberlich aufgezogen und in einen Rahmen gesteckt, den Tony noch gestiftet hatte. Was ihr sehr gut gelang, dachte Charles als er Helens Gesichtsausdruck sah, war die unterdrückte Wut, die die Rolle vorschrieb. Wieder fragte er sich, ob Helen wirklich nichts von dem Verhältnis ihres Mannes ahnte. Um kurz nach neun war die Probe zu Ende. Mr.

Potts konnte seinen Text immer noch nicht, und wenn er ihn konnte, gab Harriet ihm die falschen Stichworte. Ihre mangelnden Textkenntnisse überbrückte sie mit wilden Improvisationen, die jedes Mal dazu führten, dass Mr. Potts schweigend und anklagend auf seinen Regisseur blickte. Brian stand steif da, als er hölzern seinen Text aufsagte und Delilah wirkte wütend und unsicher. Jamie behielt auch auf der Bühne seine Mütze auf, was ihn selbst so zu irritieren schien, dass er zweimal höchst unglücklich über den Teppich in der Bühnenmitte stolperte. In einer Woche war Premiere und nichts konnte sie vor einer riesigen Blamage bewahren.

Delilah schlief weiter auf seinem Sofa. Sie hatte beschlossen, die Stelle in Guilford House aufzugeben, was Charles für eine gute Idee hielt. Jamie war ein Dauergast in seinem Wohnzimmer. Die meiste Zeit spielte er mit dem Baby, und auch wenn er sich ab und zu mit Delilah stritt, hatte Charles den Eindruck, dass sie sich weitaus besser leiden konnten, als beide zugeben würden. Nur widerwillig gestand er sich ein, dass er sich langsam an das Leben in seinem Haus gewöhnte. Morgens, wenn er nach unten kam, machte Delilah Frühstück und er spielte mit Margret. Einmal lächelte sie ihn an, und während er ihren zahnlosen Kiefer betrachtete, fühlte er ein warmes Gefühl in sich aufsteigen. »Alter Trottel«, schalt er sich in Gedanken, »gewöhn dich nicht an die beiden, gleich sind sie wieder weg.« Aber jedes Gespräch über eine Rückkehr nach Hause wehrte das Mädchen ab. Nachmittags kam Jamie vorbei, und meistens brachte er etwas für Margret mit, die jedes Mal strahlte, wenn sie ihn sah. Dann verschwand Charles in seinem Atelier und ließ die drei allein. Er hatte ein paar Skizzen von Delilah gemacht und gerade begonnen, sie auf die Leinwand zu übertragen, als sich die Tür öffnete.

»Hier sind Sie also.« Er drehte sich nicht um. »Was stinkt denn hier?«

»Terpentin.«

Der Korbsessel knarrte. Er hörte Delilahs leises Atmen, spürte es in seinem Nacken, blieb aber stumm. Nach einer halben Stunde ließ er erschöpft die Arme sinken und trat einen Schritt zurück.

»Bin ich das?« Ihre Stimme erklang aus dem Sessel.

Er antwortete, seltsam befriedigt, wie lange nicht mehr: »Ja. Das bist du. Es ist sozusagen eine Langzeitaufnahme von dir.« Er überlegte kurz, wie er ihr etwas erklären sollte, das er selbst nicht immer verstand, ließ es dann aber. Sie stand auf und wanderte durch das Atelier.

»Das gefällt mir«, rief sie plötzlich. Er ließ den Lappen sinken, mit dem er den Pinsel gereinigt hatte und kam näher. Er war neugierig, welches Bild sie meinte. Sie stand vor den Porträts, die er selbst erst vor Kurzem wieder entdeckt hatte, bückte sich und fuhr mit dem Finger über die Linien des Bildes. Als sie hörte, wie er erschrocken einatmete, erhob sie sich verlegen. »Ich mach' schon nicht kaputt. Ist doch trocken oder?«

»Es ist mir trotzdem lieber, wenn du sie nur ansiehst. In einem Museum ...«, er brach ab. Es war höchst unwahrscheinlich, dass dieses Mädchen schon einmal ein Museum von innen gesehen hatte. »Ich bin neugierig. Warum gerade das?«

Sie betrachtete Harriets Porträt einen Moment lang. Dann sagte sie: »Na ja, es ist Harriet. Ich hätte sie sofort erkannt. Aber sie sieht anders aus. So, als ob man sich mal mit ihr unterhalten sollte.« Sie brach ab. »Ach Quatsch.«

Er betrachtete sie verblüfft. »Das ist alles andere als Quatsch. Ich hab in teuren Galerien schon Menschen getroffen, die nicht halb so viel Ahnung hatten wie du.« Es freute ihn, als er sah, wie sie bei seinem Kompliment rot wurde.

»Sie sind richtig gut oder? Brian hat gesagt, dass Sie früher Ausstellungen gehabt haben.« Bei dem Namen »Brian« stockte sie kurz. »Warum haben Sie aufgehört?«

»Das lässt sich nicht so leicht beantworten«, sagte er zögernd. Unsinn, korrigierte er sich in Gedanken, das lässt sich ganz leicht beantworten: Zuviel falsche Aufmerksamkeit, zu viel Alkohol und zu viele Kompromisse. Irgendwann war ihm das Gefühl dafür verloren gegangen, was richtig war, dieses seltsame Gespür, das jedem guten Maler sagte, jeder weitere Pinselstrich ist ein Verbrechen an dem Bild. Immer öfter hatte er diesen Punkt überschritten, immer seltener hatte er die Befriedigung verspürt, zu sehen, dass das Bild

»vollständig« war, ein eingefrorener Moment der Wirklichkeit, der über sich selbst hinauswies.

Delilahs Stimme riss ihn aus seinen Gedanken:

»Vielleicht werden Sie ja wieder berühmt und mein Bild hängt irgendwo, und alle fragen, wer ist das denn?« Dieser Gedanke schien ihr durchaus zu gefallen.

Charles warf ihr einen strengen Blick zu. »Keine Angst, das werde ich dann natürlich nicht verraten, stell dir nur mal vor, wie lästig das wäre, so bekannt zu werden«, er betrachtete ihr Bild einen Moment lang nachdenklich, »ich glaube, ich werde es einfach »namenloses Mädchen aus der Unterschicht« nennen.«

Geschickt wich er dem alten Lappen aus, den sie nach ihm warf.

In den nächsten Tagen wurde es warm, wärmer als es jemals in einem Dezember gewesen war, an den sich Charles erinnern konnte. Der kleine Schneemann vor der Videothek war über Nacht zu einer Pfütze geschmolzen und auch die war längst getrocknet. Die Menschen ließen Mütze und Handschuhe zu Hause und machten ihre letzten Weihnachtseinkäufe mit offenen Jacken. Nur Charles band sich weiterhin den roten Schal um den Hals, wenn er das Haus verließ, alles andere hätte ihn zu sehr verwirrt. Es war schließlich Dezember, und nur weil das Thermometer seit einigen Tagen zweistellige Plusgrade anzeigte, würde er deshalb nicht sein Leben umstellen. Die Zeitungen berichteten längst über neue Mordfälle, nur Inspektor Rita Willow schien nicht aufzugeben. Zweimal musste Charles in dem engen Vernehmungsraum vor ihr sitzen und neue Fragen beantworten, die genauso klangen wie die alten. Danach ging er nach Hause und hörte Jamie und Delilah zu, die jeden Tag andere Pläne machten, wie man den Mörder entlarven konnte. Die Diskussionen endeten regelmäßig damit, dass sich die beiden stritten und vergaßen, was sie gerade beschlossen hatten. Charles malte wie ein Verrückter und war froh, wenn er es schaffte, an gar nichts zu denken. Dann kam der Tag der Aufführung. In der Nacht davor schlief Charles schlecht. Auch wenn er sich immer wieder sagte, dass es in Anbetracht der Geschehnisse völlig nebensächlich war, wie die Premiere verlaufen würde, war sein Körper davon nicht überzeugt. Nachdem er sich stundenlang im Bett herumgewälzt hatte, schlich er nach unten, um sich Frühstück zu machen. Als er gerade den Kühlschrank öffnete, um die Eier herauszuholen, kam eine verschlafene Delilah aus dem Wohnzimmer. Also frühstückten sie gemeinsam um vier Uhr morgens, während das Baby tief und fest schlief. Am Vormittag kam Jamie vorbei und Charles, der ihm noch einmal versicherte, wie gut ihm die Glatze stand, nahm ihm das Versprechen ab, diesmal auf der Bühne die Mütze abzunehmen. Wenig später stritten sich Delilah und Jamie. Der Streit endete mit Türen knallen. Am Nachmittag hatten es alle Mitglieder der Schauspieltruppe geschafft, sich in einen Zustand der völligen Hysterie hineinzusteigern, einschließlich ihres Regisseurs. Als sie sich endlich auf den Weg machten, schwor sich Charles, dass es im nächsten Jahr keine Aufführung mehr geben würde, jedenfalls nicht unter seiner Leitung.

Wie er befürchtet hatte, war der Gemeindesaal bis auf den letzten Platz besetzt. Gleich in der ersten Reihe erkannte er einen der Reporter, die vor Delilahs Haus gestanden hatten. Also würde ihre Blamage diesmal nicht auf Tisley beschränkt bleiben. Harriet drängelte sich neben ihn und blickte ebenfalls durch den Spalt im Vorhang. Sie war schon für ihre Rolle als Mrs. Marple umgezogen und sah in ihrem braunen Tweedkostüm erstaunlich normal aus.

»Ach du meine Güte,« murmelte sie damenhaft, als sie sich wieder umdrehte. »Na dann. Wir werden mit Mann und Maus untergehen, oder Charles?«

Er machte sich nicht die Mühe zu lügen. »Ich denke schon.« Dann fügte er hinzu: »Was hältst du davon, wenn wir die Truppe dichtmachen und im nächsten Jahr einen Literaturzirkel veranstalten, irgendetwas jedenfalls, das völlig unter Ausschluss der Öffentlichkeit stattfindet?«

»Hört sich gut an.« Harriet musterte ihn. »Du bist ja noch aufgeregter als ich. Wird schon schief gehen.« Sie machte sich auf den Weg zu dem alten Sofa. Als eine Klingel ertönte und der Raum dunkel wurde, verschwand Charles so schnell er konnte von der Bühne.

Am Anfang lief es überraschend gut. Während er hinter den Kulissen nervös auf und ab ging, konnte sich Harriet an den überwiegenden Teil ihres Textes erinnern und sogar Mr. Potts erntete als Inspektor Craddock einige verdiente Lacher. Charles fing gerade an sich etwas zu entspannen, als die Szene zwischen Helen und Delilah begann. Diesmal traf das Mädchen den geschwätzigen Ton, den Charles in der Generalprobe vermisst hatte und auch Helen gelang es, eine alternde Filmdiva zu verkörpern. Er war stolz auf die beiden, bis zu dem Moment, als Helen zu der Stelle kam, in der ihr klar werden sollte, dass diese dumme Person vor ihr für den Tod ihres ungeborenen Kindes verantwortlich war. Sie starrt das Madonnenbild ein wenig zu lange an, dachte Charles gerade, als es passierte. Helens Körper versteifte sich, Tränen liefen über ihre Wangen, und während er noch dachte, dass sie die Rolle etwas übertrieb, stürmte sie ohne Vorwarnung von der Bühne, lief an ihm vorbei und verschwand in den improvisierten Garderoben, die sie hinter der Bühne eingerichtet hatten. Bevor Charles reagieren konnte, murmelte Brian etwas und stürmte ebenfalls an ihm vorbei. Charles sah sich um, schnappte sich den erstarrten Jamie, der neben ihm stand und schob ihn mit den Worten: »Improvisiere um Gottes Willen, lass Delilah nicht im Stich, mach schon« auf die Bühne. Jamie stolperte nach vorne, fing sich wieder und starrte einen Moment lang das Publikum an. Stille setzte ein. Delilah, die die ganze Zeit angstvoll in Charles Richtung geblickt hatte, sah jetzt Jamie an und ging auf ihn zu.

»Das ist ja etwas überraschend gewesen«, begann sie zögernd, »geht es Mrs. Rudd nicht gut?«

Über Jamies Glatze liefen Schweißperlen. Dann drehte er sich zu ihr um und sagte laut und deutlich: »Sie musste mal auf die Toilette.«

Es dauerte einen Moment lang, dann begann jemand zu lachen. Der Nächste fiel ein und schließlich brüllte der ganze Saal. Charles ließ sich auf einen Hocker sinken und vergrub sein Gesicht in den Händen. Nachdem er den Impuls bekämpft hatte, seine Truppe allein zu lassen und in den Pub zu flüchten, verharrte er in einem Zustand zwischen völligem Entsetzen und widerwilliger

Faszination hinter der Bühne. So ähnlich musste es Schaulustigen bei einem Verkehrsunfall gehen, dachte er. Brian kam wieder, gefolgt von einer Helen, der man ansah, dass sie geweint hatte. Ohne Charles anzusehen, betrat sie die Bühne und spielte die Szene zu Ende, als wäre nichts geschehen. Jamie, der noch einen Moment lang unschlüssig herum stand, ging langsam rückwärts, bis er in den Kulissen verschwinden konnte. Alles lief gut und Charles begann sich schon einzureden, dass alles gar nicht so schlimm war. Als die Szene zu Ende war, lief Delilah mit hochrotem Kopf an ihm vorbei, um sich umzuziehen. In ihrer zweiten Rolle als Sekretärin von Mrs. Rudd trug sie einen engen kurzen Rock und einen knappen Pullover. Bei der Generalprobe war Charles gar nicht aufgefallen, wie kurz der Rock war. Als sie neben ihm stand, um auf ihren Auftritt zu warten, beugte er sich vor. »Du hast das ganz fantastisch gemacht.« Sie zog eine Grimasse und antwortete nicht. Auch im nächsten Akt passierte nichts. Brian gelang es, in seiner Rolle als Marina Rudds Ehemann etwas weniger hölzern zu wirken. Vielleicht lag es daran, dachte Charles, dass er sich echte Sorgen um seine Frau machte. Am Ende gab es sogar vereinzelten Applaus. Als Delilah noch einmal auftrat, pfiff jemand. Einer der jungen Männer ließ es sich nicht nehmen, etwas sehr Anzügliches zu rufen. Dann ging alles ganz schnell. Delilah sprang von der Bühne, was in Anbetracht ihres Rockes eine sportliche Meisterleistung war, drängelte sich durch die Reihen und bevor sie jemand daran hindern konnte, gab sie dem verdutzten jungen Mann einen kräftigen Schlag ins Gesicht. Charles sah, dass der Reporter sein Glück gar nicht fassen konnte und unentwegt Fotos machte. Delilah kletterte wieder auf die Bühne, als hätte es ihren Ausflug ins Publikum nie gegeben. Den Rest der Vorführung herrschte im Zuschauerraum angespannte Stille. Irgendwann, nach einer Ewigkeit, wie es Charles vorkam, war es vorbei. Eine ältere Dame in der ersten Reihe begann zögernd zu klatschen. Hinter der Bühne hörte man wütendes Getuschel, dann öffnete sich der Vorhang einen Spaltbreit. Harriet trat nach vorne, die Hand Mr. Potts fest umklammernd, der ihr stolpernd folgte. Als sich beide verbeugten, kamen auch die anderen noch einmal auf die Bühne. Alle fassten sich an den Händen und es gelang ihnen, eine gemeinsame Verbeugung zu machen. Die Dame klatschte heftiger. Es herrschte allgemeine Ratlosigkeit. Charles kam aus den Kulissen und sah gerade noch, wie Helen Delilahs Hand so schnell losließ, als hätte sie eine Schlange berührt. Dann lief sie an ihm vorbei und verschwand hinter der Bühne. Brian folgte ihr zögernd. Bevor Charles etwas unternehmen konnte, kam der Reporter auf ihn zu, hob seine Kamera und grinste ihn an.

»Vielleicht noch ein Kommentar vom Regisseur?" Als er Charles Gesicht sah, trat er hastig einen Schritt zurück, nicht ohne ein letztes Foto zu schießen. Charles ließ ihn fluchend stehen. Der Himmel war klar, sogar einige Sterne waren zu sehen, aber er war nicht in der Stimmung für Naturbeobachtungen. Auf dem Hof standen die Zuschauer in Grüppchen und unterhielten sich. Als er vorbei ging, gab es vereinzeltes Gemurmel. Er machte sich nicht die Mühe zuzuhören. Endlich entdeckte er Delilah. Sie hockte auf der Kühlerhaube seines Transporters. Als er näher kam, drehte sie den Kopf zur Seite.

»Dein linker Haken war ziemlich eindrucksvoll.« Sanft fügte er hinzu: »Es war nicht deine Schuld.«

»Sie meinen, das hätte jeder gemacht? Jeder andere Irre wäre auch von der Bühne gesprungen und hätte dem Typen eine rein-gehauen?« Gegen seinen Willen musste er lächeln.

»Nein, so habe ich das eigentlich nicht gemeint.« Sie hatte ihre Kapuze nach hinten geschoben. Er betrachtete ihren blonden Scheitel und fühlte sich hilflos. Eigentlich fühlte er sich in ihrer Nähe immer so.

»Morgen redet keiner mehr darüber.« Er dachte an den Reporter und korrigierte sich. »Übermorgen jedenfalls nicht mehr.« Sie hob den Kopf und sah ihn an.

»Mir ist verdammt kalt. Können wir endlich nach Hause?«

Er nickte. »Natürlich. Was ist mit Margret?«

»Ich hol sie morgen früh. Meine Mom ist da.«

Er öffnete die Beifahrertür und Delilah stieg ein. Es war kalt im Wagen und die Windschutzscheibe beschlug von ihrem Atem. Er wollte gerade den Motor starten, als Delilah in ihre Tasche griff und ein kleines Paket heraus holte. Sie legte es auf das Armaturenbrett.

»Da, für Sie. Sollte eigentlich ein Weihnachtsgeschenk sein.«

Charles war sprachlos. »Aber wieso, ich meine, das wäre doch nicht nötig, du hast doch gar kein Geld«, stammelte er, brach dann aber ab, als er ihr Gesicht sah, »ich fühle mich sehr geehrt. Leider habe ich kein Geschenk für dich.«

Sie grinste. »Sind ja noch ein paar Tage, da können Sie noch massig Geschenke kaufen.«

Er griff nach dem Paket. Unter dem Weihnachtspapier mit den aufgedruckten roten Schleifen befand sich noch eine Lage Zeitungspapier. Er holte tief Luft. Während er vorsichtig das Geschenk auswickelte, beobachtete Delilah ihn die ganze Zeit.

»Oh«, sagte er und hielt einen Becher in der Hand. Er hatte die Form eines Renntierkopfes und war äußerst farbenfroh bemalt. Charles schluckte. »Das ist ja ganz fantastisch, ich danke dir.«

»Ich finde ihn ziemlich kitschig, aber Sie stehen ja auf so was.«

Es dauerte einen Moment, bis ihm der Becher aus Frankreich wieder einfiel. »Ja, ich finde Kitsch wundervoll.«

Sie schwiegen wieder. Dann sagte Delilah plötzlich: »Ich hab noch ein Geschenk. Ich wollte es Margret schenken. Aber jetzt denke ich, dass das doch keine so gute Idee wäre.« Sie griff noch einmal in ihre Tasche und holte einen kleinen Samtbeutel heraus. Charles öffnete die Kordel, die den Beutel verschloss, griff hinein und betrachtete den Gegenstand in seiner Hand. Es war eine silberne Babyrassel, antik und zweifellos wertvoll. Er sah das Mädchen fragend an.

»Sie wollten doch unbedingt wissen, was ich bei der Durchsuchung gefunden habe«. Delilah wies mit einem Kopfnicken auf die Rassel. »Nun wissen Sie es«.

»Du hättest sie nicht nehmen dürfen.« Die Heimfahrt war schweigend verlaufen. Jetzt saß Delilah auf dem Sofa und zupfte Fäden aus dem zerschlissenen Samtkissen, von dem er sich nicht trennen konnte, weil es alles war, was ihm aus seinem Elternhaus geblieben war. Er nahm ihr das Kissen aus der Hand.

»Ich hab sie genommen, na und? Ihre Tochter war doch viel zu groß dafür. Und Margret hat doch nichts Schönes. Gar nichts.«

Wahrscheinlich hatte sie eher an die Möglichkeit gedacht, das Ding zu verkaufen, dachte Charles.

»Das ist ein Erinnerungsstück, so etwas bekommt man zur Geburt oder Taufe, das ist nicht zum Spielen gedacht. Und du weißt sehr gut, dass du dieses Ding nicht aus Fionas Zimmer hättest mitnehmen dürfen, sonst hättest du es mir nicht die ganze Zeit verschwiegen.«

Sie hatte eine Haarsträhne zusammengerollt, auf der sie herumkaute. Jetzt richtete sie sich empört auf.

»Ich hab Ihnen das verdammte Ding doch gezeigt. Ich habe es Ihnen gezeigt, weil ich es gar nicht mehr haben will.«

Charles seufzte und überlegte, was er tun sollte. Wenn er die Rassel der Polizei übergab, müsste er auch erklären, wie sie in seinen Besitz kam. Wie er das tun sollte, ohne Delilah zu verraten, war ihm nicht klar. Er konnte den Ausdruck auf Inspektor Rita Willows Bulldoggengesicht geradezu vor sich sehen, während er ihr erzählte, dass Delilah das Zimmer Fionas durchsucht hatte, und was seine Rolle dabei gewesen war. Einen Tag später hatte er ihre Leiche gefunden. Mein Gott, eigentlich müsste ich mich selbst verhaften, dachte Charles. Er beugte sich vor und steckte das silberne Spielzeug wieder in den Samtbeutel. »Wir machen Folgendes: Ich behalte die Rassel und bewahre sie erst einmal auf. Dann überlege ich, ob wir damit zur Polizei gehen.« Er betrachtete den schwarzen Samtbeutel. »Eigentlich glaube ich nicht, dass es sich hierbei um ein relevantes Beweisstück handelt.« Delilah verdrehte die Augen und er fügte hinzu: »Ich glaube nicht, dass die Rassel zur Aufklärung des Verbrechens dienen könnte.«

»Gut, dann kann ich ja jetzt ins Bett gehen.«

»Kannst du.« Während sie ins Bad ging, setzte er sich in den roten Schaukelstuhl und begann langsam hin und her zu schaukeln. In seinem Kopf lief, ohne dass er es verhindern konnte, immer wieder die gleiche Szene ab. Fiona und Delilah, die am Kanal standen. Fiona, die entdeckt hatte, dass die Rassel fehlte und die, was naheliegend war, Delilah beschuldigte, die in ihrer Funktion als Mädchen für alles, Zutritt zu ihrem Zimmer hatte. Und dann, er schloss die Augen, aber er konnte es trotzdem sehen, Fiona, die schrie »Ich werde dich anzeigen« und Delilahs Faust, die zornig nach vorn schoss und der Blick in Fionas Augen, als sie das Gleichgewicht verlor und ins Wasser fiel.

»Sind Sie eingeschlafen?« Delilah stand vor ihm. Sie sah aus wie dreizehn. Charles hörte auf zu schaukeln. Das war lächerlich. So etwas hätte sie nie getan, sagte eine Stimme, die ganz vernünftig klang, in seinem Kopf. Vielleicht hätte sie die Frau in einer Aufwallung von Zorn hineingestoßen. Aber dann wäre sie in den Kanal gesprungen und hätte sie gerettet. Da war er sicher. War er das?

»Du wolltest doch ins Bett gehen«, sagte er und stand auf. Sie stand immer noch vor ihm und sah ihn an. Dann zuckte sie mit den Achseln und begann die Couch zu beziehen. Als sie fertig war, zog sie sich die Decke unter das Kinn und sah Charles an.

»Er mochte sie auch nicht.«

Charles war verwirrt. »Du sprichst in Rätseln, mein Kind.«

Sie setzte sich auf und sprach langsam und überdeutlich: »Tony mochte seine Frau nicht besonders.«

»Es wäre schön gewesen, wenn du diese deutliche Artikulation auch auf der Bühne gehabt hättest. Es war allerdings kein akustisches Problem. Ich weiß schlicht nicht, wovon du sprichst.«

Sie musterte ihn zweifelnd. »Manchmal sind Sie ziemlich blöd.«

»Woher willst du wissen, wie Tony zu seiner Frau stand?«

Sie äffte ihn nach. »Ich weiß nicht, wie er zu seiner Frau stand, aber ich weiß, dass sie sich getrennt haben, weil sie ihn betrogen hat.« Sie ließ sich wieder auf das Sofakissen sinken und fügte selbstzufrieden hinzu: »Das hat er mir erzählt.«

Charles, der schon an der Tür stand, die Hand am Lichtschalter, kam wieder näher. »Du meinst, er hat dir von seiner Ehe erzählt?«

»Ja, hat er. Er mochte mich nämlich und er hielt mich für ziemlich klug, ob Sie das nun glauben oder nicht.«

Charles ließ sich verwirrt auf die Sofakante fallen. Delilah zog ihre Beine in einer deutlichen Geste so weit von ihm weg, wie es ging. Es erschien ihm unfassbar, dass Tony einem Schulmädchen von seinen Eheproblemen erzählt hatte, aber gleich darauf korrigierte er sich in Gedanken: Nein, das war überhaupt nicht merkwürdig, natürlich würde er seine Probleme lieber mit jemandem besprechen, bei dem er nicht Gefahr lief, Ratschläge zu hören, die er nicht hören wollte.

»Hat er dir noch was erzählt?«

Sie überlegte. »Na ja, meistens haben wir über mich gesprochen. Er meinte, ich könnte was aus mir machen, trotz Margret.« Einen Moment lang konnte Charles ihre Sehnsucht nach einem anderen Leben spüren und gleichzeitig ihre Gewissensbisse dem Baby gegenüber.

Sanft sagte er: »Das glaube ich auch. Und ich glaube sogar, dass du nicht trotz Margret sondern gerade wegen Margret deinen Weg gehen wirst.«

Sie schwieg einen Moment. »So als dummes Unterschichtmädchen.«

»Das war ein Scherz, das weißt du.«

»Ja, das weiß ich.« Sie gähnte herzhaft. »Er hat mir erzählt, wie sie sich kennengelernt haben. Am Anfang war es die große Liebe. Sie war Krankenschwester und hat in dieser Klinik gearbeitet.«

»In welcher Klinik?«

Ihre Stimme klang schläfrig. »Na in dieser Abtreibungsklinik. Deswegen hat er mir das doch erzählt. Weil ich nicht wusste, was ich machen sollte, als das mit Margret passiert ist. Und da meinte er, er wüsste da eine gute Klinik.« Ihre Stimme war kaum noch zu verstehen. »Ich war da. Aber dann konnte ich es doch nicht tun.«

Eine Minute später war sie eingeschlafen. Nachdem er das Licht gelöscht hatte, stand er noch einen Moment lang im dunklen Zimmer. Dann ging auch Charles ins Bett.

Als er am nächsten Morgen aufwachte, war es schon spät. Vor der Wohnzimmertür blieb er kurz stehen, um zu lauschen. Es war nichts zu hören. Charles griff nach seiner Jacke und öffnete die Tür. Es war immer noch viel zu warm. Ein feiner Sprühregen benetzte sein Gesicht, als er einen Moment lang mit geschlossenen Augen stehen blieb und die würzige Luft einatmete, die überhaupt nichts Winterliches an sich hatte. Als er die Augen öffnete, konnte er die Umrisse seines Ateliers erkennen und war überrascht, wie stark die Freude war, die ihn erfüllte. Alles, was gestern passiert war, spielte keine Rolle mehr. Er beeilte sich, die Tür aufzuschließen. Auf der Staffelei stand noch das Bild von Delilah, das er vor einigen Tagen begonnen hatte. Er füllte die Palette mit Farben und begann zu arbeiten. Er verlor jedes Zeitgefühl. Irgendwann, als er zurücktrat, wusste er, dass er fertig war. Und er wusste, dass es die beste Arbeit war, die er jemals gemacht hatte. Er wusch die Pinsel aus und streckte seine müden Muskeln. Das Mädchen auf der Leinwand sah ihm dabei zu, mit diesem Gesichtsausdruck, der das Beste erhoffte und doch nicht aufhören konnte, das Schlimmste zu erwarten.

»Das ist wirklich gut, weißt du das?«

Als die Stimme erklang, zuckte Charles zusammen. Er war so vertieft in seine Arbeit gewesen, dass er nicht gehört hatte, wie sich die Tür geöffnet hatte. Brian stand hinter ihm und betrachtete das Porträt mit einem Ausdruck, den er nicht deuten konnte. Charles kam langsam näher und stellte sich vor die Leinwand. Dabei war ihm selbst nicht klar, ob er seine Arbeit beschützen wollte oder das Mädchen.

»Was willst du?«

»Keine Freunde mehr, niemals?« Brian lächelte müde. »Daran kann ich wohl nichts ändern.« Einen Moment lang wanderte sein Blick über Charles Gesicht. »Zumindest im Augenblick nicht, wie ich sehe.« Er wandte sich ab, ging zu dem alten Korbstuhl, und als er saß, ließ er seinen Kopf fallen und sah auf seine Hände, die gefaltet in seinem Schoß lagen. Er lachte auf. »Mein Gott, das sieht ja aus, als würde ich beten.« Dann sah er Charles an und fügte hinzu: »Wäre vielleicht gar nicht schlecht, wenn ich es könnte, was meinst du?«

»Bist du hierher gekommen, um mit mir über Religion zu diskutieren?«

»Nein.« Brian sprang auf und begann unruhig im Atelier hin und her zu wandern. »Ich bin gekommen, weil ich das Gefühl habe, dass ich Schuld an dem Fiasko von gestern bin und ich wollte mich dafür entschuldigen.«

Einen Moment lang wusste Charles tatsächlich nicht, was er meinte. Dann fiel es ihm wieder ein. Etwas steif antwortete er:

»Ich wüsste nicht, wieso du dafür verantwortlich sein solltest. Wenn ich mich recht erinnere, ist Helen weinend von der Bühne …«, er stockte. Dann sah er Brian an: »Du hast es ihr gesagt?«

Für einen Moment klang Brians Stimme zornig. »Ja, das ist es doch, was ihr alle von mir wolltet. Reinen Tisch machen und so. Verantwortung übernehmen. Das wolltet ihr doch, Delilah und du.«

Charles schüttelte den Kopf. »Ich weiß nicht was Delilah will oder von dir erwartet. Und wozu du bereit bist.« Jetzt ließ er sich in den Korbstuhl fallen. »Aber Menschenskind, Brian, meinst du wirklich, dass gestern der richtige Augenblick dafür war, reinen Tisch zu machen?« Er lachte gequält. »Nach zwei Morden und am Abend dieser«, einen Moment lang suchte er nach dem passenden Ausdruck, aber ihm fiel keiner ein, »dieser Aufführung?«

»Ich habe es ihr nicht gestern gesagt, sondern …«, Brian zögerte.

»Sondern?«

Er blieb stehen. Das Licht, das durchs Fenster fiel, ließ die Konturen seines Gesichtes schärfer hervortreten. Charles sah die Falten um seine Augen und die Müdigkeit, als er langsam fortfuhr:

»Ich habe mit ihr am Abend davor gesprochen«, mit einem hilflosen Auflachen wandte er sich an Charles, »verdammt, ich bin ein Idiot. Aber als ich das Baby auf der Generalprobe gesehen habe, ich weiß nicht, Charles, da hab ich gespürt, dass es so nicht weiter gehen kann.«

Im Stillen dachte Charles, dass Delilah sich freuen würde, das zu hören. Laut sagte er: »Was hat Helen gesagt?«

»Zuerst hat sie gar nichts gesagt. Kein Wort.« Brian lachte, aber es war kein glückliches Lachen. »Und dann, ich habe so etwas noch nie gesehen, aber es war, ach mein Gott, es war, als ob innen drin, tief in ihr, ein Licht ausging.« Er schwieg einen Moment. »Das klingt so melodramatisch, ich weiß. Aber so war es. Dann ist sie raus gelaufen. Hat sich im Bad eingeschlossen.« Er sah Charles an. »Ich weiß nicht, was ich machen soll, Charles.«

»Ist vielleicht ein bisschen spät, sich darüber Gedanken zu machen, meinst du nicht?«

Plötzlich schrie Brian: »Spar dir den Scheiß, verdammt noch mal, Charles, wer hat dich eigentlich zum Moralapostel ernannt? Wie ich mich erinnere, hast du in deinen Beziehungen auch nicht immer alles richtig gemacht, oder?«

Charles schwieg. Das hatte er nicht. Bis Colin gekommen war. Aber da hatte es keine Rolle mehr gespielt.

»Ich habe niemals etwas mit einem Minderjährigen angefangen«, sagte er schließlich mit zorniger Stimme, »verdammt, sie war erst fünfzehn, Brian. Hättest du dann nicht wenigstens dafür sorgen können, dass sie nicht schwanger wird? Ihr auch noch ein Kind anzuhängen, mein Gott.«

Brian erstarrte. Dann sah er Charles an. »Und wenn ich es gewollt hätte? Wenn ich einen Augenblick lang die Kontrolle verloren hätte und mir dieses Kind gewünscht hätte, wie nichts sonst auf der Welt?«

»Das hat sich neulich aber anders angehört.«

Er lachte bitter. »Ja. Wahrscheinlich weil beides stimmt. Ich bereue diese Nacht zutiefst. Und meine Strafe ist, dass ich niemals der Vater dieses kleinen Mädchens sein werde. Jedenfalls nicht so, wie ich es gerne sein würde.«

»Wenn das so ist, Brian, dann musst du dafür sorgen, dass du dieser Vater sein kannst. Du kannst nicht drei Leben kaputt machen. Sorg wenigstens für Delilah und Margret.«

Ein plötzlicher Lichtstrahl, der durch das Fenster fiel, ließ Brians Gesicht einen Moment lang aufleuchten. Dann verschwand das Licht und er sagte: »Ich werde diesen Anruf niemals vergessen. Ich kann mich noch genau erinnern, an jedes Wort. Jemand meldete sich: Parkview Klinik, ich verbinde. Dann war da auf einmal Helens Stimme. Ich wusste nicht einmal, dass sie schwanger ist. Ich hatte diesen beschissenen Job auf dem Festland und sie war schwanger und dann ist sie auf einmal am Telefon und erzählt mir, dass sie das Kind verloren hat. Das kann ich nie wieder gut machen, Charles.« Für einen Moment spiegelte sich in seinem Gesicht eine Qual, die Charles mitten ins Herz traf. Er machte einen Schritt auf ihn zu und blieb dann stehen. Brian sah ihn nicht an, als er weiter sprach.

»Und jetzt soll ich hingehen und mich zu einem Kind bekennen, das sie niemals haben wird? Wie soll das gehen, Charles, sag mir das.«

Charles schüttelte den Kopf. »Das weiß ich auch nicht.«

Beide schwiegen. Die Wolkendecke riss erneut auf und der Lichtstrahl kam wieder, wanderte durch den Raum und ließ Delilahs Porträt leuchten. Charles dachte kurz, dass ein brillanter Bühnentechniker es nicht hätte besser machen können. Aber das war keine Theaterszene. Brians Qual war echt.

»Manchmal wache ich nachts auf. Und wenn ich sie so ansehe, wie sie neben mir liegt, dann gibt es Augenblicke, da frage ich mich, wie alles gekommen wäre, wenn sie dieses Kind nicht verloren hätte.«

Charles sah ihn hilflos an: »Daran bist du nicht schuld.«

Brian lachte gequält auf. »Wirklich nicht? Wenn ich sie damals nicht betrogen hätte, wäre ich bei ihr gewesen während der Schwangerschaft.« Er schwieg wieder. »Wenn Tony sich damals nicht um sie gekümmert hätte, hätte ich sie vielleicht auch verloren. Ich habe alles kaputt gemacht.«

Die Sympathien, die Charles einen Augenblick lang für ihn empfunden hatte, schwanden langsam. Zornig sagte er: »Mit der Rolle des schuldbeladenen Märtyrers kannst du vielleicht kleine Mädchen beeindrucken, aber mich nicht. Benimm dich endlich wie ein erwachsener Mann, verdammt noch mal. Du hast dich in diesen Schlammassel gebracht, jetzt sorg gefälligst dafür, dass du da wieder raus kommst.«

Brian sah ihn an. »Das versuche ich ja, verdammt noch mal, das versuche ich ja.«

10. Kapitel

»Das ist gemein,« Harriets Stimme klang empört, als sie die Zeitung zusammenfaltete. Es war das erste Mal nach der Aufführung, dass sich alle Mitglieder der Schauspieltruppe trafen. Nur Brian und Delilah fehlten. Brian, weil er von einer nicht näher definierten Krankheit befallen war, wie Helen behauptete, die blass und müde neben ihnen saß. »Wer's glaubt« hatte Jamie halblaut gemurmelt. Dass Delilah nicht gekommen war, konnte Charles ihr nicht verdenken. Sie saßen im »Black Swan« und Harriet hatte gerade die Lektüre der Zeitung beendet. Der Bericht über die Aufführung stand auf der ersten Seite und war mit einem Foto aufgemacht, auf dem man sah, wie sich eine irre blickende Delilah durch die Reihen quetschte, drohend die Hand erhoben. Die geschmackvolle Überschrift dazu lautete: »Tötete diese Hand auch den Antiquitätenhändler?«

»Kann man gar nichts dagegen machen?« fragte Jamie und sah ihn an.

»Ich befürchte nicht.«

»Wie geht es ihr denn?« Helen stellte die Frage zögernd.

»Sie trägt es mit Fassung.« Charles musste an den Morgen denken, als eine wutschnaubende Delilah vom Einkaufen gekommen war, die er nur mit allergrößter Mühe davon abhalten konnte, mit einem Feuerzeug bewaffnet in den Zeitungsladen zu gehen und alles in Brand zu setzen. Er räusperte sich. »Doch, sie hält sich ganz gut.« Sie hatte jedenfalls versprochen, keine Dummheiten zu machen und war losgefahren, um die kleine Margret abzuholen.

»Das nächste Mal, wenn ich diesen Typen sehe, misch ich ihm was ins Glas.« Jacks Goldzähne blitzten, als er sich über den Tisch beugte und auf die Zeitung deutete. »Der soll sich bloß vorsehen.«

»Lass gut sein, Jack, wir können nicht noch einen Mord gebrauchen. Ich bin froh, dass man bei dir endlich wieder einen Tisch bekommt.« Einen Moment lang leuchteten die Augen des Wirtes auf und Charles konnte nur hoffen, dass Jack nichts Unüberlegtes tat, um sein Geschäft wieder anzukurbeln. Während die anderen weiter darüber diskutierten, was man mit dem Reporter im Besonderen und Zeitungen im Allgemeinen anstellen sollte, dachte er daran, was Brian ihm gestern erzählt hatte. Den Satz: »Du bist das Licht meines Lebens« hatte er bis jetzt für eine für romantische Floskel gehalten, aber als er jetzt Helen ansah, die sich gerade mit Jamie unterhielt, sah es wirklich so aus, als wäre etwas in ihr erloschen. Er hörte wieder Brians tonlose Stimme: »Beinahe hätte ich sie auch verloren«. Warum hatte sie Brian nichts von der Schwangerschaft erzählt? Sie hätte doch wissen müssen, wie glücklich er darüber gewesen wäre. Aber wenn man von einem Mann schwanger war, der einen gerade verlassen hatte, befand man sich wahrscheinlich in einer Ausnahmesituation. Charles bedauerte, dass er die beiden damals noch nicht gekannt hatte. Seit vier Jahren wohnte er jetzt in Tisley. Als eine Tante von ihm starb und ihm völlig unverhofft das kleine Haus hinterlassen hatte, war Colin begeistert gewesen. »Stell dir doch nur mal vor, wie wir in irgendwelchen Komitees sitzen und mit den alten Damen Tee trinken, Charles«. Charles war gleich klar gewesen, dass Colin, der in Frankreich gelebt hatte und London liebte, in Tisley niemals glücklich werden würde. Aber wenn Colin sich etwas in den Kopf gesetzt hatte, konnte ihn niemand davon abbringen. Und Charles hatte sich, wie so oft, von seiner Euphorie anstecken lassen. Im schlimmsten Fall würden sie das Haus wieder verkaufen, hatte er sich eingebildet. Aber dazu war es nicht mehr gekommen. Colin hatte ihm keine Wahl gelassen, es hatte nur diesen Zettel auf dem Kopfkissen gegeben, keine Diskussionen, keine Möglichkeit nach Alternativen zu suchen. Und jetzt saß er hier, ohne ihn, und trank mit den alten Damen, auch wenn es kein Tee war. Harriet hatte sich gerade ihr drittes Glas Bier bestellt.

»Und, was ist mir dir Charles, auch noch etwas?« Die Stimme Jamies riss ihn aus seinen Gedanken. Er schüttelte den Kopf.

»Danke Jamie, aber nein«, er zögerte einen Moment und dachte an Delilah. »Ich glaube, ich gehe nach Hause.« Ohne auf die Proteste der anderen zu achten, griff er nach seinem Mantel und verließ den Tisch. Er musste ziemlich betrunken sein, stellte er fest, als er über die Stufe stolperte, und blieb noch einen Augenblick vor der Tür des »Black Swan« stehen. Die Luft fühlte sich an wie an einem schönen Herbsttag. Über ihm blinkte die Nase des Rentierkopfes, den Jack wie in jedem Jahr als seinen Beitrag zur vorweihnachtlichen Stimmung über der Tür angebracht hatte. Charles schüttelte den Kopf. Was trieb er da eigentlich? Den Babysitter für ein Mädchen spielen, das vielleicht eine Mörderin war? Die ein Verhältnis mit einem Mann hatte, der ihr Vater sein könnte und der vielleicht seinen besten Freund getötet hatte? Er war gerade dabei umzukehren und zurück in den Pub zu gehen, als sich die Tür öffnete und Harriet erschien. Im blinkenden roten Licht sah ihr Gesicht aus wie die Weihnachtsdekoration in einer Geisterbahn. Charles unterdrückte ein Kichern. Sie musterte ihn scharf:

»Komm Charles, du bringst mich jetzt nach Hause.« Er folgte ihr gehorsam. Sie sprachen nicht während sie durch die kleinen Straßen gingen. Sie hatte sich bei ihm eingehakt und er musste sich anstrengen, mit ihr Schritt zu halten. Er suchte nach einem Thema, über das er mit ihr sprechen konnte, aber ihm fiel nichts ein. Endlich bogen sie in die Leamington Road ein. Die Schaufenster der Geschäfte waren geschlossen, nur vor einem Laden stand noch ein Aufsteller mit dem Hinweis auf günstiges Weihnachtsgebäck.

»Das ist bestimmt noch vom letzten Jahr, hab mir gestern fast einen Zahn ausgebissen, als ich das Zeug probiert habe.« Zum Beweis öffnete sie den Mund und zeigte auf einen etwas gelblichen, aber sauber geputzten Schneidezahn. Im Teeladen tummelten sich neben den Drachen jetzt winzige Weihnachtselfen. Alles war mit Silberstaub überpudert und glitzerte so stark, dass Charles für einen Moment die Augen schließen musste. Schließlich blieben sie vor dem Antiquitätengeschäft stehen. Einer der Buchsbaumkübel war verschwunden, sonst war alles unverändert. Harriet stieß einen tiefen Seufzer aus und sagte überraschenderweise:»Manchmal fehlt er mir, der alte Mistkerl.« Sie betrachteten das Schaufenster. Der einäugige Teddybär saß immer noch auf dem alten Holzstuhl und sah sie traurig an. Charles fiel die Puppe ein, die er der alten Frau an der Haltestelle abgekauft hatte. Plötzlich musste er an Helen denken. »Ich glaube Helen vermisst ihn auch«, sagte er ohne den Blick von der Scheibe abzuwenden. »Brian hat mir erzählt, wie

Tony sich damals um sie gekümmert hat. Ich meine«, fügte er hinzu, »als das mit ihrem Baby passiert ist.«

Harriet stieß einen Laut aus, der sich nicht entscheiden konnte, ob er ein Schnauben oder ein verächtliches Lachen war. »So wie Männer sich eben kümmern. Tony hat sich doch um gar nichts gekümmert. Schon als kleiner Junge war er so. Nett, aber unzuverlässig.«

Einen Moment lang überlegte Charles, ob es nicht etwas viel verlangt war von einem Kind, nett und zuverlässig zu sein, als sie fortfuhr: »So sind diese Rotschöpfe. Grinsen, während sie dir frech ins Gesicht lügen.«

Wenn man an die unglückliche Geschichte mit dem Hausverkauf dachte, war Harriets Einschätzung von Anthonys Charakter vielleicht nicht ganz objektiv, überlegte Charles.

»Was wird jetzt eigentlich mit dem Haus?«

Sie schnaubte. »Keine Ahnung. Weiß ja noch keiner, wer jetzt erbt, wo seine komische Frau auch tot ist.«

Was bedeutete, dass Harriet erst einmal in ihrem Haus wohnen bleiben konnte, dachte er und betrachtete ihre kräftigen Hände, die gerade die Tür aufschlossen. Vielleicht sollte er die Liste der Verdächtigen noch ein wenig erweitern.

»Kennst du Helen eigentlich auch schon so lange?«

Sie öffnete die Tür und warf ihm über die Schulter einen überraschten Blick zu. »Klar, die hingen doch nach der Schule immer zusammen, die beiden. Keine Ahnung, was Helen von ihm wollte. Sie war ein nettes Mädchen. Zu still vielleicht. Aber das kam, weil sie immer allein war.«

»Allein?«

»Na ja, ihre Mutter war doch tot. Autounfall. Einfach so. Da war sie fünf, das arme Ding.« Bevor sie die Tür schloss, drehte sie sich noch einmal um. »Still, aber nett. Passten überhaupt nicht zusammen, sie und Tony. Aber was willst du machen. So sind Kinder eben. Die suchen sich ihre Freunde.«

Als er zuhause ankam, war er fast wieder nüchtern. Im Wohnzimmer brannte noch Licht. Eigentlich wäre er am liebsten still und heimlich in sein Schlafzimmer geschlichen, aber Delilahs Stimme drang laut und kräftig durch die geschlossene Tür.

»Da sind Sie ja endlich. Ich hab mir schon Sorgen gemacht.«

»Ich wusste gar nicht, dass ich schlag Mitternacht vom Ball zurückkommen muss. Hat sich meine Kutsche gerade in einen Kürbis verwandelt?«

Diana, die in einem Hello-Kitty-Schlafanzug auf dem Sofa saß, musterte ihn mit hochgezogener Augenbraue, ein Tick, den sie neuerdings kultivierte. »Sie reden Schwachsinn. Sind Sie wieder betrunken?«

»Nein, Eure Hoheit, ich schwöre.«

Er kam näher und beugte sich über das schlafende Baby. »Hallo Kleine. Schlaf lieber weiter, deine Mama hat schlechte Laune.«

»Hätten Sie auch, wenn so was über Sie in der Zeitung steht. Und man Sie den ganzen Tag allein lässt. Ohne Fernseher.« Sie sah ihn missmutig an.

»In der Zeitung stünde«, korrigierte er automatisch. Delilah verdrehte die Augen und sagte etwas. Aber Charles hörte ihr nicht zu. Er dachte an Tony und an das, was Harriet ihm erzählt hatte. Ein kleiner rothaariger Junge. Und Helen. Ein kleines stilles Mädchen. Eine Freundschaft, die viele Jahre überdauert hatte, bis zu dem Tag, als sie hochschwanger und verlassen von dem Mann, den sie liebte, bei ihm in London auftauchte. Ein Gedanke machte sich in seinem Kopf breit, ein völlig absurder Gedanke. Er dachte ihn nicht zu Ende. Es war absurd. Seufzend stand er auf.

»Es ist mir egal, ob du die ganze Woche nicht mit mir redest, aber ich gehe jetzt ins Bett. Schlaft gut, ihr beiden.«

In der Nacht hatte er einen merkwürdigen Traum. Er träumte von Helen, einer Helen, die aussah, wie die Madonna auf dem Bild in ihrem Theaterstück, aber das Kind in ihrem Arm war tot. Plötzlich erschien Brian, der eine große Bohrmaschine aus der Tasche zog und sagte: Ich repariere das schon, aber Helen trug ihren Overall und eine Mütze und nahm Brian die Bohrmaschine aus der Hand und antwortete: Das ist nicht nötig. Dann hielt sie sich die Bohrmaschine an den Bauch. Als sich der Bohrer mit einem furchtbaren Geräusch zu drehen begann, wachte Charles schweißgebadet auf.

Es blieb warm. Die Einwohner von Tisley machten ihre letzten Weihnachtsbesorgungen und kamen sich dabei seltsam vor. Ganz Mutige zogen ihre Mäntel aus und trugen kurzärmelige Pullover, nur Charles schwitzte weiter in seinem Wintermantel. Zwei Tage vor Weihnachten wurde Jamie noch einmal von der Polizei vorgeladen, aber die Befragung ergab nichts Neues, und man musste ihn wieder laufen lassen. Einen Tag später tauchte er mit einem großen Paket vor Charles Haus auf, murmelte etwas, das niemand verstand, und verschwand wieder. Als Charles das Paket ins Wohnzimmer schleppte, stürzte sich Delilah mit einem Schrei darauf und hatte das Papier entfernt, bevor er das Geschenk auf den Boden stellen konnte. Zum Vorschein kam eine weiß lackierte Holzwiege, die sie zusammen aufbauten und die so schön aussah, dass Delilah immer wieder über die zarten Batistvorhänge strich. Selbst Charles, der neben ihr stand, verspürte eine ungewohnte Rührung, die er mit einem Glas Whisky hinunter spülte. Nachmittags schmückten sie den winzigen Baum, den sie zusammen nach heftigen Diskussionen geholt hatten. Delilah wollte eine große Tanne und Charles wollte gar keine: Als Kompromiss hatten sie sich auf einen krummen, jetzt schon nadelnden Zwergentannenbaum geeinigt, den sie gemeinsam mit einigen besonders günstigen Weihnachtsplätzchen und Geschenkband schmückten, das Charles noch in einer Küchenschublade entdeckt hatte.

»Gar nicht mal so schlecht«, sagte er, während er sich gedankenverloren einen der Kekse in den Mund steckte und entdeckte, dass Harriet recht hatte: Sie waren steinhart. »Und das ist wirklich in Ordnung, ich meine, du möchtest nicht lieber bei deiner Familie sein?«

Delilah antwortete nicht. Sie war morgens zuhause gewesen und hatte bis jetzt kein Wort über den Besuch verloren. Offensichtlich hatte sie das auch jetzt nicht vor. Charles nahm sich jeden Tag vor, ihre Mutter anzurufen, zögerte dann aber immer wieder, vielleicht aus Angst zu entdecken, dass es sich bei ihr genauso um ein Phantom handelte wie beim Weihnachtsmann.

Am Abend waren alle bei Harriet eingeladen, die ihren berühmten Weihnachtskuchen gebacken hatte. Er war wie in jedem Jahr etwas zu trocken, aber wie jedes Jahr kümmerte sich niemand darum. Die kleine Margret trug einen Strampelanzug, auf dem sich fröhlich grinsende Weihnachtsmänner tummelten, und wedelte vergnügt mit ihren Ärmchen. Delilah bedankte sich bei Jamie mit einem Kuss für die Wiege, der ihn knallrot werden ließ. Den Rest des Abends strahlte er mit dem Baby um die Wette.

»Hätte nie gedacht, dass der Junge noch mal eine normale Reaktion zeigt, bei der Mutter.« Harriet stieß Charles so kräftig in die Seite, dass er nach Luft schnappte. Sie trug ein rotes Kleid, dass über ihrer mageren Brust mit winzigen Spiegeln und Pailletten bestickt war und das wahrscheinlich der letzte Hippie aus Indien mitgebracht hatte. Vielleicht war es aber auch aus dem Secondhandladen am Markt. Jamie errötete wieder, hob aber sein Glas mit dem Punsch und prostete ihr glücklich zu.

»Glaubst du, er hat bei ihr Chancen?«

Charles, der beobachtete, wie Delilahs Blick immer wieder zur Tür ging, bezweifelte es. Brian kam auch diesmal nicht.

Als sie gemeinsam nach Hause gingen, hob Delilah ihr Gesicht und sah ihn an.

»Ist was passiert? Sie haben nicht mal den Punsch getrunken.«

Die Straßen waren jetzt leer, die festlich geschmückten Häuser funkelten in der Dämmerung. Margret schlief tief und fest in ihrem Kinderwagen. Er schüttelte den Kopf, als Delilah ihn ansah und sie sagte nichts mehr. Als sie zuhause waren, schloss er die Tür auf und drehte sich zu ihr um.

»Eigentlich müsstest du ja bis Morgen warten, und nachdem Jamie mir so die Show gestohlen hat, weiß ich auch gar nicht mehr, ob ich …«, er kam nicht dazu, den Satz zu beenden, als Delilah an ihm vorbei ins Wohnzimmer stürmte. Er trug den Kinderwagen ins Haus und nahm das Baby auf den Arm.

»Ganz schön anstrengend, deine Mama, was?«

Ein schriller Schrei ertönte. Sekunden später fand er sich in einer so heftigen Umarmung wieder, dass er beinahe das Baby fallen gelassen hätte.

»Ein Fernseher, Sie sind ja verrückt.«

Charles grinste. »Es ist ja nur ein kleiner und keiner von diesen neuen Flachen«, plötzlich fühlte er sich unbehaglich und fuhr schroffer als beabsichtigt fort: »Ist nur, damit ich mal wieder meine Ruhe habe, während du diese komischen Sendungen guckst, die ihr Teenager euch so anseht.«

Bei dem Wort Teenager verdrehte sie die Augen und verschwand im Wohnzimmer. Gleich darauf schallte laute Musik durchs Haus. Charles konnte nur hoffen, dass er dieses Geschenk nicht bereuen würde.

Später saßen sie gemeinsam auf dem Sofa und das Baby schlief tief und fest in seiner Wiege.

»Dass sie dabei schlafen kann?«

Delilah zuckte die Achseln. »Das ist sie von zuhause gewöhnt. Sie schläft sogar schneller ein, das haben Sie doch gesehen.«

Charles nickte. Während er beobachtete, wie Margret im Schlaf ihre winzigen Fäustchen ballte, überlegte er, was Menschen veranlasste sich fortzupflanzen. Wie es wohl wäre, wenn man in diesem winzigen Wesen nach Spuren seiner selbst suchte, Spuren, die weiterleben würden, lange nachdem der eigene Körper nur noch ein Fest für die Würmer war? Sein Blick wanderte zu den Flaschen auf der Kommode und ihm fiel auf, dass er seit zwei Tagen nichts mehr getrunken hatte.

Etwas polterte. Er bückte sich und hob die Fernbedienung wieder auf. »Da«, er gab sie ihr, »ich muss mal einen Moment nachdenken.« Dann ging er auf den Flur und öffnete die Hintertür. Die Nacht war sternenklar und einen Moment lang hob er sein Gesicht, betrachtete die Sterne, die stärker funkelten als die Weihnachtsbeleuchtung an den Häusern und dachte daran, wie irrsinnig alles war. Das Leben war so kurz und trotzdem verbrachten die Menschen so viel Zeit damit, sich zu betrügen und belügen und unglücklich zu sein. Die Tür des Ateliers ließ sich diesmal ganz leicht öffnen. Als er eintrat, umfing ihn der vertraute Geruch nach Terpentin und Farbe. Schattenhafte Umrisse tauchten auf und er ging, ohne Licht zu machen zu der Leinwand, die in einer Ecke stand. Er nahm das Porträt Delilahs vorsichtig herunter und stellte Colins Bild auf die Staffelei. Das Licht reichte aus, um seine Augen zu erkennen, die

Charles anblickten, herausfordernd und ermutigend zugleich. Auf eine seltsame Art fühlte er sich lebendig, lebendiger als die ganzen letzten Monate. Auf einmal kam es ihm verrückt vor, dass er nie versucht hatte, herauszufinden, wo Colin war, herauszufinden, was ihn zu diesem Schritt getrieben hatte. Stolz hatte ihn davon abgehalten, alberner Stolz, wie ihm auf einmal klar wurde. Er blieb noch eine Weile so sitzen, dann stand er auf und ging zurück ins Haus.

Am nächsten Morgen wurde er von Delilah geweckt, die offenbar versuchte einen Song mitzusingen, der aus dem Fernseher ertönte. Das Ganze wurde von Margrets Gebrüll begleitet. Als es plötzlich verstummte, sah er auf die Uhr und dachte, dass sie heute spät dran war für ihr zweites Fläschchen. Jemand kam die Treppe hoch und klopfte.

»Sind Sie schon wach? Ich hab Frühstück gemacht.« Delilah blieb einen Moment stehen, dann entfernten sich ihre Schritte. Mit soviel Munterkeit, wie er zu dieser Uhrzeit aufbringen konnte, rief er ihr hinterher:

»Prima, ich komme gleich. Bin sofort da.«

Das Wohnzimmer war aufgeräumt, die Decken von der Couch lagen gefaltet auf der Kommode. Auf dem Couchtisch standen eine Kanne Kaffee, ein Teller mit Pfannkuchen und eine Schüssel mit Vanillesoße. Der Fernseher lief immer noch, aber jetzt sang ein Knabenchor Weihnachtslieder. Delilah saß auf dem Sofa und sah ihn erwartungsvoll an.

»Ich hätte auch die Kerzen angemacht, aber ich hab nirgendwo ein Feuerzeug gefunden.«

Er zog die Hände aus den Taschen seiner Strickjacke, ging zur Kommode und öffnete die oberste Schublade. Es dauerte einen Moment bis er zwischen den alten Fotos und Papieren ein fast leeres Einwegfeuerzeug fand. Er warf es ihr in den Schoß und setzte sich wortlos auf das Sofa.

»Das Rezept ist von meiner Mom.« Es war ihr gelungen die Kerzen anzuzünden und Charles stellte fest, dass sich einige der

Flammen in erschreckender Nähe zu den trockenen Zweigen befanden.

»Hast du schon mal daran gedacht, was in dieser Richtung zu machen?«

Sie sah ihn spöttisch an. »Küchenhilfe oder was? Das bin ich doch, schon vergessen?«

Die Pfannkuchen rochen wirklich gut, aber er hatte keinen Hunger. »Nein, daran habe ich nicht gedacht. Ich habe eher an eine richtige Ausbildung gedacht. Als Köchin.«

»Als Köchin. Na toll. Und was ist mit ihr?« Mit einer Armbewegung wies sie auf die Wiege. »Auch schon vergessen?«

Plötzlich wurde er zornig. »Auch schon vergessen«, äffte er sie nach, »nein, hab ich nicht vergessen. Aber ein Baby kann ja wohl keine Ausrede dafür sein, nichts Vernünftiges aus deinem Leben zu machen. Wenn du wirklich willst, gibt es immer Mittel und Wege.«

Sie schwieg. Als sie antwortete, klang ihre Stimme genauso wütend wie seine: »Sie müssen es ja wissen. Sie sind ja Weltmeister im »aus seinem Leben etwas Vernünftiges machen«. Nur weil Ihr Typ abgehauen ist, sitzen Sie hier rum und machen gar nichts mehr. Ach, ich hab ganz vergessen, Sie haben ja keine Zeit, Sie müssen sich ja selbst bemitleiden, den ganzen Tag.« Als er sich erhob, sah sie ihn einen Moment lang erschrocken an, dann wurde ihr Blick trotzig. Er hob abwehrend die Hände.

»Du glaubst doch nicht, dass ich dir was tue, Mädchen, oder?«

Der Knabenchor hörte auf zu singen. Im gleichen Augenblick klingelte es. Einen Moment lang sahen sie sich an, dann ging Charles zur Tür und riss sie auf. Draußen stand Jamie, in der Hand eine große runde Blechschachtel und sah ihn erschreckt an. Bevor er etwas sagen konnte, hatte Charles nach der Dose gegriffen und die Tür wieder zu geworfen. Als es noch einmal klingelte, trat er einen Schritt zur Seite und Jamie kam vorsichtig herein.

»Ich dachte, ich besuche euch mal und wünsche ein frohes Fest«.

Er nahm seine Mütze ab und strich sich mit der Hand über den Kopf, als suche er nach seinen verschwundenen Haaren. Charles hatte die Dose geöffnet und sich einen der Schokoladenkekse genommen. Er warf Delilah einen herausfordernden Blick zu.

»Bestimmt genau so gut wie deine Pfannkuchen, hat Jamie garantiert selbst gebacken, vielleicht könnt ihr euch ja zusammen tun. Ach, ich vergaß, dann müsstest du ja deine Laufbahn als unterbezahlte Hilfskraft aufgeben. Ich weiß gar nicht, was mit euch jungen Menschen heutzutage los ist, früher konnte niemand in eurem Alter kochen, geschweige denn backen.« Er war erfüllt von rot glühendem Zorn. Warum das so war, wusste er nicht.

Jamie, der ihn überrascht ansah, setzte sich auf das Sofa.

»Hab ich was verpasst?«

»Wir haben nur eine kleine philosophische Diskussion über das Leben im Allgemeinen, und wie man es am besten verbringen soll, geführt.«

Jamie sah Charles einen Augenblick lang unschlüssig an, dann kam er offenbar zu dem Schluss, dass keine unmittelbare Gefahr drohte und zog seine Jacke aus. Auf dem Pullover prangte ein riesiges Rentier, das einen Schlitten so schnell zog, dass die Kufen Funken sprühten. Die sprühenden Funken waren in orangefarbener Wolle gestrickt. Für einen Moment wünschte sich Charles, dass er seine Jacke wieder anziehen würde. Der Knabenchor fing noch einmal zu singen an und er griff nach der Fernbedienung.

»Müsstest du nicht bei deiner Mutter sein?«

Über Jamies Gesicht breitete sich eine leichte Röte aus. »Ich gehe heute Nachmittag.«

Alle drei schwiegen. Aus der Wiege erklangen leise juchzende Geräusche, während Margret die kleinen Ärmchen voller Begeisterung dem Tannenbaum entgegenstreckte. Er stand auf und löschte die Flammen an einem der krummen Äste mit einem Glas Gingerale. Das Telefon klingelte. Er hörte einige Zeit zu, ohne etwas zu sagen. Dann legte er auf und griff nach der Whiskyflasche.

»Das war Brian. Helen wollte sich umbringen.«

11. Kapitel

Es war wieder kälter geworden. Nebel hing über dem Kanal. Die Umrisse der Bäume verschwanden in dem Grau, verschmolzen mit dem Hintergrund. Es schien nichts mehr zu geben als dieses alles verschlingende Grau, das sogar die Geräusche aufzusaugen schien. Menschen kamen aus dem Nichts und nach wenigen Sekunden verschwanden sie wieder im Nichts. Charles ging langsam, die Hände in den Taschen vergraben. Er kam sich wie ein Feigling vor. Nein, korrigierte er sich in Gedanken, er war kein Feigling, er war ein Flüchtling. Kein Feigling, ein Flüchtling. Er wiederholte den Satz einige Male halblaut. Geflohen aus seinem eigenen Haus. Geflohen vor einem fetten Knäuel an verwickelten Emotionen: Schuld und Anklage, Liebe und Hass. Er hatte die anderen zurückgelassen, hatte Jamie und Delilah mit dem Baby sitzen gelassen und war gegangen. Es war erschreckend einfach gewesen. Er blieb stehen und betrachtete das dunkle Wasser. Ein alter Schuh trieb gemächlich vorbei, drehte sich ein paar Mal, bevor auch er in dem unendlichen Grau verschwand. Etwas Helles tauchte auf, reckte den langen Hals, als es ihn sah und breitete große Schwingen aus. Charles beachtete ihn nicht und der Schwan schwamm beleidigt davon. Charles sah auf seine Armbanduhr. Dann machte er sich auf den Weg zum Pub. Der Rentierkopf leuchtete ihm schon von Weitem entgegen, wie damals die Leuchtfeuer an den Küsten den armen verwirrten Seefahrern geleuchtet hatten. Und er würde genauso stranden, dachte Charles als er die Tür des »Black Swan« öffnete. Das dunkle Innere umfing ihn wie die Höhle im Mutterleib den Säugling. Es waren nur einige Stammkunden da. Er ging diesmal nicht nach hinten, sondern setzte sich an die Theke. Bevor er etwas sagen konnte, hatte Jack ein Glas vor ihn gestellt, das er ebenfalls ohne Worte in wenigen Zügen leerte. Diese Prozedur wiederholten sie noch zweimal, dann spürte Charles wie seine Schultern sich senkten und die Düsternis in seinem Innern einer goldenen Woge Platz machte. Jack, der am anderen Ende der Theke bedient hatte, kam neugierig näher.

»Was ist denn los, ist was passiert?« Er beugte sich in einem für ihn ungewöhnlichem Bestreben nach Diskretion über die Theke, bis seine goldglänzenden Zähne nur noch wenige Zentimeter von Charles Gesicht entfernt waren.

Charles hielt sein leeres Glas gegen das spärliche Licht über der Theke und betrachtete die zahllosen Fingerabdrücke.

»Nein«, sagte er schließlich, »es ist nichts passiert. Gar nichts.«

Das Atelier war kalt. Ein muffiger Geruch schien aus den alten Holzwänden zu kommen. Er stellte eine leere Leinwand auf die Staffelei und blieb eine Zeit lang davor stehen. Dann ließ er sich in den Korbstuhl fallen und fing an nachzudenken. Seine Gedanken kreisten immer wieder um Helen und Brian und nicht zuletzt um Delilah. Eine fette Spinne krabbelte über die Decke. Zum ersten Mal fiel ihm auf, wie dreckig die Decke war. Er schloss für einen Moment die Augen. Offenbar war er eingeschlafen, denn eine Stimme weckte ihn. Es war Jamie, der mit einem Tablett vor ihm stand.

»Ich dachte, du brauchst vielleicht etwas Warmes zu trinken.«

Charles nahm den Becher. Der Tee dampfte noch, und als er einen Schluck trinken wollte, verbrannte er sich prompt die Zunge.

»Ich glaube, es tut ihr gut, sich abzulenken. Sie will nicht reden. Wir haben die ganze Zeit Fernsehen geguckt.« Er blieb vor Charles stehen, bis dieser mit dem Kopf auf einen Hocker wies, der unter seinem Arbeitstisch stand. Jamie stellte den Hocker neben ihn und setzte sich. Charles sah sein Profil, die winzigen blonden Härchen, die auf seiner Glatze schimmerten. Jamie hatte den Kopf gesenkt und sah auf seine Hände. Charles blies über den heißen Tee und trank vorsichtig.

»Glaubst du, dass sie ihn immer noch liebt?«

»Sie ist erst sechzehn, Jamie. Brian ist wahrscheinlich der erste Mann in ihrem Leben gewesen.«

»Ist er nicht. Sie hatte schon mal einen Freund. Justin, das hat sie mir erzählt. Aber er hat mit ihr Schluss gemacht.«

Einen Moment lang war Charles schockiert. Er beugte sich vor und stellte den Becher auf den Boden. Es war der Rentierkopf, den

Delilah ihm zu Weihnachten geschenkt hatte. Plötzlich kam ihm der Gedanke, dass Delilah wahrscheinlich die erste Frau war, in die Jamie sich verliebt hatte. Das erste Mädchen, korrigierte er sich.

»Das wird nichts mit euch, Jamie. Sie hat dich gerne, das glaube ich auch, aber ich denke, mehr wird es nie sein. Und das ist auch besser so. Du bist viel zu alt für sie.«

Jamies Stimme klang ruhig. »Ich bin zehn Jahre jünger als Brian. Ich könnte mich um das Baby kümmern.«

Einen Moment lang wollte Charles antworten, dann überlegte er es sich anders. Eigentlich ging ihn das alles gar nichts an.

»Sie braucht jemanden, Charles. Ich meine, sie hat alles aufgegeben für Margret. Sie hätte es sich auch einfach machen können und abtreiben. Aber das konnte sie nicht. Abtreibung ist Mord, hat sie gesagt.«

»Ich denke, sie war in dieser Klinik?«

»In welcher Klinik?«

Charles schwieg. Offensichtlich hatte sie Jamie nichts davon erzählt, dass sie die Abtreibungsklinik kannte, in der Tonys Frau gearbeitet hatte. Als sie zurück ins Haus gingen, packte Delilah gerade ihre Sachen. Sie sah kurz auf, als die beiden Männer eintraten. Margret trug wieder ihren Winteranzug, in dem sie aussah wie ein kleiner Eskimo. Delilah stopfte ihren Schlafanzug in die Tasche und Charles spürte einen Stich in der Brust.

»Mom hat angerufen.«

Charles glaubte ihr nicht. Er wies auf die Wiege.

»Sollen wir mitkommen und dir helfen?«

Ein kurzer Blick streifte die duftigen Batistvorhänge, dann sagte sie: »Die lass ich hier. Ich weiß nicht, wo ich die bei uns zu Hause hinstellen soll.«

Mit einem gemurmelten »Bis später« verschwand sie mit dem Baby im Flur. Jamie, der geschockt aussah, griff nach der Tasche. Dann folgte er ihr. Die Haustür klappte und Charles war allein.

Er ließ sich auf das Sofa fallen, legte einen Arm über den Kopf und genoss einen Moment lang die Stille und die Tatsache, dass er auf seinem eigenen Sofa liegen konnte, ohne dass ihn jemand störte. Alles war gut. Er konnte tun und lassen, was er wollte. Ihm fiel ein, dass es im Tiefkühlfach noch eine Pizza geben musste. Er schob sie in den Ofen. Dann ging er wieder ins Wohnzimmer und griff nach der Fernbedienung. Nachdem er eine Zeit lang durch die Kanäle gezappt hatte, fand er den Musiksender, den Delilah immer gesehen hatte. Er holte sich die Pizza und machte es sich bequem. Die Pizza war trocken und schmeckte nach billigem Käse. Während er aß, fiel sein Blick auf den kleinen krummen Weihnachtsbaum. Er hatte angefangen zu nadeln und die Kerzen waren ganz herunter-gebrannt. Charles stellte den Teller auf den Tisch und stand auf. Während im Fernsehen ein Musikvideo nach dem anderen gespielt wurde, nahm er den Baum und ging damit zur Hintertür. Mit einer ungeduldigen Bewegung warf er ihn auf die Erde. Dann drehte er sich um und schloss die Tür.

»Ich bin dir wirklich dankbar.« Brian sah ihn nicht an, sondern beugte sich tief über das Lenkrad des Kleintransporters, während er mit einer Hand im Radio nach einem Sender suchte. Er fuhr lang-samer als sonst. Nach einer Kurve überholte ihn ein Mittelklasse-wagen ungeduldig hupend auf der engen Landstraße. Es war nicht heller geworden, seitdem er aufgestanden war, dachte Charles und wünschte sich, er läge noch im Bett und wäre nicht ans Telefon gegangen, als Brian anrief und bat, ihn zu begleiten. Er hasste Krankenhäuser und verspürte nicht die geringste Lust für Brian den Babysitter zu spielen. Für Brian, der an allem Schuld war. Der dabei war, das Leben von zwei Frauen zu zerstören. Außerdem hielt er ihn immer noch für den Hauptverdächtigen, aber das war ein abstrakter Gedanke und merkwürdigerweise nicht mit der Person verknüpft, die jetzt neben ihm saß und erstaunlich gelassen wirkte, fast fröhlich. Brian hatte sich rasiert und offenbar auch geschlafen, jedenfalls waren seine Augenringe nicht mehr so stark und das Grau in seinem Gesicht war verschwunden. Auch dafür hasste Charles ihn. Nur der Gedanke an Helen hatte ihn dazu gebracht, ins Auto einzusteigen. Die Fahrt schien ewig zu dauern und er war erleichtert, als sie endlich auf den Parkplatz des Krankenhauses einbogen. Sie hielten vor einem Neubau. Er strahlte eine nüchterne Effizienz aus, in der menschliche Anteilnahme durch optimale Versorgung ersetzt worden war. Vor der großen Glastür standen ein paar Männer und rauchten. Sie trugen Mäntel, unter denen man die Schlafanzughosen sah, und unterhielten sich in gespielter Munterkeit. Hinter der Glastür empfing sie der Geruch von Desinfektionsmitteln, in den sich der Körpergeruch der Wartenden vor dem Aufnahmeschalter mischte. Charles bemühte sich nicht zu atmen und folgte Brian, der mit eiligen Schritten über den gebohnerten Flur lief. Sie nahmen den Fahrstuhl und standen schweigend nebeneinander, während sie in den dritten Stock fuhren. Auf Brians Stirn hatten sich kleine Schweißtröpfchen gebildet. Als sie ausstiegen, blieb er einen Moment lang verwirrt stehen. Eine junge pakistanische Schwester kam auf sie zu und lächelte.

»Es geht ihr besser. Sie wird sich freuen, Sie zu sehen.«

Brian konnte sich an die Schwester offensichtlich nicht erinnern, denn er nickte nur verwirrt. Die Frau neben Helen hatte Besuch von ihrer Familie. Ein Mann saß auf ihrem Bett, zwei Jungen in beigefarbenen Pullundern, die aussahen wie Zwillinge, standen davor, die Augen groß und dunkel. Sie lächelten Charles an, als er vorbei ging. Helen sah müde aus, das dunkle Haar klebte in feuchten Kringeln an ihrer Stirn. Brian hatte sich auf die Kante ihres Bettes gesetzt und zögernd nach ihrer Hand gegriffen. Charles wandte sich ab und sah aus dem Fenster. Die Patienten vor dem Eingang waren verschwunden. Ein Krankenwagen fuhr mit Blaulicht auf die Straße. Als er den Kopf wandte, sah er, dass Helen ihn ansah. Brian hielt immer noch ihre Hand und streichelte sie vorsichtig. Er schien ganz vergessen zu haben, dass Charles da war.

»Es ist nett, dass du mitgekommen bist, Charles. Gleich ist Visite. Danach kann ich nach Hause …«, sie machte eine winzige Pause, »wenn ich will.«

»Gott sei dank.« Brian schien die Pause nicht bemerkt zu haben.

»Gibt es keine«, auch Charles zögerte, »Nachuntersuchungen?«

»Sei nicht albern, Charles. Es war ein Versehen. Ein paar Tabletten zu viel, ich hatte so lange nicht mehr richtig geschlafen. Es ist alles in Ordnung.«

Charles sah, wie Brian ihm einen Blick zuwarf. »Ich warte auf dem Parkplatz.«

Auf dem Flur war niemand zu sehen. Im Fahrstuhl lehnte er seinen Hinterkopf an die metallene Rückwand der Kabine und überlegte, was er getan hätte, wenn Helen wirklich etwas zugestoßen wäre. Hätte er Brian jemals verzeihen können? Und warum sollte er?

Auf der anderen Straßenseite stand ein Campingwagen, vor dem ein älterer Mann einen Tresen aufgebaut hatte. Die drei Krankenschwestern, die sich davor versammelt hatten, froren entsetzlich in ihren dünnen Uniformen. Sie inhalierten hastig den Rauch ihrer Zigaretten und hielten die Arme dabei eng an den Körper gepresst. Als Charles näher kam, verstummte ihr Gespräch. Er lächelte freundlich und bestellte einen Kaffee. Eine der Frauen blickte auf ihre Uhr und trat die Zigarette aus. Dann verschwand sie in Richtung Parkplatz.

»Bin jeden Tag froh, dass ich hier draußen bin und nicht da drinnen.« Der Mann wies mit einem Kopfnicken auf das hohe Gebäude gegenüber. Charles nickte ebenfalls.

»Kann ich verstehen.«

»Besuch?«

»Ja.«

Mehr fiel beiden nicht ein. Der Kaffee, den er bestellte, war lauwarm. Charles trank ihn trotzdem.

Er konnte nicht sagen, wie lange er warten musste, bis Brian endlich auftauchte und ihm vom Parkplatz aus zuwinkte. Charles warf den leeren Kaffeebecher in den Mülleimer neben dem Tresen und verabschiedete sich mit einem Kopfnicken von dem alten Mann. Als er am Auto ankam, sah er Helen. Sie saß auf der Rückbank, vom Hals bis zu den Füßen eingewickelt in eine karierte Wolldecke. Sie erinnerte ihn ein wenig an die Lumpenpuppe, die er der alten Frau abgekauft hatte. Während der ganzen Fahrt sagte sie kein Wort, sondern starrte nur stumm aus dem Fenster. Brian fuhr diesmal so schnell, dass Charles aufatmete, als er zwischen den Bäumen die Einfahrt nach Guilford House erkennen konnte. Sogar das scheußliche braune Schild, das die Besucher willkommen hieß, erschien ihm nicht mehr so hässlich. Als Brian bremste, knirschte der Kies und er wurde unsanft nach vorne gedrückt. Helen, die sich mit einer Hand an der Lehne des Fahrersitzes abstützte, gab keinen Laut von sich. Erst als Charles sich verabschieden wollte, hielt sie ihn fest.

»Bringst du mich noch auf mein Zimmer?«

Ihre kalte Hand ließ ihn nicht los, während sie sich aus der karierten Decke befreite. Brians Blick bohrte sich in seinen Rücken, als sie gemeinsam das Haus betraten. Trotz der hohen Decken kam ihm der grüne Flur diesmal wie eine Höhle vor. Nein, dachte er, eher wie ein Pfad, ein Pfad durch den dunklen Wald. Und welches Geheimnis verbarg sich in diesem Märchen hinter der Tür, die ins Schlafzimmer führte? Als hätte sie seine Gedanken erraten, blieb Helen einen Augenblick stehen.

»Alles in Ordnung?«

Sie nickte. Diesen Raum betrat er zum ersten Mal. Als sie die Tür öffnete, fiel sein Blick sofort auf das große Polsterbett. Die weißen Kissen und die Decke mit dem Rosenmuster lagen nur auf einer Seite. Er wusste nicht, ob es sich dabei um eine rücksichtsvolle Geste Brians handelte, oder ob Helen ihren Mann nach seinem Geständnis aus ihrem Bett verbannt hatte.

»Schön hier«, sagte Charles und hätte sich im gleichen Augenblick ohrfeigen können.

Sie blieb in der Mitte des Zimmers stehen und sah sich um, so als wäre sie in einem Hotelzimmer und müsse sich erst einmal orientieren.

»Ja, du hast recht. Schön ist es hier. Ich komm gleich wieder. Warte bitte.« Sie verschwand in einem Nebenraum, der offensichtlich ins Bad führte, jedenfalls hörte er, wie Wasser aus einem Hahn floss. Er fühlte sich unbehaglich. So erleichtert er war, dass es ihr gut ging, so wenig hatte er Verlangen nach einer persönlichen Aussprache. Und darauf würde es herauslaufen, da war sich Charles sicher. Als Helen wieder kam, war ihr Haar gekämmt. Sie hatte sogar ein wenig Lippenstift aufgetragen. Ohne ihn zu beachten, ging sie zum Bett, und nahm eines der silbergerahmten Fotos vom Nachttisch. Es war ein typisches Urlaubsfoto. Sie stand neben Brian am Strand, beide sahen glücklich aus. Soweit man das von

Menschen auf Fotos sagen konnte. Plötzlich ließ sie es fallen. Es landete weich auf dem flauschigen Teppich, der das Bett umgab. Sie starrte einen Moment darauf, dann hob sie ihren Fuß und drehte den Absatz ihres Schuhes im Glas, bis es splitterte. Zu seiner Überraschung verspürte Charles den Impuls, Brian in Schutz zu nehmen. »Er liebt dich. Das weißt du. Er wollte dir nicht wehtun.« Als er ihr Gesicht sah, hätte er sich am liebsten die Zunge abgebissen.

»Nein«, sagte sie in einem merkwürdig gleichgültigen Ton, »das wollte er bestimmt nicht.«

Am Nachmittag hatte er sich gerade etwas hingelegt, als das Telefon klingelte. Es war Jamie.

»Hallo«, er räusperte sich, »hallo Charles, ich wollte nur sagen, dass es Delilah nicht gut geht. Sie will nicht mit mir reden. Kannst du nicht mal bei ihr vorbeifahren?« Er zögerte einen Moment: »Ich mache mir Sorgen. Wirklich Charles. Vielleicht hört sie ja auf dich.«

Charles betrachtete nachdenklich seine Socken.

»Ich halte das für keine gute Idee. Und ich wüsste auch gar nicht, was ich ihr sagen sollte.«

Einen Moment lang herrschte Stille. Er wollte schon auflegen, als Jamie sagte:

»Sie macht sich schreckliche Vorwürfe. Wegen Helen. Sie denkt alles ist ihre Schuld.«

Charles sah sich in seinem wunderbar leeren und wunderbar ruhigem Wohnzimmer um. Widerstrebend beendete er die Inspektion seiner Socken.

»Also gut. Ich werde sehen, was ich tun kann.« Dann legte er auf.

Es regnete. Eine Gruppe Jugendlicher hatte sich an der Straßenecke versammelt und beugte sich über ein Handy. Charles hatte keine Ahnung, was sie sich ansahen, aber es schien ihnen zu gefallen. Zum ersten Mal fiel ihm auf, dass er nichts über Delilahs Freunde wusste. Sie musste doch Freunde haben, Mädchen, mit denen sie sich über die neueste Mode unterhielt und Jungs, die ihn sie verliebt waren. Er sah ihr Gesicht vor sich, ihre geraden Augenbrauen, die immer leicht skeptisch zusammen gezogen waren und ihren Blick, den er versucht hatte, in seinem Porträt festzuhalten. Nein, entschied er, wahrscheinlich war sie nicht besonders beliebt bei Gleichaltrigen. Als er vor ihrem Haus hielt, regnete es immer noch und er klappte seinen Kragen hoch. Es schien jedes Mal zu regnen oder zu schneien, wenn er hierher kam, dachte er. Er konnte nur hoffen, dass sie ihn überhaupt hereinließ. Eine Horde Kinder warf ihm Feuerwerkskörper vor die Füße und verschwand johlend, als sie mit lautem Getöse explodierten. Er konnte gerade noch rechtzeitig zur Seite springen und glaubte in einem von ihnen den jüngeren Bruder Delilahs wieder zu erkennen. Fluchend klopfte er auf seine Hosenbeine und löschte die Funken. Vor dem Haus lagen weitere zerfetzte Feuerwerkskörper auf dem Boden. Offenbar hatte er recht gehabt, was ihren Bruder anging. Diesmal dauerte es eine Ewigkeit, bis sich die Tür öffnete. Er wusste nicht, was er sagen sollte und als sie die Tür wieder schließen wollte, stellte er seine Schuhspitze dazwischen wie ein lästiger Vertreter.

»Komm schon, ich hab dir nichts getan. Lass mich rein, damit wir reden können.« Es war lächerlich so hier zu stehen, bettelnd vor einer Sechzehnjährigen, die er vor zwei Monaten kaum gekannt hatte, nass vom Regen. Er begann noch einmal: »Wenn ich irgendetwas gesagt oder getan habe, das dich gekränkt hat, dann tut es mir leid. Ich weiß nicht, was ich noch tun soll, um dein Herz zu erweichen, ich würde auch auf die Knie fallen, wenn du darauf bestehst, möchte dich aber bitten, in Hinblick auf mein vorgerücktes Alter, darauf zu verzichten. Ich weiß nämlich nicht, ob ich so einfach wieder hoch käme.«

Als sie nicht antwortete, schob er die Tür weiter auf. Sie war nirgends zu sehen. In dem engen Flur standen zwei Wäscheständer, auf denen die winzigen Sachen des Babys hingen. Sie rochen nach Lavendel und Unschuld. Aus dem Wohnzimmer waren Stimmen zu hören. Eine junge Frau saß auf dem Sofa. Sie sieht aus wie eine Elfe, war sein erster Gedanke und das war seltsam, weil die Frau schwarzes Haar hatte und ein T-Shirt mit einem Totenkopf trug. Als Charles näher kam, nickte sie lächelnd, so als hätte sie ihn schon lange erwartet. Delilah, die nervös neben dem Fernseher stand, sagte:

»Das ist Mr. Lamb. Du weißt schon, der Leiter der Theatergruppe.«

Erst jetzt begriff Charles, dass die Frau Delilahs Mutter sein musste. Ihre Arme waren dünn, aber muskulös. Am rechten Handgelenk hatte sie eine schwarze Rose tätowiert.

»So, Sie sind also der berühmte Charles.« Es war eine Feststellung und keine Frage und Delilah, die immer noch wie angewurzelt neben dem Fernseher stand, wurde rot.

»Mom, bitte.«

»Du musst dich für deine Gefühle nicht schämen.« Das Mädchen wurde noch röter. Sie wandte sich wieder an Charles. »Es freut mich, dass Sie sich um meine Kleine gekümmert haben. Ich wusste, dass ihr bei Ihnen nichts passieren kann. Das haben mir die Engel gesagt. Darf ich?« Bevor er antworten konnte, legte sie beide Hände an seine Schläfen. Ihre Berührung war zart und ihre Hände warm.

»Ja, das dachte ich mir.« Sie sah ihn nachdenklich an. »Sie werden finden, was Sie verloren haben.« Er hörte, wie Delilah leise »Mom, bitte« zischte. Sie lachte. »Meine Tochter hält mich für eine arme Irre.« Ihre Stimme klang ein wenig heiser. Die Farbe ihrer blauen Augen hatte einen irritierenden Stich ins Violette, wie er bemerkte. »Aber das ist in Ordnung. Ich habe mich auch für meine Mutter geschämt. Das liegt also in der Familie.« Sie stand auf. Als sie an ihm vorbei ging, legte sie die Hand auf seine Schulter. Ihr Griff war fest. »Passen Sie auf sich auf.« Dann verließ sie das Zimmer.

Delilahs Gesicht war immer noch von einer leichten Röte überzogen. »Die Leute rennen ihr die Bude ein. Schwachköpfe. Und, was wollen Sie?«

Charles, der sich die Schläfen rieb, sah auf. »Vielleicht wollte ich euch einfach mal wieder sehen?« Er stand auf und beugte sich über den Kinderwagen, der in einer Ecke des Zimmers stand. Margret schlief tief und fest und ihr winziger Mund machte im Schlaf saugende Bewegungen. Überrascht stellte er fest, dass es die Wahrheit war. Er hatte die beiden wirklich vermisst. »Jamie hat gesagt, dass es dir nicht so gut geht.«

Sie schnaubte verächtlich. »Was weiß der schon.«

Charles sparte sich den Kommentar, der ihm auf der Zunge lag. Stattdessen sagte er: »Ich war im Krankenhaus. Es geht Helen schon wieder besser. Dass Brian mit ihr gesprochen hat, weißt du ja anscheinend.« Die Röte auf ihrem Gesicht war dunkler geworden. »Er hat sich entschlossen, Verantwortung für Margret zu übernehmen und ich halte das für das Mindeste, was er tun kann. Das hat gar nichts mit dir zu tun.« Er musste an Brian denken, wie er im Krankenhaus Helens Hand so fest gehalten hatte, als wolle er sie nie wieder loslassen und schwieg. Delilah sagte ebenfalls nichts. Sie hörten, wie ihre Mutter mit raschen Schritten in der Küche herum ging. Plötzlich erklang lautes Kreischen und ein ohrenbetäubender Beat.

»Das ist Death Metal«, klärte ihn Delilah auf. Das Baby schlief weiter. Charles wünschte sich, er hätte auch die Möglichkeit alles zu ignorieren, was störend war. Ohne darüber nachzudenken, sagte er: »Ich glaube, dass er Margret über alles liebt. Und was immer passiert ist, nichts davon ist deine Schuld.« Auch wenn er es nicht für möglich gehalten hätte, wurde die Musik noch lauter. Aber sie war nicht laut genug um das Schluchzen zu übertönen und die gestammelten Worte Delilahs: »Was soll ich denn jetzt machen?«

Das hab ich wirklich gut gemacht, dachte Charles, während er zusah, wie Delilahs Körper vom Weinen geschüttelt wurde. Einen Moment lang wartete er darauf, dass ihre Mutter kommen würde, aber entweder hörte sie ihre Tochter nicht, oder sie wollte sie nicht hören. Heftige Wut überfiel ihn. Er würde dieser Frau auf der Stelle sagen, was er von ihrem Erziehungsstil hielt. Als er in die Küche trat, stand Delilahs Mutter am Fenster und sah hinaus. In der Hand hielt sie ein Weinglas und eine Zigarette, die sie in einem selbst getöpferten Aschenbecher ausdrückte, als er eintrat. Sie betrachtete den Aschenbecher kritisch. »Hat mein Jüngster gemacht, im Werkunterricht. Ich wünschte, sie würden ihnen was Vernünftiges beibringen in der Schule.« Sie drückte auf einen Knopf und der Lärm verstummte. »Ich weiß, ich sollte nicht rauchen. Ich bin ein schlechtes Vorbild für die Kinder.« Sie sah in mit diesen unglaublichen Augen an. »Haben Sie Kinder, Mr. Lamb? Nein, natürlich nicht, das hätte ich ja gesehen.« Sie seufzte. »Es ist nicht einfach, immer alles richtig zu machen.«

Gerade als Charles erwidern wollte, dass sie vielleicht damit anfangen könnte, etwas richtig zu machen, wie zum Beispiel ihre Tochter zu trösten, schüttelte sie den Kopf, als hätte sie seine Gedanken gelesen. »Delilah ist stark. Es mag hart für Sie klingen, aber ich bin der Meinung, dass wir dem Schicksal nicht ins Handwerk pfuschen dürfen. Sie schafft das schon.«

Fassungslos drehte er sich um. Als er ins Wohnzimmer kam, hatte sich Delilah etwas beruhigt und putzte sich gerade die Nase. Ihre Augen waren rot und geschwollen. Er hätte so gerne »Alles wird gut« zu ihr gesagt, aber es gelang ihm nicht. Vielleicht hatte ihre Mutter recht: Man konnte niemanden wirklich trösten.

»Und jetzt? Was machen wir jetzt?«

Ja, das war die Frage. Was konnten Sie tun?

Margret hatte offenbar beschlossen, dass sie lange genug still gewesen war, und begann zu zappeln.

»Hast du eigentlich gar kein eigenes Zimmer?«

Delilah, die aufgestanden war und Margret auf den Arm genommen hatte, sah ihn überrascht an. »Klar hab ich ein Zimmer. Was denken Sie denn? Dass ich auf dem Sofa schlafe?«

Charles fühlte sich ertappt. »Nein, natürlich nicht.«

Sie begann mit Margret im Zimmer herumzuwandern. Auf dem Flur erklangen Schritte und ihre Mutter steckte den Kopf ins Zimmer. Sie trug einen auberginefarbenen Mantel aus Pelzimitat und hatte in der Hand eine Tasche, die aussah wie ein Plüschschaf.

»Ich geh jetzt ins Büro, bis nachher. Hier, falls Sie mal Hilfe brauchen.« Mit diesen Worten überreichte sie ihm eine Visitenkarte. »Handlesen, Tarot, Engelberatung« stand dort in nüchterner Schrift und eine Adresse in der Innenstadt. Delilah stand am Fenster und Margret begann Blätter von den Pflanzen zu reißen.

»Sie war genauso alt wie ich, als sie schwanger wurde, das wollten Sie doch wissen oder?«

Er machte eine abwehrende Bewegung.

»Sie hat Psychologie studiert. Aber dann kam ich.« Delilah drehte sich um und starrte ihn an. »Und jetzt macht sie dieses Hokuspokuszeugs.«

»Viele Menschen glauben daran.«

»Und Sie? Glauben Sie daran?«

Er wusste nicht, was er sagen sollte. »Ist das wichtig, was ich glaube?«

Sie setzte sich neben ihn auf das Sofa. Das Baby brabbelte zufrieden vor sich hin. Er streckte einen Finger aus und es begann heftig daran zu saugen. Plötzlich wusste er, dass Jamie recht gehabt hatte. Sie hätte Margret niemals abgetrieben.

»Was hast du eigentlich in dieser Klinik gemacht?«

Sie sah ihn verständnislos an.

Er räusperte sich. »Die Klinik, in der Tonys Frau gearbeitet hat. Du hast mir erzählt, dass du dort warst.«

Margret hatte seinen Finger losgelassen und steckte sich stattdessen ein Stück des abgerissenen Blattes in den Mund.

»Ja und?«

Charles nahm Margret das Blatt weg und wurde gebissen. Obwohl ihr Kiefer noch zahnlos war, tat es erstaunlich weh.

»Was wolltest du dort? Abtreiben?«

Sie sah ihn überrascht an. »Nein, niemals.« Dann wiederholte sie noch einmal heftig: »Das hätte ich niemals getan.«

»Was wolltest du dann in dieser Klinik?«

Sie schwieg und Charles hätte sie am liebsten geschüttelt. »Du hast es doch schon erzählt, fast jedenfalls. Jetzt kannst du mir auch den Rest erzählen. Ich kann es mir sowieso denken.«

»Ach ja?«

»Ja.« Sie war nicht nur stark, wie ihre Mutter behauptet hatte, sondern von einer unglaublichen Starrköpfigkeit. »Ich glaube, dass es dort um etwas ganz anderes gegangen ist.«

Sie sah ihn an. Ihre Augen waren so blau wie die ihrer Mutter, nur der Stich ins Violette fehlte. »Er hat mich hingefahren. Es war alles wie«, sie suchte nach dem richtigen Wort, »es war wie im Fernsehen. Ich meine die Schwestern waren unglaublich freundlich und alles war so neu. Ich glaube, deshalb haben sie seiner Frau auch gekündigt.« Sie konnte nicht verhindern, dass ein wenig Triumph in ihrer Stimme lag. »Sie haben sie ja gesehen. Sie war nicht besonders, na Sie wissen schon. Aber die anderen Schwestern sahen alle toll aus.« Charles konnte sich vorstellen, wie sie dort stand, in einer teuren Privatklinik, in ihrem schäbigen Parka.

»Hast du seine Frau dort kennengelernt?«

Sie schüttelte ungeduldig den Kopf. »Nein, sag ich doch, da war sie schon nicht mehr da.«

»Und dann? Was ist dann passiert?«

»Na ja, wie ich gesagt hatte, dann bin ich ins Büro. Tony hatte mir ja schon alles erzählt. Der Typ hinter dem Schreibtisch hat es natürlich nicht so direkt gesagt. Aber ich habe ihn schon verstanden.« Sie runzelte die Stirn. »Der sah klasse aus. Ein bisschen wie Sie, ich meine er war schon älter, graue Haare und so. Aber er hatte tolle Klamotten«, sie musterte ihn streng, »der hätte nie ne alte Strickjacke getragen. Höchstens so eine aus Kaschmir. So heißt das doch oder?«

Charles musste sich zwingen ruhig zu bleiben. So sanft, wie er konnte, sagte er:

»Ich glaube das Material einer Strickjacke, die er eventuell tragen würde, ist im Augenblick irrelevant. Ich meine völlig nebensächlich.«

»Ich wusste, was das heißt,« sie blickte ihn trotzig an, »wieso interessiert Sie das eigentlich so? Das ist doch schon so lange her.« Als sie seinen Gesichtsausdruck sah, fuhr sie fort: »Na, gut. Er hat natürlich ganz viel bla bla gemacht, von wegen, er wisse, in was für einer Zwangslage ich wäre, und dass ich andere Menschen sehr glücklich machen könnte. Und dass sie mich für meine Mühen entschädigen würden.« Sie tippte sich an die Stirn. »Ich glaube, der hielt mich für bescheuert. Eigentlich ging es nur darum: Ich sollte mein Baby verkaufen. Ich hätte eine Menge Geld bekommen. Für Margret. Die meisten Leute wollen Babys, hat er gesagt.« Sie sah Charles an. Ihre Nase war rot und ihre Augenlider immer noch geschwollen: »Aber ich konnte es nicht. Obwohl ich das Geld gut gebrauchen konnte. Verstehen Sie?«

Er verstand. Als er zurückfuhr, war es dunkel. Für einen Augenblick beleuchteten seine Scheinwerfer die Peter-Pan-Figur. Er seufzte. Eigentlich war das eine gute Idee: das Nicht-Erwachsen-Werden. Schade, dass es für ihn schon zu spät war.

12. Kapitel

Morgen war Sylvester. Auf den Straßen herrschte reger Verkehr. Er wollte etwas trinken, verspürte aber keine Lust, jemandem zu begegnen, den er kannte. Deshalb fuhr er am Markplatz vorbei, immer weiter, vorbei an den Schnellimbissen, den Gärtnereien und den Supermärkten, bis er von Weitem einen blinkenden Pfeil sah, dem er folgte. Er verließ die Umgehungsstraße und landete schließlich vor einem Gasthaus. Er machte sich nicht die Mühe den Namen zu lesen, der auf dem Schild über der Tür stand und er hatte auch nicht vor, sich Gedanken darüber zu machen, wie er wieder nach Hause kommen sollte. Der Pub war gut besucht, er hatte Glück gehabt, dass er einen Parkplatz gefunden hatte. Das Gebäude war neu, aber jemand hatte sich große Mühe gegeben, es alt aussehen zu lassen. Schwarz gestrichene Wagenräder hingen an der Vorderseite des Hauses und Plastikrahmen auf den Fenstern imitierten mehr schlecht als recht die alten Sprossenfenster. Als er die Eingangstür öffnete, schlug ihm ein Schwall warmer Luft entgegen, der mit Essengerüchen gefüllt war. Plötzlich spürte Charles, dass er Hunger hatte. Er setzte sich an einen Tisch vor einem der Plastikfenster und griff nach der Karte. Alle Gerichte waren als undeutliches buntes Foto abgebildet und ähnelten sich. Er entschied sich für eine Lasagne und hoffte, dass sie genießbar war. Die rothaarige Bedienung, die seine Bestellung mit unbewegtem Gesicht entgegen nahm, erinnerte ihn an Inspektor Rita Willow. Sie besaß die gleiche gedrungene Figur und schien ihre Gäste ebenso sehr zu lieben wie Inspektor Willow ihre Verdächtigen.

»Hallo. Ganz alleine hier?«

Als er aufsah, war er einen Moment lang verwirrt, denn vor ihm stand der gut aussehende Sergeant mit dem Namen eines Schauspielers. Es dauerte einen Moment, bis er ihm wieder einfiel.

»Und Sie, Sergeant Malcovich, sind Sie alleine hier?« Er sah sich um, ob er Kraft seiner Gedanken auch Inspektor Willow hierher befördert hatte, konnte sie aber nirgends entdecken.

»Darf ich?« Der Sergeant zog sich einen der vier hellen Holzstühle zurecht und setzte sich. Obwohl er den dunklen Typ bevorzugte, fand Charles die blonde Strenge Sergeant Malcovich durchaus reizvoll. Etwas Klösterliches umgab ihn, was vielleicht an den kurz geschorenen Haaren lag und an diesen Augen, die eher grau als blau waren und ihn ansahen, als würden sie den Grund seiner Seele durchleuchten. Er räusperte sich.

»Existiert nicht ein Verbot, sich mit Verdächtigen einzulassen, so lange die Untersuchung andauert, ich meine, zugegeben, meine Kenntnisse, was die Polizeiarbeit betrifft, sind dürftig.«

»Einlassen?« Der Blick traf ihn wie ein Scheinwerfer. Charles spürte eine leichte Röte seinen Hals herauf kriechen, was ihn an Delilah denken ließ. »Habe ich einlassen gesagt? Du meine Güte. Das ist zwar ein reizvoller Gedanke, aber ich wollte sie natürlich nicht vom Pfad der Tugend abbringen, Sergeant.« Er musste sich zusammenreißen. Der Mann war Polizist und versuchte wahrscheinlich gerade sein Vertrauen zu gewinnen, um ihn dann seiner Vorgesetzten, der Frau mit dem Hundegesicht, als besonders leckeren Knochen zu servieren. »Wie kommen Sie mit den Ermittlungen voran?«

Der Sergeant schüttelte den Kopf. »Wie Sie selbst so richtig festgestellt haben, Sir, darf ich mit Ihnen nicht über den Fall sprechen.«

»Nennen Sie mich Charles, Sir klingt so förmlich, da fühle ich mich gleich noch älter, als ob ich nicht schon alt genug wäre.« Erleichtert stellte er fest, dass sich die Bedienung mit seinem Essen näherte. »Oh, das sieht ja gut aus.« Auch diese Bemerkung war völlig lächerlich, fiel ihm auf, als er den See aus fettigem Öl sah, in dem die Lasagne ertrank.

»Das Essen ist hier nicht besonders. Aber der Wein ist erstaunlicherweise ganz genießbar, Sir.«

Sergeant Malcovich lächelte nicht. Er hatte ihn noch nie lächeln gesehen, fiel Charles auf. Er nahm den Löffel, den die Bedienung gebracht hatte, und zerteilte den weichen Nudelteig, der sich zusammen mit der Hackfleisch Füllung sofort in eine breiige Masse verwandelte.

»Ich fürchte, Sie haben recht Sergeant«, stellte er fest, nachdem er den ersten Löffel probiert hatte. »Vielleicht sollte ich jetzt Ihre Theorie über den Wein ausprobieren.« Er winkte der Frau, die am

Nebentisch die Rechnung kassierte. Sie warf ihm einen misstrauischen Blick zu.

»Ist das Essen nicht in Ordnung?«

»Oh doch, ist es, durchaus, durchaus«, log Charles und bestellte einen trockenen Weißwein, der erstaunlicherweise auf der Karte stand.

»Eine gute Wahl, Sir«, lobte ihn sein Gegenüber, ohne das Gesicht zu verziehen. Charles war froh, dass er von Colin so viel über Wein gelernt hatte. Er trank ihn trotzdem nicht oft, was an den heftigen Kopfschmerzen liegen mochte, die er bis jetzt jedes Mal am nächsten Morgen gehabt hatte. Der einzige Vorteil war, dass er von Wein nicht betrunken wurde, egal wie viel er trank, das hatte er während ihres Frankreichaufenthaltes herausgefunden. Sollte Sergeant Malcovich also vorhaben, ihn betrunken zu machen, würde ihm das nicht gelingen. Vielleicht konnte er den Betrunkenen mimen, um seinerseits etwas aus Sergeant Malcovich heraus zu bekommen, überlegte Charles, verwarf diesen Gedanken aber gleich wieder. Das wäre billiges Schmierentheater und seiner nicht würdig. Die Bedienung kam mit der Flasche Wein und zwei Gläsern wieder. Als Charles einschenken wollte, legte der Sergeant eine Hand über das Glas. Pianistenhände, dachte Charles, vielleicht spielt er in seiner Freizeit Klavier, Rachmaninoff oder Debussy, je nachdem.

»Ich trinke nicht. Danke.« Die Stimme riss ihn aus seinen Gedanken.

»Sie sind doch nicht im Dienst oder?« Charles hob sein Glas. »Cheers, auf Ihr Wohl.« Der Wein schmeckte gut, leicht und doch ein klein wenig fruchtig. Colin hätte wahrscheinlich etwas über das Anbaugebiet sagen können, hätte ihm etwas von den Rebstöcken erzählt, von den saftige Trauben, die von der Sonne beschienen wurden.

»Ist Ihnen nicht gut, Sir? Sie machen so ein merkwürdiges Gesicht.«

Charles kehrte in die Gegenwart zurück. »Danke, mir geht es hervorragend, ich muss allerdings gestehen, dass es mir noch besser gehen würde, wenn ich wüsste, was Sie von mir wollen.« Zu seiner

Überraschung stellte er fest, dass Sergeant Malcovich ein klein wenig unruhig wurde, was man daran sehen konnte, dass er das leere Glas hob, es einen Moment lang irritiert beobachtete und dann wieder hinstellte.

»Es ist gegen die Vorschrift, wie Sie schon richtig erkannt haben, Sir.« Charles beobachtete fasziniert, wie die graublauen Augen eine Spur dunkler wurden. »Es ist so, als ich sah, dass Sie in diesen Fall verwickelt sind, ich meine nicht verwickelt, ich meine …«, er brach ab und richtete sich kerzengerade auf. »Ich bin ein großer Bewunderer Ihrer Kunst, Sir, wenn ich das sagen darf.«

Charles hätte nicht überraschter sein können, wenn der junge Mann angefangen hätte, auf dem Tisch zu tanzen. Mit Genugtuung sah er, dass sich diesmal die wunderschönen männlichen und ein klein wenig abstehenden Ohren Sergeant Malcovich röteten. Er hob sein Glas erneut. »Natürlich dürfen Sie das sagen, meinetwegen so oft Sie wollen. Ich habe heute nichts mehr vor.«

Das Zimmer war dunkel. Vorsichtig tastete Charles nach seinem Schuh, gab dann aber auf. Kein Geräusch kam von der anderen Seite des Bettes und eine Sekunde lang hatte er die wahnwitzige Befürchtung John wäre tot. Er lauschte angestrengt, bis er die leisen aber regelmäßigen Atemzüge des jungen Mannes hörte. Das hätte ihm gerade noch gefehlt. Erfolglos versuchte er das Bild zu verscheuchen, wie er Inspektor Willow erklärte, warum ihr brillanter junger Sergeant tot im Bett eines ihrer Verdächtigen lag. Brillant war er wirklich, dachte Charles voller Zärtlichkeit und musste sich zwingen, nicht wieder unter die Decke zu kriechen. Er nahm die alte Strickjacke vom Haken an der Tür, schlüpfte in seine Schlafanzughose und stieg so leise er konnte die Treppe hinunter. Es war vier Uhr morgens. Die Wohnung war stockfinster. Als er mit seinem Fuß gegen den eisernen Schirmständer stieß, fluchte er so leise er konnte. Dann zog er die einzigen Schuhe an, die er im Dunkeln gefunden hatte, und drückte die Klinke der Hintertür hinunter.

Die Neonröhre über seinem Kopf summte leise, als sie das Atelier in ein grelles Licht tauchte. Charles steckte die Hände in die Ärmel seiner Strickjacke und betrachte die Leinwände, die er auf den Boden gestellt hatte. Delilahs Porträt stand vor ihm, überlebensgroß, der Blick voller Misstrauen und gleichzeitig voller Hoffnung, dass dieses Misstrauen enttäuscht werden würde. Daneben stand Tonys Bild. Seine roten Haare leuchteten, als wären sie in Brand geraten. Mit ihm hatte alles angefangen. Einen Moment lang sah Charles wieder den toten Körper vor sich, die klaffende Wunde und das geronnene Blut. Er zwang sich, das dritte Bild anzusehen. Er wusste nicht, warum er das Porträt von Harriet dazu gestellt hatte. Vielleicht als eine Art Schutzpatronin, dachte er, als er ihrem wachen Blick begegnete, eine Miss Marple der besonderen Art. Er wusste selbst nicht genau, was er hier wollte und warum er nicht im warmen Bett lag. Er verdrängte den Gedanken an John, auch wenn es ihm schwer fiel. Was diese so völlig unerwartete, fantastische und – da gab er sich keinen Hoffnungen hin - einmalige Begegnung zu bedeuten hatte, darüber würde er sich später Gedanken machen. Jetzt gab es etwas anderes, über das er nachdenken musste. Er sah Tony an. Jemand hatte ihn ermordet. Aber warum? War es tatsächlich Brian gewesen? Er fröstelte. Nach einigem Suchen fand er ein kariertes Wollplaid, mit dem er manchmal Bilder abdeckte und warf es über seine Schultern. Ich muss völlig irrsinnig aussehen, dachte er, als er sich wieder vor die drei Bilder stellte und an Tony wandte:

»Was hast du getan, Tony? Hast du Brian erpresst? Hast du damit gedroht, es Helen zu erzählen? Ihr zu erzählen, dass ihr Mann ein Kind von einer anderen hat?« Plötzlich kam ihm ein neuer Gedanke. »Du hast ein junges Mädchen in eine Klinik geschickt, die Abtreibungen vornimmt und die unter der Hand illegale Adoptionen vermittelt.« Irgendwo gab es einen Zusammenhang, das wusste er. Aber welchen? Er hätte den Wein nicht trinken sollen. Er spürte, wie es in seinen Schläfen dumpf zu pochen begann. Nicht jetzt, dachte er, ich muss mich konzentrieren. »Also noch einmal. Diese Klinik. Da hast du deine Frau kennengelernt. Du hattest keinen Kontakt mehr zu ihr, hat sie gesagt. Ihr habt euch getrennt. Obwohl ihr eine Tochter habt.« Er dachte an die kleine Rose. Irgendetwas hatte Harriet gesagt. Wenn er sich doch nur erinnern könnte. Etwas über das Kind. Er schüttelte den Kopf. Nein, selbst wenn das Kind nicht von Tony gewesen wäre, was hätte das mit dem Fall zu tun? Er sah Harriet an, die seinen Blick unbewegt erwiderte. Streng dich an, schien sie zu sagen. »Delilah hat er von seiner Ehe erzählt, was absolut unpassend ist, ein junges Mädchen mit seinen Problemen zu belasten.« Er warf Tony einen vorwurfsvollen Blick zu. »Aber so warst du nun einmal. Kritik konntest du nicht ertragen. Also noch einmal zurück. Die Klinik. Deine Frau. Deine Frau, die Klinik. Das musste etwas bedeuten. Oder nicht?« Er wandte sich wieder an Harriet. »Du könntest mir mal ein bisschen helfen.« Ein winziges Lächeln umspielte ihren Mund. Was hatte sie gesagt? Kinder suchen sich ihre Freunde. Helen und Tony. Als Kinder befreundet. Er war ganz dicht dran, das spürte er. Er musste sich nur noch besser konzentrieren. Das Pochen in seinen Schläfen wurde lauter, aber er kümmerte sich nicht darum. Plötzlich hörte er wieder Brians Stimme. Ich werde diesen Anruf niemals vergessen. Parkview Klinik. Es gab Komplikationen bei der Geburt. Charles dachte an Helen, an ihr Gesicht, fast so weiß wie das Kissen in diesem Krankenzimmer. »Helen ist schwanger von einem Mann, der sie verlassen hat. Sie will ihn wieder zurück. Warum sagt sie ihm nicht einfach, dass sie schwanger ist?« Er warf Delilah einen strengen Blick zu. »Ein Kind vom ihm zu bekommen, bedeutet nicht automatisch seine Liebe zu bekommen, habe ich recht?« Langsam kam er in Schwung. Er legte die Fingerspitzen aufeinander und ging ein paar Schritte hin und her, als stünde er vor einem imaginären Publikum. »Es gibt keine Garantie dafür, dass er zu ihr zurückkommt. Vielleicht will er das Kind, aber keine Beziehung. Das ist doch heutzutage kein Problem mehr. Sie trennen sich, aber sie kümmern sich beide um das Kind. Aber das will sie nicht, sie will, dass er bei ihr bleibt. Sie will ihn.« Er sah wieder Helen vor sich, ihren Absatz, der langsam das Glas des Bilderrahmens zertrat. Was hatte sie damals getan? Er spürte auf einmal, wie ihn Erregung packte. »Tony und Helen, seit ihrer Kindheit befreundet, sie fährt zu ihm. Er hat sich um sie gekümmert«, Charles atmete heftig ein. Die Parkview Klinik. Er hätte Delilah anrufen

160

können, aber das brauchte er nicht: Es war dieselbe Klinik, das wusste er einfach. »Erpressung«. Das Wort hallte durch den Raum.

»Ich hoffe, hier geht nichts Illegales vor. Erpressung ist ein Straftatbestand.« Eine Stimme ertönte hinter ihm und Charles wurde vor Schreck beinahe ohnmächtig. Er tastete nach seiner Brust.

»Wie kannst du dich so anschleichen. Ich glaube, mein Herz schlägt nicht mehr.«

»Du siehst noch ganz lebendig aus. Wenn auch ...«, Sergeant John Malcovich musterte ihn von oben bis unten und sein Blick blieb bei den Gummistiefeln hängen, »wenn auch dein Kleidungsstil etwas exzentrisch ist.« Er selbst trug Charles alten Bademantel und verzog keine Miene.

Charles seufzte. »Ja, prima, dann können wir uns ja gleich Lebewohl sagen. Hier ist die schreckliche Wahrheit: Ich bin ein seniler alter Mann, trage merkwürdige Sachen und rede mit mir selbst.«

Ein winziges Lächeln zuckte um Johns Lippen. »Das hat sich vorhin aber noch ganz anders angefühlt.«

Ein paar Minuten später hatte Charles die Kälte und den Mord vergessen.

Am nächsten Morgen klingelte es. Charles, der seinen Kopf in das Kissen vergraben hatte, warf einen Blick auf die Uhr und stöhnte. Die andere Seite des Bettes war leer. Auf dem Kopfkissen lag ein Zettel. Er hatte keine Lust ihn zu lesen. »Ja, ja, ich komme ja schon«, rief er, während er die Treppe hinunter stieg. Dann riss er die Tür auf. Draußen stand John. Er musste eingekauft haben, denn er hatte eine Plastiktüte in der Hand.

»Ich habe dir einen Zettel geschrieben. Du hast ihn nicht gelesen oder?«

Charles schüttelte den Kopf. »Ich lese aus Prinzip keine Zettel mehr, die auf meinem Bett liegen.« Er trat einen Schritt zurück.

»Hier, nimm das.« John drückte ihm ein Glas Wasser und zwei Aspirin in die Hand. Er war dabei, die Einkäufe in den Kühlschrank zu räumen. Charles spürte, wie seine Knie anfingen zu zittern. Gehorsam schluckte er die Tabletten.

»Wo hast du die gefunden?«

»In der Küchenschublade. Ich dachte mir, dass du der Küchen-schubladentyp bist. Vergiss nicht, ich bin ein Bulle.«

Charles seufzte. Wie konnte er das vergessen. »Hast du keine Angst «, begann er, aber John unterbrach ihn.

»Doch«, war alles, was er sagte. Seine wundervollen Augen waren mehr grau als blau und sein Ausdruck war ernst. »Zu deiner Beruhigung: Wir ermitteln nicht mehr vor Ort. Hier sind alle Spuren kalt.«

Charles sah ihm zu, wie er Kaffee aufbrühte, Toastscheiben butterte und mit Orangenmarmelade bestrich, alles auf ein Tablett räumte und ins Wohnzimmer trug. Alles, was er tat, war schnell und effizient, keiner seiner Handgriffe war überflüssig.

»Lernt man so was bei der Polizei?«

John, der das Tablett auf den Wohnzimmertisch gestellt hatte, ging zum Fenster und öffnete es. »Was meinst du, Frühstück machen? Das konnte ich schon vorher.«

Charles ließ sich aufs Sofa fallen und schenkte sich Kaffee ein. Der Becher war schlicht und erstaunlich sauber. Charles konnte sich nicht erinnern, ihn schon einmal gesehen zu haben. Der Kaffee war hervorragend, stellte er fest.

»Ich meine, sich in einer fremden Wohnung so schnell zurechtzu-finden.«

John sah aus dem Fenster.

»Geht es dir zu schnell?« Er stand sehr aufrecht. Sein Rücken war schmal und gerade in dem dunklen Anzug. Er drehte sich nicht um.

Nein, schrie Charles, nein, nein, aber alles, was er sagen konnte, war: »Willst du nicht frühstücken? Der Toast wird kalt.«

Nach dem Frühstück schob sich Charles ein Kissen unter den Kopf und machte es sich bequem.

»Willst du gar nicht wissen, was ich gestern in meinem Atelier gemacht habe?«

»In meiner Freizeit führe ich keine Verhöre.« John hatte im roten Schaukelstuhl Platz genommen.

»Kannst du nicht wenigstens dein Jackett ausziehen?« fragte Charles.

»Danke, ich fühle mich so ganz wohl.«

»Was halten Sie davon, wenn ich Ihnen eine Geschichte erzähle, mein lieber Watson?«

»Ich bin ein guter Zuhörer.«

Charles zögerte. Wenn er jetzt sprach, würde das alles verändern. John war Polizist. Es wäre so etwas wie eine Aussage, dachte er. Aber das Risiko musste er in Kauf nehmen. Charles schloss die Augen und räusperte sich.

»Es begann alles vor langer Zeit. Zwei Kinder, die Freunde sind. Ein stilles Mädchen, das seine Mutter verloren hat und ein kleiner wilder Junge.«

»Kenne ich die beiden?«

»Unterbrich mich nicht, mein lieber Watson. Wo war ich? Ach ja: Eins, zwei, drei, sind die beiden erwachsen und etwas Erstaunliches passiert: Die beiden sind immer noch befreundet. Nur gute Freunde, sonst nichts.« Er runzelte die Stirn. »Das glaube ich jedenfalls. Die Frau lernt jemanden kennen und verliebt sich. Unsterblich. Leider betrügt sie die Liebe ihres Lebens und verlässt sie.« Er hob eine Hand. »Keine Zwischenfragen, mein lieber Watson.« Der Schaukelstuhl knarrte. Charles blinzelte, weil er befürchtete, sein Zuhörer könnte sich aus dem Staub gemacht haben, aber John saß immer noch dort und sah ihn an. Er schloss die Augen wieder und faltete die Hände über der Brust, eine Geste, die ihn auf beunruhigende Weise an ein Kloster denken ließ und an John. Oh, John. Er legte die Hände unter den Kopf. Schon besser. »Und dann passiert etwas Tragisches. Oder etwas Schönes, das kommt auf die Betrachtungsweise an. Die Frau erfährt, dass sie schwanger ist. Ihr Freund weiß davon nichts. Er arbeitet auf dem Festland. Sie hat schon den Telefonhörer in der Hand, um ihm die frohe Botschaft zu verkünden, als sie es sich anders überlegt.« Er öffnete die Augen und sah John an. »Hier improvisiere ich etwas.«

»Darf ich eine Frage stellen?«

»Nein. Wo war ich? Ach so. Was ist, überlegt sie, wenn er trotzdem nicht zu ihr zurückkommt? Vielleicht will er sich um das Kind kümmern aber nicht um sie? Das reicht ihr nicht. Außerdem hat er Strafe verdient. Er hat sie betrogen. Und er hat sie verlassen.« Charles dachte an Helens blasses Gesicht auf dem Krankenhauskissen. Traute er ihr so etwas wirklich zu? Darüber würde er später nachdenken. »Die Strafe muss grausam sein«, fuhr er fort. »und was wäre grausamer, als das Kind abzutreiben und ihm zu erzählen, dass es gestorben ist. Ein tragischer Fall. Eine Fehlgeburt, so etwas kommt vor. Sie ist in Trauer. Sie macht ihm keine Vorwürfe, das braucht sie nicht. Die macht er sich selbst. Er war nicht bei ihr in dieser schweren Stunde. Vielleicht ist alles seine Schuld. Er hat sie betrogen und das ist die Strafe. Und er kommt zu ihr zurück, von Vorwürfen und Schuldgefühlen geplagt und bleibt bei ihr bis an sein Lebensende.« Er warf John einen Blick zu, dessen Miene sich nicht verändert hatte. »Also weiter. Niemand weiß etwas, nur ihr bester Freund, der in London wohnt und mit ihr in diese Klinik fährt. Er schwört ihr, niemals etwas zu verraten.« Er schwieg einen Moment lang. Jetzt kam der schwierigste Teil. »Alles ist gut. Das Paar kauft sich ein altes Anwesen, will sich eine gemeinsame Existenz schaffen. Plötzlich stirbt der Vater ihres Freundes.« Er hörte das leise Knarren des Schaukelstuhles, als John sich vorbeugte.

»Der Freund wird von einem merkwürdigen Ehrgeiz gepackt. Er will das Geschäft weiterführen. Es passt gut. Seine Ehe ist mittlerweile in die Brüche gegangen, in der fremden Stadt hält ihn nichts mehr. Er zieht also wieder in seine Heimatstadt.« Charles fragte sich kurz, ob sie wohl während der Zeit Kontakt gehalten hatten? Oder war Helen aus allen Wolken gefallen, als er ihr mitgeteilt hatte, was er vorhatte? Aber das war unerheblich. Er war sich ziemlich sicher, dass es so abgelaufen war. Ab jetzt musste er spekulieren: »Und dann passiert etwas, das sie nicht vorhersehen konnte: Ihr Freund und der Mann, den sie liebt, freunden sich an und er droht, ihm alles zu erzählen.«

»Bevor du weiter sprichst,« unterbrach ihn Johns Stimme, »erzählst du mir das in meiner Eigenschaft als Polizist?«

Charles öffnete die Augen und sah ihn an. »Ich weiß es nicht. Ich weiß es wirklich nicht.«

Nachdem John gegangen war, hatte Charles eine Zeit lang still da gesessen. Ein lange vergessenes Gefühl wollte in ihm hochsteigen wie in einem Dampfkessel, und er schalt sich selbst einen Narren. Er brauchte frische Luft, er musste nachdenken. Er zog seinen Mantel an und schlang sich den roten Schal um den Hals. Der Laden gegenüber war seit zwei Tagen dunkel, und Charles überlegte, ob er über die Feiertage geschlossen hatte. Er konnte sich nicht erinnern, dass Mr. Peters in den vergangenen Jahren Urlaub gemacht hatte. Die Videothek war sein Leben. Wenn keine Kunden da waren, saß er in einem alten Lehnstuhl und las ein gutes Buch. Vielleicht sollte ich die Polizei benachrichtigen, dachte Charles und grinste, verspürte aber ein irrationales Gefühl der Beunruhigung. Dabei waren viele Geschäfte über die Feiertage geschlossen. Warum sollte nicht auch der alte Mann ein paar Tage zu machen? Kunden verirrten sich so selten in den Laden, dass er den Verdienstausfall leicht verkraften konnte. Von den Einkünften aus der Videothek lebte Mr. Peters ohnehin nicht, er bekam noch eine kleine Rente. Charles überquerte die Straße. Erst jetzt fiel ihm auf, dass das Scherengitter über der Tür nicht heruntergelassen war. Er drückte seine Stirn gegen die Scheibe, aber der Raum war zu dunkel, um etwas zu erkennen. Ein aufblasbarer Schneemann aus Plastik stand im Schaufenster. Charles musste an den echten Schneemann mit den Armen aus dürren Ästchen denken, der einige Tage vor dem Laden gestanden hatte. Plötzlich drehte er sich um, rannte über die Straße und lief zurück ins Haus. Es dauerte einige Minuten, bis er die Taschenlampe in der Küchenschublade gefunden hatte. Ein Lächeln huschte über sein Gesicht, als er an John dachte, dann wurde er wieder ernst und lief zurück zum Laden. Im Kegel der Lampe konnte er die alten Regale erkennen und ganz hinten in der Ecke den alten Lehnstuhl. Zuerst hielt er das, was auf ihm lag, für ein Bündel alte Kleider. Dann erkannte er, was es wirklich war.

»Schlaganfall. Na so was. Da hatte der alte Knabe ja Glück, dass du ihn rechtzeitig gefunden hast.« Jack schob ihm das Bier hinüber und Charles dankte ihm. Er war sich noch nicht sicher, ob sich sein Eingreifen als Glück für den alten Mann herausstellen würde. Die Sanitäter hatten bedenklich den Kopf geschüttelt, als sie die Bahre mit Mr. Peters in den Krankenwagen schoben: »Wenn der sich wieder erholt, wäre es ein Wunder.«

Ein Wunder. Charles schüttelte den Kopf. Er sah wieder die Gesichter der beiden Sanitäter vor sich. Vielleicht geschah ja wirklich ein Wunder. Er würde es dem alten Mann wünschen. Plötzlich tippte ihm jemand auf die Schulter. Als er sich umdrehte, stand Jamie vor ihm. Er trug immer noch den Weihnachtspullover, einen dicken Schal und grob gestrickte beige Handschuhe, die die Fingerspitzen freiließen.

»Ist das nicht ein bisschen viel Dickens?«, fragte Charles und zeigte auf die Handschuhe. »Ich dachte so etwas trägt man nur als verarmter Schreiber, wenn man in ungeheizten Räumen den Federkiel zücken muss.«

Jamie sah ihn verständnislos an.

Charles seufzte. »Was willst du? Und ich sage gleich, dass es sich um etwas wirklich Wichtiges handeln muss, ansonsten interessiert es mich nämlich nicht.«

»Wir haben dich gesucht. Delilah wollte die Wiege abholen. Sie wartet draußen.«

»Das ist nicht wichtig genug.«

Jamie sah ihn besorgt an. »Geht es dir nicht gut?«

Doch, mir geht es gut, dachte Charles, ganz hervorragend. Ich habe gerade bewiesen, dass jemand, den ich kenne und schätze, einen Mord begangen hat. Kleine Schweißperlen rannen über seine Stirn. Er versuchte, seinen Puls zu tasten.

»Ich glaube, ich hab Fieber.«

»Vielleicht solltest du den Mantel ausziehen? Es ist ziemlich warm hier drin.« Jamies Stimme klang sanft. Erst jetzt fiel ihm auf, dass er immer noch den Tweedmantel trug. Als er ihn auf die Holzbank legte, spürte er etwas Hartes in einer Tasche und zog es heraus. Es war der rote Samtbeutel mit der Silberrassel. Er hatte ihn eingesteckt, um ihn Delilah zu geben, als Friedensangebot, als Zeichen seines guten Willens und prompt vergessen.

»Was ist das denn?« Bevor er es verhindern konnte, hatte Jamie nach dem Beutel gegriffen und betrachtete verzückt die silberne Rassel.

166

»Die ist ja schön, Charles, die ist echt antik. Sollte wohl ein Geschenk für Delilah sein, was?« Er strahlte. Jamies Welt war wieder in Ordnung, Charles und Delilah hatten sich wieder vertragen. Es herrschte Frieden auf der Welt. »Wusstest du, dass man die Enden abdrehen kann?« Bevor Charles etwas sagen konnte, hatte er an einem der zierlichen Knäufe gedreht und spähte jetzt in das Mittelstück. Er sieht wirklich aus wie eine Figur aus einem Dickensroman, dachte Charles, wahrscheinlich findet er das lange verschollene Testament, das die mittellose Erbin zu einer reichen Frau macht. Als Jamie einen Freudenschrei ausstieß, zuckte er zusammen.

»Da ist was drin, Charles, da ist tatsächlich was drin. Hast du mal eine Pinzette?« Als er Charles Gesicht sah, winkte er ab: »Ach lass man, das geht auch so.« Es dauerte einen Moment bis er ein eng zusammengerolltes Stück Papier herausgezogen und glatt gestrichen hatte. »Was ist das denn? Ein Foto, sieh mal. Wieso ist da ein Foto von der kleinen Rose drin? Und wer ist der rothaarige Junge neben ihr?«

Aber Charles hörte gar nicht mehr zu. Das letzte Puzzleteil war endlich an seinen Platz gefallen. Er war blind gewesen, so entsetzlich blind. Fast wünschte er sich, er wäre es immer noch. Er hatte sich geirrt, als er John alles erzählt hatte: Es gab noch eine grausamere Strafe, als das Kind eines Mannes abzutreiben, der Kinder über alles liebte: Die Strafe war, es am Leben zu lassen.

»Das ist nicht Rose«, sagte er tonlos.

»Und, was machen wir jetzt?« Jamie sah ihn an.
Charles zuckte mit den Achseln. Sie saßen in seinem Wohnzimmer. Er hatte ihnen alles erzählt, in der irrwitzigen Hoffnung, dass einer der beiden ihn für verrückt erklären würde. Aber sie sahen ihn nur an: Jamie fassungslos und Delilah mit leuchtenden Augen.

»Wir gehen zur Polizei. Das ist doch klar.« Sie schien keine Sekunde an seiner Theorie zu zweifeln, auch wenn Charles ihre Motive für nicht ganz uneigennützig hielt. Jamie schüttelte ungläubig den Kopf.

»Das hätte ich niemals gedacht.«

Delilah rammte ihm ihren Ellenbogen in die Seite. Jamie verstummte. »Das ist doch egal, so war es und jetzt müssen wir es nur noch der Polizei erzählen.« Sie hatte Margret in die Wiege gelegt, wo sie friedlich mit ihren Beinchen strampelte. Beinahe war es so, als wäre nichts passiert. Beinahe.

Charles saß im Schaukelstuhl und schaukelte langsam vor und zurück. Zu gerne hätte er sich ein Glas eingeschenkt, aber immer wenn er Delilah ansah, sank er in den Stuhl zurück. »Wir haben nicht die Spur eines Beweises«, gab er zu bedenken.

»Aber die werden doch Unterlagen haben, in der Klinik, ich meine«, Delilah brach ab. »Mist.«

Charles nickte. »Genau. Auch ich bezweifle, dass es darüber Unterlagen gibt. Und selbst wenn, wird Helen ja wohl nicht so blöd gewesen sein und sich unter ihrem richtigen Namen angemeldet haben.«

»Dass Fiona dort gearbeitet hat, ich meine, das kann man doch beweisen. Es wird doch Personalakten geben. Das wäre doch immerhin eine Verbindung.«

»Verbindung wozu? Dass Tonys Frau in einer Klinik gearbeitet hat? Ich gehe davon aus, dass die Polizei das bereits weiß.« Stille breitete sich aus. Plötzlich fiel ihm wieder ein, dass heute Sylvester war. Eine merkwürdige Art, den letzten Tag des Jahres zu begehen, dachte Charles.

»Aber es muss doch etwas geben? Verdammt, verdammt, verdammt.« Durch die Stimme ihrer Mutter aufgeschreckt, fing Margret an zu weinen. Delilah stand auf und ging zu der Wiege. »Wir müssen doch etwas tun oder?« Sie sah Charles hilflos an, während sie den Korb der Wiege sanft hin und her schaukelte.

»Wir könnten sie damit konfrontieren«, Jamie wurde rot, als die beiden ihn ansahen, »ich meine, wir können ihr sagen, dass wir alles wissen.«

»Und was soll das nützen? Glaubst du vielleicht sie bricht weinend zusammen und gesteht alles?« Die Verachtung in ihrer Stimme ließ Jamie zusammenzucken.

»Ich dachte ja nur.«

168

Charles wiegte bedenklich den Kopf. »Es könnte außerdem gefährlich sein. Wenn ich recht habe, hat sie immerhin zwei Morde begangen.«

»Wieso zwei Morde?« Delilah verstummte, »das habe ich ganz vergessen.«

»Aber warum hat sie Fiona umgebracht?« Jamies Stimme klang erschüttert. Einen Mord schien er für vertretbar zu halten, aber zwei Morde lagen außerhalb seines Vorstellungsvermögens. Für jemanden der immer diese blutrünstigen Computerspiele spielte, war er sehr empfindlich, fand Charles.

Der Mond, der eben noch so hell geleuchtet hatte, hatte sich hinter einer Wolke versteckt. Das Gebäude lag im Dunkeln, nur hinter einem der Fenster brannte Licht. Die Auffahrt war leer, kein Gast hatte seinen Wagen geparkt. Eine einsame Rakete erhellte plötzlich den Himmel und erinnerte ihn daran, dass Sylvester war. Eine Stunde lang noch. Dann begann ein neues Jahr. Der Kies knirschte unter seinen Füßen, als er sich langsam der Haustür näherte. Er hatte lange gezögert, aber dann war ihm klar geworden, dass er es nicht aufschieben konnte, dass sich die Konfrontation nicht auf ein neues Jahr verschieben ließ. Am Ende waren die anderen einverstanden gewesen, ihn alleine gehen zu lassen. Als er die Stufen zu der großen Eingangstür hinaufging und auf die Klingel drückte, wünschte er sich fast, sie hätten ihm die Idee ausgeredet. Eine Ewigkeit lang passierte gar nichts und er hatte die Hand schon erhoben, um erneut zu klingeln, als sich Schritte näherten. Die Tür schwang auf und er blickte in das erstaunte Gesicht Brians. Angst schwang in seiner Stimme, als er sagte:

»Charles, um Himmels Willen, was machst du denn hier? Ist etwas passiert?«

»Das kann man sagen.« Seine Stimme klang seltsam theatralisch in seinen Ohren. »Kann ich reinkommen?«

Brian ging einen Schritt zur Seite und machte ihm Platz.

»Ich muss mit Helen sprechen.«

Brian sah ihn erstaunt an. »Ich weiß nicht, ob das so eine gute Idee ist, Charles. Sag mir doch, was los ist.«

»Wo ist sie?«

»In der Küche«, Brian brach ab, als sich Charles an ihm vorbei schob und zur Treppe ging, die nach unten führte. In der Küche brannte Licht. Als er eintrat, sah er Helen, die an dem großen Esstisch saß. Sie trug einen Morgenmantel über ihrem Schlafanzug und ihr braunes Haar war zerwühlt. Einen Moment lang wäre er am liebsten umgekehrt. Dann hob sie den Kopf.

»Charles, du bist es. Ich habe deine Stimme gehört. Was ist denn los?«

»Ich muss mit dir sprechen. Allein.« Er sah Brian an, der jetzt in der Tür auftauchte und gerade anfangen wollte, zu protestieren.

»Ist schon gut, Brian. Ich schaff das schon.«

»Wenn du meinst, Liebes. Ich bin draußen, falls du mich brauchst.« Dann verschwand er. Charles war erleichtert. Er trat an den Tisch und setzte sich. Einen Moment lang kam es ihm so vor, als wäre er gar nicht weg gewesen, als hätten sie nie aufgehört, sich zu unterhalten. Sie schien ähnlich zu empfinden.

»Ich liebe ihn. Seit dem Tag, als wir uns getroffen haben. Er ist mein Leben.« Sie sagte es ganz nüchtern, wie eine Tatsache, die sie weder bedauerte noch begrüßte, mit der sie sich aber auseinandersetzen musste.

Charles griff in seine Tasche und holte das Foto hervor. Er legte es auf den Tisch. Sie warf nur einen kurzen Blick darauf.

»Wo hast du es gefunden? Ich habe es überall gesucht.«

»Delilah hatte es. Ohne es zu wissen.« Ihr Gesicht blieb unbewegt, als er den Namen sagte. Er überlegte, ob sie unter irgendwelchen Beruhigungsmitteln stand.

»Ich habe die ganze Zeit gedacht, dass mich Rose an jemanden erinnert.« Er schwieg einen Moment. »Wolltest du dich wirklich umbringen?«

Sie zuckte mit den Schultern. »Ja. Aber dann ist mir übel geworden. Manchmal ist es ganz simpel, nicht wahr?« Sie griff nach dem Foto. »Was weißt du?«

Charles beobachtete sie. Es war zu einfach. »Ich weiß, dass du mit Tony in dieser Klinik warst. Und ich vermute, dass Rose deine

Tochter ist. Aber ich verstehe nicht, warum sie bei ihm und seiner Frau gelebt hat.«

Ein Schatten glitt über ihr Gesicht, als sie das Foto betrachtete. »Ich war ein niedliches kleines Mädchen nicht wahr? So niedlich.« Ihre Stimme war bitter. »Aber lassen wir das.« Sie schenkte sich ein Glas Tee ein, aus der großen braunen Kanne ein, die auf dem Tisch stand. »Möchtest du auch, Charles?«

Der Tee roch würzig, ein wenig nach Tannennadeln. Charles nickte. Sie stand auf und holte einen zweiten Becher. Er probierte vorsichtig. Es schmeckte überraschend gut. »Ist da Honig drin?«

»Unter anderem.« Sie lächelte. »Also, wo war ich? Ach ja. Warum habe ich mein kleines Mädchen nicht an gute Eltern vermittelt?«

Charles Kopf begann zu schmerzen. Er schüttelte ihn. »Warum hast du sie nicht einfach behalten? Brian hätte sie über alles geliebt.«

»Eben. Er hätte sie über alles geliebt.« Sie betonte das Wort scharf. »Ich weiß, wie das ist. Ich war auch ein kleines niedliches Mädchen.« Sie sah Charles an. »Mich hätte er nicht mehr angeguckt. Er hätte nur noch Augen für sie gehabt.«

Er überlegte, ob sie selbst missbraucht worden war, in ihrer Kindheit. Aber eigentlich war es unwichtig. »Warum hast du sie bei Tony gelassen?«

Sie zuckte mit den Achseln. »Er war mein bester Freund. Seine Frau hatte sich schon immer ein Kind gewünscht. Es konnte ja keiner wissen, dass sie sich trennen würden. Und dass diese Schlampe nur auf Geld aus war.« Sie spie das Wort heraus. Ein Speicheltropfen landete auf seiner Stirn. Er wischte ihn nicht weg. »Hat sie dich erpresst?«

Sie nickte müde. »Sie hat das Haus gesehen und dachte, da ist Geld zu holen. Ich konnte ihr nicht klar machen, dass alles, was wir besitzen, Hypotheken sind.«

»Wusste sie, dass du ihren Mann umgebracht hast?«

»Ich glaube, sie ahnte es. Aber sie wollte es nicht glauben. Sie hat Brian gesehen und dachte, sie könnte mich erpressen. Die dumme Kuh.«

»Und da hast du sie in den Kanal gestoßen und zugesehen, wie sie ertrunken ist?«

Helen lachte. Es klang beinahe fröhlich. Charles spürte, wie ihm der Schweiß ausbrach. »Das brauchte ich gar nicht. Ich habe sie überredet, sich draußen mit mir zu treffen. Sie war so dumm.« Helen lächelte. »Ich habe sie nicht angefasst, ich bin einfach nur auf sie zugegangen. Da hat sie Panik bekommen und ist einen Schritt zurückgegangen.«

Er sah den Kanal vor sich. Das graue Wasser und die dumme ungeschickte Fiona, wie sie strampelte, so lange, bis sie unterging. Und Helen, die zusah. Wie lange es wohl dauerte, bis jemand ertrank? Ihm wurde übel. Er musste sich zwingen wach zu bleiben. Er war auf einmal unendlich müde.

»Und Tony? Was war mit Tony?«

Wie aus weiter Ferne hörte er ihre Stimme. »Bei Tony war es noch einfacher. Wir hatten uns im Gemeindesaal verabredet, das war seine Idee. Wahrscheinlich hat er sich da sicher gefühlt. Er hat mich angelächelt, die ganze Zeit. Er dachte tatsächlich, dass ich es verstehen würde. Dass er es Brian sagen wollte. Auf einmal. Nach all den Jahren. Männer.« Ihre Stimme klang verächtlich. »Er war völlig überrascht, als ich ihm mit dem Teppichmesser den Hals aufgeschlitzt habe.«

»Das war Brians Strafe. Nie zu erfahren, dass sein Kind lebte.«

Ihr Gesicht wurde zornig. »Ja, und du kannst mir glauben, dass er sie verdient hat. Und dann kommt er eines Tages und erzählt mir, dass er ein Kind mit dieser Schlampe hat. Das macht das Ganze«, sie zögerte kurz, »so sinnlos, verstehst du?«

Erst jetzt fiel ihm auf, dass sie ihren Tee nicht angerührt hatte.

»Was hast du getan?«

»Dein Timing war schon immer schlecht, Charles.«

Er versuchte sich aufzurichten. Es gelang ihm nicht. Er versuchte zu rufen: »Brian.«

»Gib dir keine Mühe.«

Erst jetzt sah er, dass drei Becher auf dem Tisch standen. Zwei davon waren leer.

13. Kapitel

Alles, was er sah, war ein helles Licht. Es gibt keinen Tunnel, dachte er verwirrt. Nichts, durch das man hindurchgehen musste. Stimmen ertönten. Ein Gesicht beugte sich über ihn. Es sah alles andere als engelsgleich aus. Es sah aus wie – er überlegte – wie Jamie.

»Er kommt wieder zu sich.«

Charles schloss die Augen. Jetzt erklang eine Stimme direkt neben seinem Ohr.

»Schlaf nicht wieder ein. Ich will dir was zeigen.«

Mühsam versuchter er die Augen zu öffnen. Endlich gelang es ihm. Vor seiner Nase baumelte ein Stück Papier. Es dauerte einige Zeit, bis es ihm gelungen war, seine Augen so weit zu fokussieren, dass er die Schlagzeile lesen konnte, die auf der ersten Seite prangte.

»Heldin von Tisley bringt Zweifachmörderin hinter Gittern.« Die Buchstaben waren knallrot und so hoch wie ein Haus. Daneben war ein Foto abgedruckt. Er kannte das Gesicht.«

Jemand riss ihm die Zeitung weg. »Das Foto ist doch klasse oder? Sie haben mich eine Stunde lang geschminkt.« Delilah beugte sich über ihn. Sie sah aus wie immer.

»Was ist«, seine Stimme wollte ihm nicht gehorchen, aber sie verstand ihn sofort.

»Was passiert ist?« Sie grinste. »Es war wie bei Sherlock Holmes und Watson. Sie waren Watson und ich war Holmes. Ich habe Sie gerettet. Haben Sie wirklich gedacht, Jamie und ich bleiben ruhig sitzen, während Sie die ganzen Lorbeeren ernten?«

Offenbar waren es nicht Lorbeeren, die er geerntet hatte.

»Was war in dem Tee?«

Delilah zuckte mit den Schultern. »Nur ein Beruhigungsmittel. Hatte sie aus dem Krankenhaus. Keine Angst. Schlimm wäre es erst geworden, wenn wir nicht gekommen wären.«

Erst jetzt sah Charles, dass noch jemand neben seinem Bett stand. Er nickte Jamie zu.

»Was meinst du damit?«

Delilah ließ sich auf die Bettkante fallen und sein Kopf hopste nach oben. »Aua, sei doch vorsichtig.«

Sie warf ihm einen strengen Blick zu. »Stellen Sie sich nicht so an. Also, als wir reinkamen, lagen Sie in der Küche, völlig ausgeknockt. Und Brian hatte sie ins Schlafzimmer geschleppt.«

»Sie wollte ihn umbringen.« Jamies Stimme klang überraschend fest. Fast männlich. »Sie hatte ein Tapeziermesser in der Hand und wollte ihm die Kehle durchschneiden. Wie bei Tony.«

»Aber warum?«

Delilah zuckte mit den Achseln. »Die Polizei glaubt, dass sie sich danach umbringen wollte. Pulsadern oder so. Im Tod vereint, dieser ganze Quatsch.« Sie wirkte erstaunlich gefasst, fand Charles, für jemanden, der gerade noch rechtzeitig gekommen war, um den Vater seines Kindes vor dem sicheren Tod zu retten.

»Und dann habt ihr die Polizei gerufen?«

»Ich hab die Polizei gerufen. Und Jamie hat mit ihr gekämpft und ihr das Messer abgenommen.«

Jamie unterbrach sie. »War nicht der Rede wert. Ein bisschen Karate. Das war alles.«

Jamie konnte Karate. Charles schloss die Augen. Und schlief wieder ein.

Diesmal hatte er auch die Wiege abgebaut. Jamie hatte sie mitgenommen. Offenbar würde er öfter nach dem Baby sehen. Sein Wohnzimmer war wieder leer. Er lag auf dem Sofa. Seine Kopfschmerzen hatten endlich nachgelassen. Auf der Kommode stand eine Flasche feinster uralter Whisky, die Mr. Potts vorbei gebracht hatte. Charles war dankbar, dass es sich nicht um eine Flasche von seinem Selbstgebrannten handelte. Delilah und Jamie waren die Helden der Stunde. Ihm brachte man Krankengeschenke. Was soll's, dachte Charles und bemühte sich, die Enttäuschung zu unterdrücken. Die Flasche war noch jungfräulich. Seit vierzehn Tagen schon. Das neue Jahr hatte begonnen und er war sich noch nicht sicher, was es bringen würde. Seit einer Woche arbeitete er wieder und die Freude, die er dabei empfand, war unbeschreiblich. In den nächsten Tagen hatte er einen Termin mit seinem Galeristen. Er bemühte sich, die Panik zu unterdrücken, die ihn befiel, wenn er daran dachte. Er sah sich um. Das Wohnzimmer war überraschend aufgeräumt. Delilah war vorbeigekommen und hatte nach dem Rechten gesehen. Brian war aus dem Krankenhaus entlassen worden und verschwunden. Niemand wusste, wohin. Da gab es einiges, das er verarbeiten musste. Charles war froh, dass er nicht in seiner Haut steckte. Das Telefon klingelte.

»Hallo Charles. Hier ist John.«

Charles lächelte.